Sora Ishihara
ILLUSTRATION
Luna Tsukigami
くずばこに箒星
KUZUBAKO ni
HOUKIBOSHI

プロローグ

今日の戦利品は全教科満点のテスト用紙だ。
学校では前代未聞《ぜんだいみもん》の快挙だと大騒ぎだった。
家に帰ればエプロン姿のにこにこ顔が頭をたくさんなでてくれた。
しかし少年はどちらにも興味がなかった。
先週は英語のスピーチコンテストで優勝した。その前は空手で二段に昇格した。
でもダメだった。
あの人は、今度こそ振り向いてくれるだろうか。

真新しいランドセルを部屋に置き、家の地下にある研究室の前に立つ。
まるで竜王の城に入るような言い尽くせぬ緊張感で、いつも手が震えた。
意を決し、鉄の扉を二度ノック。
——もう一度。無音。いつものことだ。
「……入るよ」
冷えたノブを回し、他人を忌《い》み嫌うかのように重い扉を全身で押し開けた。

薄暗い照明が頬《ほお》をなめる。埃《ほこり》っぽくて喉《のど》を押さえた。床には黄ばんだリノリウムが広がり、雰囲気《ふんいき》は古い学校の理科室、というよりも隔離《かくり》病棟の一室に近い。

ろくな家具もなく、生活感の死んだ部屋。

ただ狂ったように甘いフリージアの香りがしていた。

部屋の中央を見ると、白銀に輝くロッキングチェアが揺れていた。

その中の黒い人影はぴくりとも動かない。眠っているようだ。

じりじりと椅子《いす》に歩み寄る。

唾《つば》を飲む迂闊《うかつ》な音が無音の空間に響かないように、ぐっと息を止めた。

部屋の隅には読み捨てられた古い研究書の山が根雪のような埃をかぶって積み上がり、それを横目にそろりと、椅子の中の動かない顔を覗《のぞ》き込んだ。

——瞳《ひとみ》が開いていた。

肩がびくりと跳《は》ね、口が急激に渇《かわ》いて声が出なかった。

「ひ——ごめっ——あの——」

やっと絞り出した声は、肉親に向けられたものとは思えなかった。

全能の神に助けを乞《こ》うようで。

少年を見返す瞳も、我が子を見るものとは程遠かった。

見飽きた本でも眺めるようで。

第一章　掃《は》きだめに鶴《つる》

その場所は、〝ゴシカ夫人の迷路回廊《めいろかいろう》〟の裏にあるそうだ。

福山英知《ふくやまえいち》は言われた場所にたどり着くと、何ともみすぼらしい建物を眺めた。

いや、建物というのもおこがましい。

古い木造のプレハブ小屋で、外壁は薄黒く変色して、トタン屋根の端は雑に欠けていた。学園をぐるりと囲む深い森に半分埋もれていて、枯葉や砂埃《すなぼこり》の類《たぐい》が屋根やひさしに降り放題。ゴルフで言うならここはＯＢだ。

「これはどう見ても部室じゃないだろ」――独《ひと》り言《ごと》。

しかしサッシの引き戸にはちゃんと書いてあった。

〝おそうじ部〟

藁半紙《わらばんし》にマジックで丸文字を書いて、セロハンテープで留めただけの表札だが、場所はここで間違いないようだ。

苦々しげな舌打ち。なんで俺がこんなふざけた部に来なきゃいけないんだか。

目の前にあるのは部室なんて立派なものじゃなくただの用具倉庫だ。埃にもすきま風にも寛容な器物の住処《すみか》。間違っても人が身を寄せる場所じゃない。

このイライラは、こんなお粗末な場所に来ていることだけが理由じゃなかった。この場合、行くのがたとえ南の島や夢の桃源郷《とうげんきょう》だろうと腹が立つ。

問題は場所じゃない。

依頼だとは言え、あの女の指示でここへ来ていることが腹立たしい。

あの女——神宮寺《じんぐうじ》鳥子《ちょうこ》に。

☆

生徒会長室は〝吸血城〟の中にある。

彼女は用事があっても決して自分からは動かない。必ず相手を自《みず》らの居城——生徒会長室に呼びつける。それが彼女なりの帝王学らしいが、英知にしてみればただのわがままだ。

学園きっての一大イベントを一週間後に控えたこのくそ忙しい時期に。英知の機嫌はのっけから地を這《は》うようなローテンションだった。

気《け》だるげに、華美な装飾の施《ほどこ》されたアンティーク調の観音開《かんのんびら》きの扉をノックする。

しばらくした後、どうぞ、と声がする。それを合図に扉を押し開けると、重厚な黒檀《こくたん》の机が目に入った。巨大な机だ。これに隔《へだ》てられた部屋の主との距離、この届かない距離がそのまま相手に植えつける権威《けんい》となることを彼女は知っている。教室一つ分もあるだだっ広い部屋も過度に豪奢《ごうしゃ》な調度品も、すべて彼女の権威を演出する舞台装置だ。

生徒会長室に足を踏み入れると、窓際《まどぎわ》でしなやかな人影がゆらりと動いた。

人影の正体、神宮寺鳥子は窓際に置かれたマーガレットの鉢植《はちう》えに手を添《そ》えながら、いつもの気だるげな調子で言った。

「ねえ、花が散ってしまったわ」

夕陽の茜《あかね》を斜《しゃ》に受けて物憂《ものう》げな瞳《ひとみ》。この十七歳にして人生の最果てを見てきたような貫禄《かんろく》はどうしたことだろう。

「それは一大事ですね」

正直どうでもいいけれども。

「じゃあまた別の花を飾ったらどうですか。いくらでも贈られてくるでしょう」

このマーガレットだって学園に数多《あまた》いる彼女の信者からの贈り物だ。

しかし鳥子はゆっくり首を振った。蚊《か》の止まるような勿体《もったい》ぶったスピードで。

「花はだめ」

腰まで届く艶《つや》やかな黒髪をさらりと流してみせた。

「私は美しいものは好きだけれど、儚《はかな》いものは嫌いなの」

吐息《といき》と判別がつかないウェットな発声で持論を吐《は》く。たっぷり余韻《よいん》を残す演出過多《かた》な女を冷めた瞳で迎撃しながら、英知はもう少し話につきあってやることにした。

「じゃあ、プリザーブドフラワーとかどうですか。花弁の瑞々《みずみず》しさは生花と遜色《そんしょく》ないそうですよ」

彼女はゆっくり首を振った。扇風機が首を振る速度に近かった。

「あれだって十年もすれば私を裏切るわ」

「裏切りますか」

「私より先に死んでしまうものをどうやって愛せというの？」

度を過ぎたわがままと強欲《ごうよく》を二本柱にした独自の女帝理論は本日も健在だ。

「……だから盆栽《ぼんさい》なわけですね」

英知はちらりと机の端を縁取《ふちど》る小型の森を見た。素人《しろうと》が見ても至芸の品とわかる盆栽の数々が隙間《すきま》なく机の端を埋めている。雄々《おお》しい黒松や葉色が美しいクスノハカエデを見ていると心が和《なご》むが、英知は呆《あき》れた。

――どこの会社役員だ？

「で、話って何ですか。また仕事の依頼ですか」

黒檀の机の前の異様な椅子が、細い肢体《したい》を受け止めて微《かす》かに軋《きし》んだ。

全身が黄金色《こがねいろ》の〝体毛〟に覆われた大きな椅子だ。高い背もたれの頂上には双頭の鷲《わし》。肘掛《ひじかけ》の先には白銀に光る爪《つめ》の意匠《いしょう》が施され、その片方には瑪瑙《めのう》に似た美しい珠《たま》が握られていた。脚部はしなやかなライオンの脚《あし》を思わせた。

随分《ずいぶん》と間を持たせて鳥子は言った。

「おそうじ部ってあるでしょう。ちょっと入部してきて」

瞬時に英知の眉間《みけん》を駆け抜ける皺《しわ》。嫌な予感はしていた。〝おそうじ部〟という単語も引っかかるが、それ以上に聞き捨てならないのは〝入部〟の方だ。

「何なんですかそれ……。ちょっと感覚で入部なんてできないですよ」

「潜入調査をしてきてほしいの。グレードチェア制度の謎《なぞ》について」

「〝神の目〟のことですか」

それは学園最大の謎。

この学園——了星《りょうせい》学園高等学校には特殊な制度がある。
①学業成績、②課外評価、③生徒間投票。
この三つの総合得点で全学年合計九百九十九人を順位づけし、それぞれ順位に応じた待遇が与えられる。その順位で変わる待遇の象徴《しょうちょう》が椅子だ。順位が上の者には上等な椅子が与えられ、下の者にはそれなりな椅子があてがわれる。グレードチェア制度と名付けられる所以《ゆえん》だ。

この制度の根幹《こんかん》を握っているのは学園長。そもそものルール作りをしたのも、順位づけをしているのもその人だ。しかし創立以来、なんと誰もその姿を見たことがない。

謎とされているのは、学園長それ自体もそうだが、その人が行《おこな》っているらしい、②課外評価にある。
①学業成績は定期テストの点数から。③生徒間投票は獲得票数から。
この二つは明確だ。しかし、課外評価には不思議な点がある。

課外活動として評価されるのは部活動や生徒会活動のみではない。授業の手伝いやごみ出しなどのちょっとした貢献《こうけん》活動までが評価の範囲内だ。細《さい》に入った制度だと頭が下がるが、問題はそこだ。一体誰がそれを監視しているのかわからない。期末に全生徒に配布される評価明細を見て誰もが驚嘆《きょうたん》する。誰も見ていなかったはずの行動までが洗いざらい明細に並んでいるのだ。

掃除当番の代行。ちょっとしたケンカの仲裁《ちゅうさい》。誰が見ていた？

学園生徒はこの不思議を〝神の目〟と呼んでいる。

「おそうじ部の子たちは毎日学園を掃除して回ってるから、学園内のことには詳しいと思うのよ。その子たちがね、どうやら何かを探しているようなの」

「それが学園長かもしれない——と」

「ええ。だからね、入部して調査してきてほしいの」

「……なんでわざわざ入部しなきゃいけないんですか」

学園長のことは気になるが、調査方法が問題だ。調査なら聞き込みや観察をすれば済む話。なんでわざわざ入部なんて。

「調査はしているんだけれどね、なかなか尻尾《しっぽ》を出さないのよ。でも仲間になっちゃえば聞き出せると思うの」

「まぁ確かにそうかもしれないですけど……」

部外者に口外せず、仲間内でのみ共有する秘密もあるだろう。しかしわざわざ入部するなんて面倒この上ない。この女はしれっとした顔で。

「ほら、生徒会は忙しいじゃない？　だからあなたに頼もうと思って」

「あのですね、毎回毎回面倒事を俺に押しつけるのはやめてくれませんか。生徒会役員になるのを断った意味がないじゃないですか」

英知には今年の生徒会長選で彼女に惨敗《ざんぱい》した苦い思い出がある。そのすぐ席上で副会長就任などという虫のいい要請をしてきたのを呆れつつ、腹いせ混じりに辞退してやった経緯《けいい》があった。

「あなたが適任だと思うのよ」

「それに生徒会が忙しいのは、会長がやたら発案する割に自分では何もしないからでしょう」

「こんなこと他の子には頼めないし」

「たまにはご自分で動かれたらどうですか」

「調査なんて手慣れたものだと思うし。ねえ、敏腕《びんわん》の学園相談部部長さん?」

この女はまったく人の話を聞かない。会話のキャッチボールどころか一人で大海原《おおうなばら》へ遠投している気分だ。女帝の尊《とうと》い耳に下々《しもじも》の厭味《いやみ》は届かないらしい。

「転部はあくまで一時的なものでいいわ。調査さえ終了すればおそうじ部を辞《や》めてまた元の学園相談部に戻って結構よ。一週間もあればあなたなら調査も終わるでしょう? 部が変わればその間少々ポイントは減るだろうけれど、一時《いっとき》の辛抱《しんぼう》よ」

言われても納得しかねる顔の英知。鳥子はルビーのように少し赤みがかった瞳でしばしそれを眺めた後、白々しくも思い出したようにぱんと両手を鳴らした。

「そうそう、謝礼としてあなたにポイントを支払うことも忘れていないわ。どうぞ」

次いで机の引き出しから差し出されたのは一枚の紙幣《しへい》。

特殊な印刷が施《ほどこ》され複製ができないそれの表面には、学園名のロゴのほかに暗い森と古城が描かれ、裏面には流麗《りゆうれい》にしたためられたサインがあった。神宮寺鳥子の名。その傍《かたわ》らには同じ筆跡《ひっせき》で「一五〇」とあった。

これは生徒間投票の投票証書。

「……前払いとは気前がいいですね」

おもむろに受け取った英知にはこれで一五〇ポイントが加算される。

「前も後も同じよ。払うことは決まっているのだから」

未練も躊躇《ちゆうちよ》もない調子。もっとないのは負けるという危機感だ。これで足をすくわれるとは露《つゆ》ほども思っていない。

英知の瞼《まぶた》が引き攣《つ》り、それなら目に物見せてやるという気になった。

「まぁ今回の件については、ポイントどうこうという問題ではないと思うけれど？」

図星を突かれた英知は口元を歪《ゆが》めた。この女は、俺が入学以来ずっと学園長を探していることを知っている。俺にとって学園長が特別な存在であることも同様に。

しかし依頼を受けるにはまだ早い。問題はまだある。

「でも、おそうじ部の探しものが学園長とは限らないでしょう？」

「あぁ、その件ね」

そんな指摘は先刻予想済み、といった様子でおもむろにふくよかな胸の谷間に手を差し込む。

「こんな啓示《けいじ》が出ているのよ」

机の上にタロットに似た一枚のカードが出された。ふくよかな胸の谷間から。

「〝Big Bang〟ですか……」

そのカードは一面蒼黒《そうこく》になった中心に眩《まばゆ》い光の爆発が描かれたものだった。

これは彼女オリジナルのタロットカードだ。的中率九〇％超を誇る彼女の独自占術《せんじゅつ》を具現化したアイテム。不確かなはずの未来を捕捉《ほそく》するこの超常的能力だけは悔しいが真似《まね》できない。

強欲《ごうよく》な女帝は何から何まで欲しがるあまりに、ついに未来までも手中にしてしまった。

「〝Big Bang〟は〝はじまり〟を暗示するカード。あの子たちの探し物を占うとこのカードがいつも出るの。そしてもう一枚」

白魚のような手が再びふくよかな胸の谷間に――いや、なぜそこ？

「〝Unidentified Fixer〟のカード。つまり〝黒幕〟ね。この二つのカードが意味するのは、見えざる学園長、そうとしか読み取れないわ」

英知は机に並んだ二枚のカードを見つめた。彼女がそう断言するのであれば、疑う余地はない。まず間違いないのだ。……言いなりになるようで癪《しゃく》だが。

「じゃあ、依頼は受けるということでいいわね？」

意志確認を装った決定通告を口にし、依頼主は緩《ゆる》やかに笑みを浮かべた。

「わかりましたよ。――ところで、なぜ会長はそんなに〝神の目〟のことを気にするんです？」

「なぜって？」

後光《ごこう》に似た窓からの西陽《にしび》が、彫刻のように整然とした女帝の横顔を照らした。

「だって、あり得ないじゃない。私の知らないところで何かが決まっているなんて。ああ、寒気がするわ」

女帝は肩を抱いて震えてみせた。実に艶然《えんぜん》と。まったく、堂に入っていた。

☆

おそうじ部といえばいわくつきの連中だ。

問題児の吹き溜《だま》りで、学園の噂《うわさ》にならない日はない。別に荒くれ者の集団というわけではないが、問題を起こすという意味では無法者の集団だ。毎日どこかで下手《へた》を打っては、学園の笑い草になっている。

〝彼らが掃除してくれるのは学園のごみではなく、我々の倦《う》んだ日常だ〟

そんなキャッチコピーまで流布《るふ》する始末。ろくな部じゃないのだ。

本来なら英知はこんな部になど来たくはない。それにも拘《かかわ》らず素直に鳥子の依頼を受けてここへ足を運んだのは、自分にもメリットがあるからだ。

まずはポイントの加算。

望む1st《ファースト》チェアに座るためにポイントは少しでも多く稼《かせ》ぎたい。自《みずか》ら創部し部長を務《つと》める学園相談部ではポイントを荒稼ぎしていて、要請を固辞《こじ》した生徒会副会長職で得られるはずだったポイントは十分に補えている。今回の依頼を受けることで、神宮寺鳥子から一五〇ポイントを謝礼として獲得できた。

しかしそれ以上に目当てとしているのが、誰も知らない学園長の居場所だ。

それが知りたい。どうしても。ここへ来たのは、鳥子と目的が一致した、ただそれだけのこと。そう考えて英知は行き場のないイライラを発散させる。

ここ了星学園では創立以来、誰も学園長の姿を見たことがない。それは他の学校ではあり得ないことだ。社長のいない会社があるか？　頭なしで生きている生物がいるか？　しかしこの学園では、十年間それがまかり通ってきた。

全校集会などのスピーチは教頭が代行する。月に一度の学園新聞には学園長のコメントが寄せられることから、一応存在していることにはなっている。

その正体については諸説紛々《しょせつふんぷん》だ。教頭に化《ば》けているだとか、透明人間だとか、学園のマザーシステムだとか。現在はそもそも存在しないという説が最も支持されているようだが、一部で人気があるのは教頭が学園長を殺害した説だ。

英知にしてみればどれも眉唾《まゆつば》ものだった。

いざ、英知はプレハブ小屋の引き戸を前に、短く溜息《ためいき》をしつつ、ノックした。

反応はない。

「誰か……じゃない、どなたか、いますか？」

声をかけてもやはり反応なし。

戸を横に引いてみると、がたがたと動いた。鍵《かぎ》はかかっていないようだった。

「お邪魔《じゃま》しますよー……」

中へ踏み入ると、意外や小ぎれいな空間があった。横長になった部屋の左側には、フリル付きのチェックのクロスがかかった大きな円卓とそれを囲むパイプ椅子が三つあった。窓のある壁際《かべぎわ》には古い革張《かわば》りのソファがある。色は褪《あ》せて黒がグレーに変色し座面もへたれた年代物だが、もの自体は上等なようだ。

部屋の右側に目を向けると、掃除道具置き場になっているようだ。竹箒《たけぼうき》にデッキブラシ、雑巾《ぞうきん》にバケツ、どれも整頓《せいとん》して置かれている。部室の半分を掃除道具置き場に費やしていることから、それなりに活動しているらしいことが見てとれた。

全体的に小ざっぱりとした空間だ。この小屋は元々大きめの掃除用具倉庫か何かだったのだろうが、予想した埃《ほこり》っぽさもなく、よく整理されている印象だった。

しかし肝心の部員がいない。

「ちっ。何だよ、誰もいねぇのか」

室内を一しきり見て無人と知ると、途端に英知はよそゆきの態度を放り出した。パイプ椅子の一つにどかっと腰を下ろし、慇懃《いんぎん》に声をかけて損した分を取り返すように大股《おおまた》を開く。

「ちょっと待たせてもらうか」

鍵がかかっていないいんだから、そのうち帰ってくるだろう。踏《ふ》ん反《ぞ》り返って慎《つつし》みのかけらもない大息を吐くと、

『ああ。そうするといい』

英知は思わず立ち上がった。降って湧《わ》いたような声。改めて室内を見回すが、誰もいない。どこかに隠れているんだろうか。英知は声の調子をもう一度整えた。

「どなたか、いるんですか？」

『そうだな、いると言えばいるし、いないと言えばいない』

煙《けむ》に巻くようなことを言うので、英知は聞こえないように舌打ちした。

「どこにいるんですか？　出てきてくださいよ。用があって来たんです」

『用が？』

「ええ、用」

『そんな、YO！　とかラップ調で言われても』

「言ってねえし！」

反射的に突っ込んでしまった。言いがかりもいいところだ。咳払《せきばら》いしつつ、いけないと気を取り直す。相手が学内の人間なら、丁寧《ていねい》に応対しなければ。

「その、とにかく話がしたいので、出てきてもらえませんか」

『わかった。俺はこっちだ』

声の方向を目で追った。しかし声がくぐもって聞こえるので、具体的な場所が判別できない。

『こっちだ、こっち』

声に誘《さそ》われ、掃除道具が並ぶ部屋の右側へ歩を進めた。隠れられるとしたらこちらの方だ。

人が入れそうな大きさのロッカーもあるので、それを開けてみる。

一つ、二つ、三つ。しかし誰かの鞄《かばん》はあれど人はいない。ここは違う。

『そっちじゃない。こっちこっち』

声は、左の居室側から聞こえる気がした。そちらに戻ってみる。

円卓の下を覗《のぞ》き、天井《てんじょう》を見上げた。窓を開けて外も覗いてみたが、誰もいない。

『ああ違う違う。そっちじゃない』

「……だからどこなんだょ……ですか」

苛立《いらだ》ち紛《まぎ》れにぴしゃりと窓を閉め、部室の中央へ戻る。膝《ひざ》をついて低いアングルから覗くように部屋を見回すと、すかさず声がした。

『そっちじゃないって言ってるだろ。おいおい待てよ、何マネキンのスカートの中覗いてんだよ』

「マネキンどこにもないよね!?」

瞬間、英知のか細い堪忍袋《かんにんぶくろ》の緒《お》はぷつりと切れた。もう態度を取《と》り繕《つくろ》うことも忘れ、部屋中に大きな悪態を響かせると、円卓を平手で叩《たた》きつけた。

「どこにいんのか知らねえけど、馬鹿にすんのも大概《たいがい》にしろよ！　出てこなきゃぶん殴《なぐ》るぞ！」

『お、ついに本性が出たか』

影なる声が含み笑い。その声は今までで一番近くから聞こえた。

英知は部屋の角にある白い物体に目を落とした。それは花瓶を置くような小さな台に乗っている。カーテン地のカバーで覆われた円筒形の何かで、小さな段ボールくらいの大きさがある。こんなところに人が入れるわけがないが……。しかし英知は直感を信じ、白地のカバーを勢いよくはぎ取った。

『お、見つかったか』

クリアな声。そいつはそこにいた。英知を見て意地悪そうににやりと笑った。

見れば、額《ひたい》から腹にかけては白い毛で覆われ、背中は黄緑とモスグリーン、くすんだ黄色のくちばしを持つそれは、

「インコ――」

オウム目《もく》インコ亜科《あか》に属する、種子を糧《かて》とする小型の鳥。

『ああそうだ。インコで悪いかよ』

「な……！」

確かにしゃべった。

インコがしゃべるというのは知っている。テレビで見たことだってある。しかし、話すのは「おはよう」とか「いただきます」とか簡単なワンフレーズだけだ。人間のように長い台詞《せりふ》を話すインコなどついぞ見たことがない。それにあれは自分で台詞を考えているのではなく、飼い主の言葉を真似《まね》ているだけ。しかし、目の前のこいつはどう見ても自発的に会話をしている。

英知はまじまじと、かごの中の不思議なインコを見つめた。

こんな鳥は知らない。どの図鑑にも載《の》っていなかった。この自分が知らないなら、未《いま》だ世に

出ない新種か――

『おいおいそんなにじろじろ見るなよ。いいか、しゃべってんのは鳥かごじゃない。俺だぜ？』

「わかってるよ、んなこと！　なんでこの状況で『なんて不思議な鳥かごだ』って思うんだよ！　てめえいい加減にしろよ！」

英知は鳥かごを引っつかんで振りかぶる。

さすがに地面に叩きつけられては敵《かな》わないとインコは泡を食った。

『ちょちょ、待てよ！　そんなんしたら死んじまうだろ！　お前鳥類のか弱さを見くびるなよ！』

「……ちっ」

死なれても夢見が悪い。仕方なくかごを台に戻してやった。

深呼吸して気を落ち着ける。かつてない侮辱《ぶじょく》の連続につい我《われ》を忘れてしまった。相手が得体の知れない鳥とはいえ、取り乱すとは自分らしくない。

後ろ髪をかき回し、近くにあったパイプ椅子に再び腰を落ち着けた。

『見た目によらず乱暴な奴《やつ》だな？　さすがの俺もタジタジだぜ』

「うるっせえな。お前が悪いんだろが」

『最初は気取ってやがったくせに』

「気取ってたわけじゃねえよ。外ヅラは品良くしとかねえとウケが悪いだろ。仕方なくやってんだ」

『何だ、投票のこと気にしてんのか』

「……悪いかよ」

生徒間投票というシステムも、グレードチェア制度の独特な点の一つだ。

それは簡単に言えば生徒同士の人気投票だ。自分の保有ポイントとは別に投票用ポイントが席次に応じて配布され、それを自分以外のお気に入りの生徒に投票する。

ちなみに鳥子が英知に支払った一五〇ポイントも実はこれで、学園相談部で受けるよろず相談の謝礼も、内容に応じて英知が設定した投票ポイントで支払われる仕組みだ。

〝生徒間での人徳《じんとく》を高めるのも、人間形成に不可欠である〟

そんな教育方針の反映らしいが、大層えげつない。

ともかくこの了星学園の生徒となったからには、他人の評価を常に意識しながら互いに牽制《けんせい》し合うという、いたってスリリングな学生生活を送らざるを得なくなるのだ。

上位を狙《ねら》うならなおのこと。

目下のところ、首席——1stチェアは神宮寺鳥子の指定席だ。英知はそれが我慢ならない。

何事も人に先んじられた経験のない彼にとっては由々《ゆゆ》しき問題。それに、この学園で首席を獲《と》ることには特別な意義があるのだ。

現状彼女に水を空《あ》けられているのは、まさにこの生徒間投票において。ゆえに一発逆転の目があるのもここだ。だから英知は手を抜けない。

『さてはお前、人気ないんだろ』

「放っとけ。俺は人に媚《こ》びるのが苦手なだけ……だ」

痛いところを突く鳥だった。しかしどうして。英知は髪をくしゃくしゃとかき混ぜた。なんで俺はこんなおかしな鳥と素直にお話ししてんだ？

毎日自分を取《と》り繕《つくろ》うのが思ったより負担になっていたらしい。気を遣《つか》わないで済む人外《じんがい》の相手に出会えて、気が緩んだのかもしれない。鳥がしゃべるというあり得ない事実さえすんなり受け入れられるほどに。

『しかしお前、なんでここに来たんだ？』

「ああ、それはだな――」

答えようとした瞬間、入り口の戸が勢いよく開いて、慌《あわ》てた声が飛び込んできた。

「オキナオキナっ！　たいへんっ！　二人がいなくなっちゃった！」

髪の短い女子だった。小さな顔を細髪のボブが周囲の空気ごとふわりと包んでいる。小柄《こがら》な彼女は肩にたすき掛けした身体に合わない大きな鞄《かばん》を揺らし、脇目《わきめ》も振らず鳥かごに駆け寄ると、すがるようにそれを抱えてぺたりと座り込んだ。

『どうした小花《ちか》？』

「三人でおそうじしてたはずなのに、いつの間にか二人がどこかに行っちゃったの！　まさか、私が臭《くさ》いのかな!?　私の体臭がきつかったのかな!?」

愛らしい顔にわりかし聡明《そうめい》そうな目元を引っ提《さ》げ、彼女はとんでもないことを危ぶんだ。

『大丈夫だ。心配するな小花。お前は興奮するほどいい匂《にお》いだ』

そのフォローもどうなんだ。

「じゃあ二人はどうしたんだろ？　まさか、謎の組織にさらわれたとか!?」

そこまで言うと、騒がしい女生徒は遅まきながら英知の存在に気がついた。

振り返ると白い肌にすっきりした顔のパーツが見てとれ、普段は冷静な彼女を想像させる。しかしすぐに小動物じみた丸い瞳を鋭くさせた。

「だ、誰!?　まさか二人をさらった犯人!?」

何のことやら。見かねたインコが助け船を出してくれた。

『大丈夫だ。そいつは柄《がら》は悪いが、誘拐《ゆうかい》なんてするタマじゃない。やってもマネキンのスカートのぞきくらいだ』

「だからしねえよ！」

「ん？　あれ？」

食いつくように突っ込んだ英知の横顔を、チカと呼ばれた女生徒はまじまじと見つめた。そして慎重に尋ねた。

「あ、あれ、あなた、福山……くん？　2nd《セカンド》チェアの……」

「ああ、そうだけ……ですが」

英知は即座に選挙前の政治家も真っ青な笑顔をでっち上げた。鳥かごから『ぺっ』という声が聞こえてきた。

ただ、2ndチェアと呼ばれることはいつもながら心外で、内心穏やかじゃない。

ガタ
ガタ

「ところで、友達がいなくなったんですか？　何かトラブルとか？」

『まぁ気にするな。ただ仲間とはぐれただけだ。いつもの妄想《もうそう》だから気にするな』

　オキナが代わりに答える。やけに悲観的な妄想だな、と思っていると、部室の外から地響きを伴《ともな》った数人の足音がきれいに揃《そろ》って聞こえてきた。

「はい今日も届け物ォ！」

　突然、柔道着の屈強な男五、六人が押し入ってきた。神輿《みこし》のように頭上に掲《かか》げた荷物を床面に置き去ると、軍隊の行進のように足並みを揃えて帰っていった。

　最近の郵便屋は肉体派なんだろうか。

　地面に寝かされた荷物に目をやると――あられもない格好をした女子だった。

　学校指定のブレザーの前を大きくはだけ、はちきれそうなシャツの胸元は一つボタンが外れカラフルな布と柔肌《やわはだ》が覗いている。短めのチェックのスカートは少しめくれて健康的な太腿《ふともも》が露《あらわ》になっている。しかし本当にあられもないのはそこじゃない。

　盆踊りの真っ最中で瞬間冷凍されたような格好で石のように硬直している。口も目も半開きで、これは年頃の乙女《おとめ》的には痛恨《つうこん》の一瞬だ。

「これ……何です？　メデューサにでもばったり遭《あ》ったんですかね？」

「あぁなつきちゃん、また固まっちゃったんだ……。しょうがないなあ」

　すると小花が心配げに眉を寄せつつ、石像の脇を抱えて運ぼうとしたので、英知も戸惑いながらも手を貸して革張りのソファに寝かせてやった。

「それにしても、彼女は何で固まって？」

「うん……ちょっと事情があって」

ソファの上の硬直女を見やりつつ、困ったように肩をすくませる小花。

まったく、訳のわからない奴《やつ》ばかりだ。溜息がいくらあっても足りない。

とはいえこれで部室に二人戻ってきた。おそらくここの部員なのだろう。

「まだ他に部員は？」

「あ、うん、あと一人」

小花はそう言うと、目線で英知の背後を示した。

「これは珍しいですね。お客さんとは」

英知は瞬時に飛び退《しさ》った。いつの間にか見知らぬ男が背後に忍び寄っていた。男の生温かい吐息が首筋を襲い、言い知れない怖気《おぞけ》が走った。

「一体いつの間に……」

「越前《えちぜん》くんと一緒に帰ってきたんですが、誰も気づいてくれなくて」

背の低い不気味な男だった。やけに顔色が悪く、肝臓《かんぞう》でも悪いのかと心配になる。クマが濃く、落ちくぼんだ目は世の中を恨めしげに見るようで、生気のない人間というよりは、ちょっと元気な地縛霊《じばくれい》といった感じだ。

そしてもう一つ気になるのは。

「なんで歯ブラシを？」

食事直後なのか？　しかし、いやに歯ブラシをくわえた姿が板についていて、まるで生まれつき口から生えているようだ。

答えを待っていると、空気の読めないおしゃべりインコが威勢のいい声を上げた。

『よーしこれで全員揃ったな！　ちょうどいい、話があるってこいつ——えーと、福——福——ムクドリくんだっけ？』

「福山だ！　強引に鳥類にするな！」

『ああそう、この福山とやらが話があるって言うから、みんなで聞こうじゃないか！　一体どんなおもしろ話が飛び出すんだろうな？　楽しみだなぁおい！　だからお前ら、心して聞くんだぞ！　さあ、張り切ってどうぞ！』

ぞっとするほど話しにくかった。


部員の一人の石化《せきか》が解《と》けるのを待ち、英知は入部したい旨《むね》を伝えた。

三人と一羽はずらりと丸い目を並べて、慌てふためいた。入部希望者が来たという何でもないことが、彼らにとってはよほどの珍事らしい。

結局入部希望は無事受け入れられた。それは当然、部員は多いに越したことはない。特にこの部は三人しかいないそうなので、一人辞めれば生徒会規則で即廃部となる。彼らは入部希望者を待望していた。

『じゃあまずは自己紹介をしてやろうぜ』

でしゃばりインコは仕切りたがる。

『まず、俺はオキナインコのオキナだ。こいつらの保護者みたいなもんだな』

言われたまま頷《うなず》き合う三人を見て、英知は頭を痛めた。保護されるのは鳥の方に決まっているというのは自分の固定観念だったのかもしれない。

『じゃあ、次は部長の小花《ちか》』

「う、うん」

小花は頷くと、礼儀正しく椅子から立ち上がった。

小さな顔によく似合ったボブには、一束だけ右に細い三つ編みがあった。それを不安げに指でいじりつつ、瞳をぱちぱち瞬《まばた》かせ、しかし気を強く持ち直すように大きく息を吸うと、彼女は話し始めた。

「え、えーと、部長をさせてもらっている一年の水川《みずかわ》小花です。えっと、漢字は、水虫の『水』に、三途《さんず》の川の『川』、短小包茎《たんしょうほうけい》の『小』に――」

「待て待て待て！　そんな屈折した自己紹介期待してないわ！」

当初から気づいていたが、やはりこの女はどこかおかしい。

『小花は基本的にしっかり者のいい娘だ。ただちょっと謙遜《けんそん》したり、物事を悪く見るところがあるから、優しくしてやってくれ。まあ、日本人的な奥ゆかしさだろう』

「基本的に、私が生まれたのは神様の大チョンボだと思ってます」

日本人がみんなこんなに後ろ向きなら、この国はもう終わりだ。

『じゃあ次はなつきだ』

「……あたしもするの？」

硬直の解けた彼女は、一人だけ円卓から離れたソファに座っていた。ぱっと見活発で明るそうな印象だが、英知を見る目つきには警戒心が剝《む》き出しだった。

インコに促《うなが》され、不承不承《ふしょうぶしょう》ながら彼女も小花にならって立ち上がった。

健全な男子なら、その途端に揺れた彼女の胸部に目が行くのは仕方ない。顔の出来も平均値を優《ゆう》に超えていて、言い寄る男が後を絶たないだろうと思えた。

「一年の越前なつき。小花に誘われてこの部に入ったんだ。下衆《げす》野郎。よろしくね」

にこりと笑顔を残し、なつきは再び腰を下ろす。手の込んだ編み込みカチューシャの後ろで結われた明るい栗色《くりいろ》のポニーテールがふりふりと揺れていた。

英知は首をひねった。挨拶《あいさつ》の後半に物騒な文句が入り混じっていた気がした。

なつきは続けざま、英知に向けて人差し指をびしりと突き立てた。

「それと一つだけ、絶対に守ってほしいことがあるの。あたしの一メートル以内には絶対近寄らないで。いい？　……蛾《が》の模様みたいな顔しやがって」

「なんで俺は初対面でこんなになじられてんの!?」

今度こそ確実に捉《とら》えた。文末に居座るカミソリのような悪意。一見明るく友好的に見えるのに、この女の腹の底では陰険な黒蛇がのたうち回っているようだ。

混乱する英知を見図《みはか》らって、オキナが解説を加えた。

『まぁまぁ。なつきは男がちょっと苦手なんだよ』

「男が嫌い、ってことか？」

『うーん、まあそんなとこだ。思春期特有の照れみたいなもんだな』

「おい、思春期になったらこんな罵倒《ばとう》が日常化するのか。聞いてないぞ」

『まぁとにかく、なつきの一メートル以内に近づくとフリーズしちまうから、くれぐれも気をつけてくれ。長いと一時間近く固まってるからな』

　さっきの硬直の理由はそういうことらしい。ここへ運ばれる前に、どこかの男に近づいたんだろう。一度固まってしまえば自分では動けないようだ。口が悪いのも問題だが、それ以上に問題なのは体質の方だ。

『じゃあ、最後は匠《たくみ》、おま——』

「ずっと気になってたんですが、英知くん」

　オキナの台詞を遮《さえぎ》って気味の悪い男がずいと身を乗り出してきた。近い。微《かす》かな歯磨き粉の匂いを残した生臭い息が鼻腔《びくう》に届いてぞっとした。

「な、何です？」

　椅子から立って思わず後ずさるが、すぐさま距離を詰められる。近い。顔が近い。

「それ、ポケットのフタ」

「ポケットのフタ？」

　見れば、男の視線は英知のブレザーのポケットに釘《くぎ》づけだった。

「左右のポケットはフラップが外に出ていて、左のフラップは中に入り込んでいた。

「それがどうか？」

「左右。見てみてください」

左右のポケットを交互に見てみた。右のポケットはフラップが外に出ていて、左のフラップは中に入り込んでいた。

「あ、ああ、左右違うから教えてくれたのか。すま、いや、ありがとうございます」

言って、左のフラップを外に出そうとすると、男の右手がそれを止めた。どうするかと思えば、大真面目《おおまじめ》な顔で論説をはじめた。

「マナー的に言うと、それは外に出ていても中に入っていても、どちらでもいいことになっています。しかし、それは別名〝雨蓋《あまぶた》〟と呼ばれていて、元々は野外で雨や埃の侵入を防ぐために取りつけられたもの。そう考えると、部屋の中にいる時には中へ入れ、外出している時は外に出すというのが正しいと思うんです」

腕を組み、一人うんうんと唸《うな》る。近い。

「しかし英知くんのフタは、右は外、左は中となっている。これが何を意味するのかをずっと僕は考えていたんです」

おいおい、何も意味しねえよ。気持ち悪《わり》いな。トイレでハンカチを出し入れした時に、左のフラップが入り込んでしまっただけだ。

そんな思いをよそに、歯ブラシ男は一人推理をめぐらせる。

「これは英知くんの内面の葛藤《かっとう》を表していると思うんです。外に出ようという気持ちと中にいたいという気持ち。それが相克《そうこく》しているんだ。これはつまり……。わかった！　君はひきこもりですね!?」

「予想外なところに着地したな……」

こんな曲解《きょっかい》は初めてだ。思考のコントロールが悪すぎる。

「こちとら入学以来皆勤賞《かいきんしょう》なんだが」

「違う？　ほう……それじゃどういうことでしょう。別の角度から考えてみよう……」

男は椅子を立ち、歯ブラシを揺らしながら、部室をうろつき始めた。自己紹介のことなどすっかり失念しているようなので、英知はオキナに尋《たず》ねた。

『ああ。こいつは安達匠《あだちたくみ》と言うんだ。お前やみんなと同じ一年だ。ちょっと神経質な性格でな、細かいことが気になっちまうんだ。あの歯ブラシだって、食べた後にいつも歯を磨く奴がいるだろ？　あいつはそれが始終気になっちまうもんだからいっそ年中歯ブラシをくわえてるんだ。でも元々はあの機工学部の部員なんだぜ』

それが本当なら、確かにたいしたものだ。神経質なのも、工学者にありがちな性質か。掃除を本業とする部なら、神経質なほどきれい好きになるのも頷ける。

ぶつぶつ呟《つぶや》きながら匠が席に戻ったところで、オキナが場を締めにかかった。

『まあ、とにかく、これでおそうじ部全員だ。なかなかいい自己紹介だったぞお前ら。じゃあ最後に俺から福山の紹介をさせてもらうけどな』

「おい、何でお前がすんだよ」

『福山英知。お前らと同じ一年だな。……と言ってもまぁ、有名人だしな。お前らもよく知ってるように――』

２ndチェア。どうせ称賛《しょうさん》混《ま》じりにそう紹介されるんだろうと高をくくり、英知は不機嫌そうにそっぽを向いた。二番手だなんて、ただ腹立たしいだけなのに。

『視界の端にちょっとだけ見える鼻の頭がいつも気になって仕方がない男だ』

「俺の代名詞そんなの⁉」

すると匠があごに指を当て、「ほう……」と深く頷く。

「シンパシー感じてんじゃねえよ！　そんなの嘘《うそ》っぱちだぞ！」

見れば、小花となつきの二人もどこか憐《あわれ》みを込めた眼差《まなざ》しを向けてくる。

「このバカインコっ！　その羽むしって丸裸にしてやる！」

逆上した英知がオキナに飛びかかる。ところを、意外に俊敏《しゅんびん》な動きを見せた匠が後ろから羽《は》交《が》い締《じ》めにして止めた。

「離せっ！　あいつは一度痛い目に遭わせないとわかんねぇんだっ！」

敬語も飛んだ。拳《こぶし》を振り上げて暴れる英知に、小花が横から叫ぶ。

「だめっ福山くん！　その振り上げた拳は私の顔面に浴びせたらいいじゃない！」

「なんでお前なんだよ！　意味わかんねえだろ！」

英知は勢いをつけて匠の腕を振りほどく。自由になった英知は部室内を旋回《せんかい》するオキナを摑《つか》み取ろうと跳ね上がるが、標的はするりとすり抜ける。

何度も取り逃がし歯嚙みする英知に向かって、

「まぁ仕方ないわよ。相手は鳥なんだから」

遠巻きに見ていたなつきがたしなめるように言った。

「ねぇタマシギって鳥を知ってる？　タマシギのメスはオスに抱卵《ほうらん》と育児を全部押しつけて、とっかえひっかえオスを渡り歩くのよ。男をボロ雑巾《ぞうきん》のように扱っちゃって。ふふ、笑っちゃうわね」

「なんでそれを今言った⁉」

男的にはまったく笑えない雑学だ。この女はよほど男を目の敵《かたき》にしているらしい。

一体こいつらはどうなってる⁉

想像はしていたが、ここまでの穀《ごく》つぶし揃いとは。

意地悪そうに舌を出したオキナが窓から飛び去っていくのを、英知は脱力して見送ることしかできなかった。

☆

ここ了星《りょうせい》学園はもともと、黒くて深い森に囲まれた遊園地だった。

市街から一時間バスで揺られれば、知らぬ間に文明と切り離された、森と動物の息遣《いきづか》いに満ちた深山《しんざん》に至る。その山の中腹を切り拓《ひら》いて造られたのが、了星学園の前身である〝ゴシックフォーレ〟だ。

ゴシックフォーレは中世ヨーロッパのオカルティックな世界を舞台にしたテーマパークだった。バブル期の開発ブームに乗って造られた無計画な夢の森。

思えば計画の段階で失敗は目に見えていた。交通の不便な悪立地。テーマを設定しながらも一般大衆に迎合してコーヒーカップやメリーゴーラウンドを配置してしまったコンセプトのブレ。それでも客は来るという楽観的な読みが成立したのは、未曾有《みぞう》の好景気という時代の空気に酔わされていたせいだろう。

それでも開園当初は人気を博した。年々来客数は増加し、次第に国内有数のテーマパークとして認知されるようになった。しかし数年ののち、状況は一変する。

バブルの崩壊《ほうかい》。時代の空気に踊らされていた人々は我《われ》に返った。夢の森という言葉の魔法にかかっていた自分を恥じるように、ゴシックフォーレから人波は消えた。

時を待たずゴシックフォーレは閉鎖《へいさ》に追い込まれ、大々的に告知された十周年の記念祭は期待だけを煽《あお》り立て、その手前で夢の森は息絶えた。

その後数年、施設は放置された。

立ちどころに荒廃は進んだ。人も住めない不便な山はうち捨てられ、廃墟《はいきょ》となったかつての夢の森は低俗《ていぞく》なB級心霊スポットに成り下がった。

そこへ救いの手を差し伸べたのは、一人の天才科学者だった。

福山昏《ふくやまくらん》。

科学者という呼び名が正しいかもわからない人物だった。〝黄天《おうてん》の魔術師〟〝スタチュー・クラッカー〟〝神のスティロ・ルージュ〟、さまざまな呼び名がその人物を彩《いろど》った。雲をつかむような異名がつくのは、それをなぞらえる本人が霧《きり》のようにおぼろげだったからだ。その名は雷《らい》鳴《めい》の如《ごと》く轟《とどろ》くのに、その姿を見た者がいない不思議。それでは神と同じだった。

正体不明の人物が買い手なら、施設買収の理由も不明だった。ただ一つ確かだったのは、買収後に生まれる施設の将来性。夢の森の跡地には高等学校が建てられることになった。希代《きたい》の科学者の創設する学園。その人のみぞ知る前人未到の科学の秘境。そこに憧《あこが》れた人々は、深い森に隔《かく》離《り》された新たな学園になだれ込んだ。

それがこの了星学園。

グレードチェア制度という独特の教育システムを持ち、専門大学さえしのぐ科学技術の桃源《とうげん》郷《きょう》。この学園で実績をあげることは、その後の輝かしい人生を送るパスポートを得るのと同義だった。

とはいえ、人を惹《ひ》きつけた理由はそれだけではなかった。謎《なぞ》のベールに包まれた魔術師の手になり、廃墟の遊園地の上に造られた深山幽谷《ゆうこく》の学園という、その神秘的な響きが人々を強烈に惹きつけたのかもしれない。

☆

〝幽霊マンション〟という名の、およそ校舎と思えない建物を抜け出ると、英知《えいち》はおそうじ部のプレハブ部室へ足を向けた。今日が初めての部活動になる。

園内の各所を結ぶレンガ敷きの遊歩道を歩きながら、またあの連中と顔を合わせなければいけないと思うと憂鬱《ゆううつ》になる。

病的ネガティブ女に男嫌いの逆メデューサ女。唯一《ゆいいつ》の男はといえば、見た目も思考も気味が悪い。自然と出る溜息《ためいき》。昨日は叫び過ぎで喉《のど》が嗄《か》れてる気がするし。

くだらない人種とつき合うのは時間の無駄《むだ》だ。何よりそのせいで自分の評価が下がるかもしれないと思うと耐えがたかった。

元遊園地であるこの学園の敷地は広大だ。入学者向けパンフレットには確か二十万平方メートルと記載されていた。東京ドームなら四つがすっぽり入る計算。だから学園内の移動にはやたら骨が折れ、正門に近い幽霊マンションから一番奥まった場所にあるグラウンドまでの移動があった日には、小走りの集団が大移動する光景が見られる。

〝ゴシカ夫人の迷路回廊《めいろかいろう》〟はクラブハウスになっている。理工学系の部活を除き、すべての部室はその中にあった。おそうじ部の部室だけは例外で、爪弾《つまはじ》きされるようにそのすぐ裏手に位置し、距離は目と鼻の先だった。

しかし遠い。これは心理的な距離なんだろうなと英知は思う。

住む世界がかけ離れているのだ。水と油。氷炭相容《ひょうたんあいい》れず。この徹頭徹尾《てっとうてつび》エリートの自分とあんなろくでもない連中とが交わるわけがない。いくらこの学園がかつて夢の森だったとしても、ドキドキもワクワクもない。

「あれ2nd《セカンド》チェアじゃない？」

「あ、ほんとだ。まだ一年なんでしょ？　それなのにすごいよね」

不意に英知の耳にささやき声が飛び込んできた。

途端に翼でも生えたように軽やかになる足取り。ファッションモデルのように優雅《ゆうが》に、エリートビジネスマンのように悠々と歩を進める。

ただ間違っても。間違っても気分を良くしたわけじゃない。その逆だ。はらわたは煮えくり返っていた。〝2nd〟なんて言葉、聞きたくもない。

これはただの魅《み》せるための歩き方だ。振りまいた笑顔の裏で奥歯がぎりぎり音を立て、足速に通り過ぎようと決めた英知を、背後から声が呼び止めた。

「やっぱり、福山《ふくやま》くんは有名だね」

振り向くと水川小花《みずかわちか》が息を切らせて立っていた。どうやら走って追いかけてきたようだ。相変わらず大き過ぎる鞄《かばん》が余計な重りになっている。

「名を上げるのも速いけど、歩くのも速いんだね」

上手《うま》くもない洒落《しゃれ》を言いながら、額《ひたい》を腕で拭《ぬぐ》い無防備な笑みを浮かべた。

「ん？　お前ちょっと、右頰《ほお》のあたりに何か――」

黒っぽい埃《ほこり》がついているように見えて、英知が指をさして教えてやると。

「なに？　私の顔に腐《くさ》りかけの卵でもついてる？」

「具体的だな！　『何か』じゃダメなのか!?」

苛立《いらだ》ちつつも英知が指で埃を取ってやると、小花は一瞬猫のように瞳《ひとみ》を閉じ、ありがと、と照《て》れ臭《くさ》そうに笑った。

「さっき来る途中に資料室のおそうじしてきたから、きっとその時についたんだね」

「来る途中にってお前、部活始まる前から掃除とかしてるのか？」

「え、別にいつもだよ？　気がついたらおそうじするのが習慣になってるから」

あっけらかんと。英知には理解しがたい感覚だ。

掃除なんてつまらないもの、進んでやる人間がいるとは思えない。掃除なんて押し着せの義務か、そうでなければ負け犬の仕事だろう。

なのにこんな満面の笑顔で。なんでこんなに楽しそうに？

英知が疑問を浮かべていると、出し抜けに小花が言いづらそうに切り出した。

「実は、部活に行く前に福山くんに聞きたいことがあって、それで急いで追いかけてきたんだ」

英知は首を捻《ひね》り、内容を尋《たず》ねる。

「えっと……昨日も聞こうと思ったんだけどね、どうして福山くんはうちに入部してくれる気になったのかな、って。福山くんは２ndチェアで、その……おそうじ部は……えと……そんなに評判がよく、ないので……」

小花は尻すぼみに小さくなる声で一晩中雨に打たれた子犬のように俯《うつむ》いた。

若干《じやつかん》不意打ちではあったが、英知はその場で回答を練《ね》り上げた。

「まぁ、特にこれといった理由はないよ。違う部を経験してみるのも面白いかと思っただけ。それに生徒のよろず相談に応《こた》えるのも園内を美化するのも、学園に貢献《こうけん》するって意味じゃ同じだろ。このだだっ広い学園内の清掃、誰にでもできることじゃない。何だ？　まさかお前自身が部の活動に誇りが持てないのか？」

「ま、まさかぁっっ！」

素《す》っ頓狂《とんきょう》な声を上げ、顔の前で両手を振って否定する小花。

「誇りなら山のようにあるよ。うん、学園から塵《ちり》や埃を払うたびに、かわりに私たちの胸には誇りが積み上がるんだ。だから私はおそうじが大好き」

言って、小花は無垢な笑顔を見せた。

その眼差《まなざ》しは学園に君臨する女帝に伍《ご》するほど気高《けだか》く凛《りん》とした輝きを湛《たた》える。

なぜだろう。摑《つか》めない。

ただのネガティブ女かと思いきや、こんな顔も覗《のぞ》かせる。

なぜだろう。知らず、心が惹《ひ》かれてしまっていた。


部室に到着すると、越前《えちぜん》なつきがすでに準備を整え、ソファに腰かけていた。

彼女は英知を見るなり引《ひ》き攣《つ》った笑顔を浮かべ、何とか声をかけようと試《こころ》みる。

「い、いらっ……いらっしゃ……」

しどろもどろでなかなか言葉にならない。しかしついに意を決し、

「おとといいらっしゃい。福山くん」

結局挑発的な挨拶《あいさつ》をした。惜《お》しかった。頭の四文字さえなければ上等だったのに。わざわざ

「おととい」が滑り込んできたせいで、喧嘩《けんか》上等に早変わりだ。

ちらりと鳥かごを見ると中身は空で、どうやらオキナはお出かけ中らしい。

「福山くんはここのロッカーを使ってね」

と、小花が英知の制服の袖《そで》を引き、案内してくれた。丁度《ちょうど》四つしかないロッカーの左から二番目が英知のものらしかった。小花はその右隣のロッカーに自分の荷物を置くと、中のハンガーにかかっていたエプロンを鼻唄混じりに引き出した。

部屋の隅の、おそらく粗大ゴミを拾ってきたらしい傾いた姿見を見ながら、ご機嫌な様子でそれをつける。腰を紐《ひも》で縛《しば》るタイプだった。アイボリー地に小さな苺柄《いちごがら》がいくつもプリントされていて、胸や裾《すそ》にフリルがついた可愛《かわい》らしいデザインだ。

掃除人というより、キッチンに立つ若奥様といった感じ。

よく見ればなつきもすでにエプロンをつけていた。白とオレンジのチェック地で、Vネックのワンピースタイプ。こちらも明るくて可愛らしい。

英知がそんな姿をじっと見つめていると、

「そうだ、福山くんのエプロンも買わなきゃね」

エプロンをつけ終えた小花が、前髪をスズランのピンで留めながら言った。

「え？　俺は別にいいよ」

男がエプロンをつけたって似合わない。気持ちが悪いだけだし、それに――。

「だめだよ。せっかくの制服が汚れちゃうから」

「じゃあ俺は運動着に着替える。それなら汚れても構わないだろ」

「うーん、でもそのうちに用意しようね。体育の授業との兼ね合いで運動着が使えない時もあるでしょ。それにエプロンはうちのユニフォームみたいなものだし！」

あいまいに返答しておいた。内心、揃《そろ》ってエプロンだなんて御免《ごめん》だった。そんなことをした日には、すっかりこの落ちこぼれ軍団の仲間入りだ。

「じゃあ今日は私がついて教えるね。わからないことは何でも聞いてね！」

小花は両手で竹箒《たけぼうき》を持ちながら、小さな胸を張った。

「ね？」

小首を傾《かし》げて満面の笑み。やっぱり英知は不思議だった。これがさっきまで腐りかけの卵がどうこう言ってたネガティブ女と同一人物か？

英知の目の前で、小花の操《あやつ》る竹箒が上機嫌にくるりと舞った。

まさかな。――コンと、竹箒の柄《え》が地面を突く音。

竹箒に魔力でも宿ってるとか？　ついそんなことを考えた。


英知は小花となつき、それに遅れて到着した匠《たくみ》の三人と連れ立って、それぞれ掃除用具を手に部室を出た。

背の高いモミの木立が幅十メートルほどある遊歩道の両側を縁取《ふちど》っている。モミの木には電飾が巻かれていて、夜に点灯すれば随分《ずいぶん》幻想的な風景になるらしい。

小花が上機嫌に一つステップを踏み、両手を広げて言った。

「福山くんが入ってくれて本当に助かったよ。うちの部は三人と一羽しかいないから、学園全体をきれいにするには人手が足りなかったんだ」

「あぁ、そうだろうな……」

これだけの広さだ。実質三人だけの人手で到底まかないきれるものじゃない。

匠が不確かな発音で補足した。

「この学園の敷地は約二十万平方メートルありますから。そんじょそこらの学校とは桁違《けたちが》いで、野球盤で言えば、三十三万三千三百三十三個がすっぽり入る計算です」

「数がおびただしいわ！　逆にイメージしづらいだろ！」

釈然《しゃくぜん》としない英知に対し、小花が説明した。

「今匠くんは野球盤って尺度《しゃくど》が気になってて。まぁ、マイブームみたいなものだよ」

おそらく野球盤では計算が割りきれなくて小数点以下永遠に続く〝3〟をぶつぶつ呟《つぶや》きながら思考の森に迷い込んだ匠を尻目《しりめ》に、小花が続けた。

「とにかく、このタイミングで福山くんが入部してくれたのは本当に助かったの。ね、なつきちゃん？」

息を潜《ひそ》めるように英知から距離をとって歩いていたなつきは、突然名指しされ、探偵に言い当てられた犯人のように肩をびくっと跳《は》ねさせた。

「そ、そうね……助かって、うん、か、感謝、してるわ。本当に。本当にもう……反吐《へど》が出るくらい」

「感謝してる奴の言い草じゃねえ！」

「いやっ、その、ちょっとなつきちゃん緊張してるだけだから！　ほら、ね？　気にしないで？」

小花は大袈裟《おおげさ》に笑って場を必死に取《と》り繕《つくろ》った。いつもこうして部員のフォローをしてるのかと思うと、随分と気苦労が絶えないだろうと合掌《がっしょう》したくなる。

「あ、そうそう、タイミングが良かったって話だよね！」

ぱちんと両手を鳴らして小花が続けた。

「当然福山くんもわかってると思うけど、フェスを目前にしてるからね。できるだけきれいな姿の学園で、当日を迎えさせてあげたいから」

〝フェス〟というのは五日後の日曜日に行われる特別なイベントのことだ。空に満天の星が輝く夜、学園は幻想的な光と音楽と歓声に包まれる。

毎年一回スターライトフェスという、遊園地時代のイベントの名前をそのまま借用した、他の学校で言う学園祭に当たる行事があるが、それとはまた別物だ。

正式には〝10th Anniversary Shooting Star festival〟という大層な名がつけられているが、皆〝十年祭〟とか、ただ単純に〝フェス〟だとか呼んでいる。それは、前身のゴシックフォーレが開園十周年を盛大に祝うつもりで、ついに行われることのなかった記念イベントの名だ。

遊園地と同じく今年創立十周年を迎える学園を祝う目的で盛大に行われる一大イベント。

それだけではない。

その日は、かつて見捨てられ灯《ひ》を失った遊園地がもう一度光を取り戻す日でもある。学園関係者に留《とど》まらず広く一般に学園を開放し、在《あ》りし日の遊園地を懐《なつ》かしむ。

特別には特別が重なるもので、イベント当日には、百二十年ぶりの巨大流星群が夜空を彩《いろど》ると言われている。そもそもイベントの日取りも流星群の到来に合わせて設定され、まさに〝Shooting Star fes〟と相成ったわけだ。

おかげで学園内外の盛り上がりはかつてない。宣伝は学園のホームページに掲載する程度だし、メディア取材も学園の方針で控えているというのに、ネットや口コミで噂《うわさ》は広がり、高まる期待は天を衝《つ》く勢いだった。

「私たちは当日の出し物を用意しない代わりに、学園をきれいに掃除することにしたの。言わばこの学園自体が私たちの出し物ってところかな」

小花は笑い、誇らしげに言った。

一大イベントに合わせて、各部は思い思いの出し物を用意している。数カ月も前から準備に勤《いそ》しみ、本業の部活もそっちのけの部さえ珍しくない。それも当然、その出し物の出来不出来が部のポイントに大きく影響するともっぱらの噂だ。ポイントの増減に関《かか》わる話題には、ここの生徒はあまりに敏感で反応が露骨《ろこつ》だ。

そんな中、おそうじ部は出し物を用意しないらしい。常識的に考えればありえない。生き馬の目を抜くこの学園で、何もしないことは自殺行為。どいつもこいつも人に先んじようと、貶《おとし》めようと躍起《やっき》のリングに、防具なしのノーガードで上がるようなものだ。それなのに当のおそうじ部三人はいたって満足そうな顔で。

「まぁタイミングが良かったんなら何よりだ。で、今日の掃除はどうするんだ?」

「あぁうん、今日はね、グラウンド周辺のおそうじを中心にしようと思うの」

学園の北端——正門が真南なので、学園敷地の奥に当たる——には、サッカーが同時に二試合できる広さのグラウンドがある。

「じゃあここからは二手に分かれようか。その方が効率的だからね」

四人でグラウンドへ到着すると、小花の提案で二手に分かれることになった。

英知は小花と組み西側を。なつきと匠は東側へ歩いていった。

なつきと匠の背中を見送りながら、英知は小花に疑問をぶつけた。

「越前《えちぜん》は安達《あだち》と二人で大丈夫なのか? あいつは男が苦手なんだろ?」

「あぁそれね……。うん、大丈夫。同じ部の仲間だから慣れてるっていうのもあるけど、裏ワザがあってね。またそれは今度教えるから」

それなりに対策はしているようだ。考えれば当たり前か。そうそういつも固まられてちゃかなわないだろう。

ふと、英知の目前に、ひらひらと細長いものが落ちてきた。モミの落ち葉だった。

「あ、ちょっとごめんね」

すると、すぐさま小花が屈んで拾い上げ、手にしたビニール袋に素早く入れた。

英知は遊歩道の前後を見渡してみた。道の上にはごみの一つも見当たらなかった。それどころか小さな落ち葉さえもほとんど目につかなかった。

モミは常緑樹なので、三年は葉が落ちない。落ちても葉が細長くて小さいので目立たず、きっと遊園地時代、清掃効率を考えて並木にモミを選んだのだろう。

しかしこんなふうに常に歩道をきれいに保つには、毎日のメンテナンスが欠かせない。少なくたって必ず葉は落ちるし、誰かは決まってごみを捨てる。

「行こ？」

英知に声をかけ、慣れた様子で遊歩道からグラウンドに向かう芝生《しばふ》に踏み出した小花を見れば、いつもこうしてまめにごみを拾っているんだろうと想像できた。

見捨てられた廃墟《はいきょ》の遊園地は学園として息を吹き返し。

彼女のような人間がその後を支えているのだ。


現在グラウンドのあるこの場所には、元々大きな鉄製ジェットコースターが縦横無尽《じゅうおうむじん》に身体《からだ》をくねらせていたが、学園として転身する際にあっけなく取り壊された。今は芝生が全面に張られているので、鉄柱が突き立っていたかつての痕跡《こんせき》さえ見ることはできない。同じように学園として再生する際、不要になったアトラクションや建造物はあったが、極力《きょくりょく》原形を残したままリフォームする方針だったので、内外装に手は加えられているものの、ほとんどのものが遊園地時代のまま現在の学園に引き継がれていた。

〝幽霊マンション〟は校舎に、〝ゴシカ夫人の迷路回廊〟はクラブハウスに。レストランや売店はそのまま購買と学食に生まれ変わった。

グラウンドから森の際《きわ》を仰《あお》ぎ見ると、高さ三十メートルほどの大観覧車が威容を晒《さら》す。もう誰かを乗せて回転することはないが、遊園地に馴染《なじ》み深い人々のたっての希望で保存措置が決定した。今ではゴンドラや支柱に大型の外灯が取り付けられ、深緑のグラウンドと躍動する学園生徒を上空から優しく照らし出す。

とはいえ降り積もる時間は残酷で、鉄の身体には錆《さび》が浮き、外灯は蛾《が》や小虫の死骸《しがい》で目詰まりを起こしている。見ればゴンドラの一つも欠けていて、経年劣化《けいねんれっか》は避けられない現実を突きつける。この寂《さび》れた姿を前にすると、一時の郷愁《きょうしゅう》で下された判断が果たして正しかったのか、誰にもわからない。

グラウンドの周囲には、森から飛んできたモミとは違う落ち葉があちこち散っていた。二人で竹箒《たけぼうき》を携《たずさ》え、それを掃《は》き集める。

竹箒を申し訳程度に動かしながら、英知の視線は少し離れた小さな背中に注がれていた。おそうじ部部長は額《ひたい》に汗を浮かべ、健気《けなげ》に活《い》き活《い》きと、竹箒を操る。掃除に夢中の彼女の肩に一つ葉が降り落ちると、英知は歩み寄りそっと取り除いた。

三〇分ほどかけ、グラウンド周辺の落ち葉やごみを掃き集めると、腹いっぱいになった半透明のビニール袋が三つも出来上がった。

「ふー、これでこのへんは済んだね」

額の汗を拭《ぬぐ》い、小花は満足そうに微笑《ほほえ》んだ。と思えば次の瞬間。

「あ……」と、向かい合う英知の肩越しに視線をやって、表情を強張《こわば》らせた。

何ごとかと視線をたどると、その先に一人の男子生徒。だらしなく長いまだらの金髪に目を引かれたが、それより気になったのは彼が植え込みに放ったものだった。

ジュースの空《そら》パック。つまりポイ捨てだ。

「あの――」

「やめとけよ」

ポイ捨ての現行犯に声をかけようとした小花を、英知が止めた。

「やめとけ。他人が注意したところで何も変わらない。ガキみたいな反発が返ってくるだけだ」

「でも、ダメなことは言わないと……」

英知は首を振る。

「あれはあいつの価値観だ。ポイ捨てって行為も一つの価値観だ。それを変えないで行為一つを注意したって無意味だ。そんなこともわからないで説教を垂《た》れたがる輩《やから》がいるけど、馬鹿馬鹿しい。無駄だからやめとけ」

「う、うん……。そう、かもしれないけど、でも……」

小花は俯《うつむ》き悔《くや》しそうに唇《くちびる》を噛《か》みつつ、ぽそりと呟いた。

「悲しいの。あの人が」

「悲しいって、あいつが？」

「うん……」

小花はゆっくり顔を上げた。

「あのね、ポイ捨てをする人はね、ごみと一緒に何か大切なものも捨ててるの」

「大切なもの……」

「うん、きっと、とても大切なもの。だからあの人が悲しくて……」

小花は沈んだ表情をごまかすように少しだけ頬《ほお》を緩めると、捨てられた空パックを拾いに走った。英知はそれを目で追いながら、いきおいその先にいる金髪男の背中に視線を移した。

どうせ、席取り競争に敗れた落伍者《らくごしゃ》の類《たぐい》だろ。

この学園で上位を獲得することには格別の意義がある。この学園で行われているのは、言わば〝人間力競争〟だ。頭脳、人気、そして倫理観や心の優しさまでも点数化し競《きそ》わせるという、競争主義を煮詰めてできたような制度の上で勝利を得た者への評価は絶大だ。グレードチェア制度とは社会の縮図だ。優《すぐ》れた成果を残す者は恵まれ、そうでないものは疎《うと》んじられる。二極化が激しいのも現実の反映。だから下位に甘んじた者の末路は暗い。卒業とともに彼らに与えられるのは「競争主義の敗者」という烙印《らくいん》だ。社会に出ても同じ結果しか残せないだろうという、消えない烙印。短絡的にそう判断させるだけの説得力がこの学園の教育制度にはある。

それだけ影響力の大きな制度だけに、この異端の学園に向けられる世間の風当たりは相当に厳《きび》しい。過度の競争主義は往々《おうおう》にして、人を伸ばすよりも人の精神をへし折ることの方が多く、輩出するエリートの数と同じだけの落伍者を生み出し続ける学園に対する非難は、各方面から絶えることがなかった。

金髪男が道に唾《つば》を吐《は》く刹那《せつな》、天を憎むような恨《うら》みがましい横顔が見えた。男が肩をそびやかして通った後、その一部始終を見ていた女生徒たちがささやきを交《か》わす。

最低だよね。ねぇ？　かっこ悪。

そんな声。

「確かに大切なものを捨ててるな」

確かに少なくとも、彼女たちからもらえるかもしれなかったポイントは捨てている。


落ち葉拾いを終え、次の現場への道すがら、英知は注意深く観察していた。

おそうじ部が学園長らしき何かを探しているのなら、部長である小花が行動を起こさないはずがない。どこかで尻尾《しっぽ》を出すはずだ。掃除につき合いながら、彼女が何かを探す素振《そぶ》りを見せないか横目で窺《うかが》い続けていた。結論を言えば、それはあった。

「何でもないから」と言いながら物陰という物陰を覗《のぞ》いて回ったり、「別に何も探してないんだよ？」と言いながらダウジングをする姿を見れば馬鹿でもわかる。

これで隠そうとしているつもりならば、正気を疑わざるを得ない。

こうなればストレートに問い質《ただ》すか、それとなくカマをかけるか。

ごみ箱の蓋《ふた》を、何も飛び出してくるわけがないのに片目を瞑《つぶ》って恐る恐る開ける小花に呆《あき》れつつ腕組みしていると、逆に思わぬ質問がカウンターで飛んできた。

「ねえ、２ndチェアってどんな機能があるの？」

「……機能？」

「うん。ちょっと興味があって。上位六席には何か特別な機能があるんでしょ？」

何も飛び出してこなかったことに胸をなで下ろしつつごみ箱の蓋を閉める小花。

上位六席――通称〝チェア・オブ・シックス〟には、特殊な力が備えられているという。中には現代科学では実現不可能に思える不思議な力もあり、学園生徒はそれを魔術師のかけた魔法と呼んだりする。

とはいえなぜ突然そんなことを聞く？　疑念を腹に英知は答えた。

「空調がついてるのは知ってるけど、それは上位のチェアにはデフォルトでついてるらしい。2ndチェア独自の機能ってことなら、俺は知らない」

「え、自分の椅子なのに？　調べてみないの？」

「……そうだな」

「えっと……どうして？」

遠慮がちに尋ねる小花に、英知は渋々答えてやった。

「あれは別に俺の椅子じゃないから。今は仕方なく使ってるだけ。自分のじゃないんだから機能を使う必要はないし、興味がないから調べもしない。それだけだ」

「そうなんだ……。でも2ndチェアなんてみんなの憧《あこが》れの的《まと》だよ？　それを自分の椅子じゃないなんて、福山くんはなんだか嫌ってるみたいに聞こえる」

「聞こえるわけじゃなくて、嫌ってるんだ」

二番手の椅子なんて忌《い》まわしい。自分が座るべきは１stチェア一つのみ。英知の脳裏《のうり》に生徒会長室にある、空想の合成獣グリフォンを模《も》した椅子が浮かぶ。そこに居座るのは神宮寺《じんぐうじ》鳥子《ちょうこ》。想像したらまたむかっ腹が立ってきた。

「そう……。１stチェアっていったらついてる機能もすごそうだもんね。ちなみに、どんな機能かは知ってるの？」

「知らない。機能に興味があるわけじゃない」

実際、１stチェアにかけられた魔法は謎《なぞ》に包まれていて、そのせいでいつも噂の種になる。座っている本人も秘密を明かさないため、諸説入り乱れている。

例えば、何でも願いが叶《かな》うとか。

ロケットがついていて月まで行けるとか。

常識的に考えれば馬鹿げた話だ。でもそれがあり得ると思わせるのが、この学園の創設者のすごいところだ。特別な機能を備えた上位チェアを作ったのは福山昏《くらん》本人。その名前には、何があったって不思議じゃないと思わせる魔力があった。

「そっか、そうだよね。ごめん」

小花は取り繕うように笑ってみせた。その不自然さを英知は見逃さない。

「よっぽどチェア・オブ・シックスの機能に興味があるみたいだな」

「え？」

「そうなんだろ」

「べ、別にそんなことないよ……？」

急にあさっての方を向いてとぼけた口笛を奏《かな》で始める。

まさかとは思うが、隠しているつもりのようだ。

２ndチェアのことを聞くくらいならいい。六つの玉座《ぎょくざ》は学園生徒の興味の的、出会って間もない二人が話題に困れば自然なことだ。でも英知が１stチェアにこだわる理由を聞かず、その機能について尋ねられれば、そこに特別な意図があることは明白だ。英知はここで切り込む。

「探しものと関係があるとか？」

「え……」

目に見えて強張《こわば》る表情。三つ編みの束を指でいじって、まったくわかりやすい。

「晒《さら》しもの？　私が？」

「言ってねえ！」

聞き間違いまで屈折している。鼓膜《こまく》や耳小骨《じしょうこつ》まで救いようがない。

探しもの、ともう一度はっきり発音してやる。

案《あん》の定《じょう》、図星を突かれたようにあたふたしだす小花。

「さ、探しもの……ね。う、うん、そうだね、生きる希望なら四六時中探してる！」

「見つかるといいな。明日の学食、カツカレーが半額らしいぞ」

迷える子羊《こひつじ》にささやかな希望の種を提供しつつも、ここで話を脱線させられない。

「でももうごまかさなくていい。何か探してることはわかってるんだ」

したり顔でこんなことを言うのも馬鹿らしかった。なにしろ彼女の両手にはまだダウジングロッドが堂々と握られている。

小花は神妙な顔で黙り込んだ。グラウンドを駆け回る運動部の喧騒《けんそう》を耳の奥で転がし、腕組みして一、二分唸《うな》ると、覚悟を決めたように英知の顔を見上げた。

「うん……。きっと福山くんなら大丈夫よね。ただ、このことは誰にも言わないって約束して。……いい？」

真剣な眼差しに英知は頷《うなず》いてみせた。どくんと鼓動《こどう》が弾《はじ》けた。

ついにわかるかもしれない。呪《のろ》わしき血族、福山昏の居場所が。

心臓が高鳴って熱い。と思えば凍《こご》えるようでもある。もしかしたら、自分は怯《おび》えているのかもしれない。そうこう考えている間に鼓膜をかすめる小花の声。

「私が探しているのはね――」

その唇がスローモーションで動くように見えた。


「おそうじ六種の神器なの」

油断せず全身身構えていたのに、頭上からたらいが降ってきたような気分だった。

どこからでも来いとミットを構えていたのに、背後の審判から後頭部に投球されたキャッチャーの気分だった。

二通り言わなければ気が済まない気分だった。

「それは……何だ？」

「神の賜《たまわ》りしおそうじ道具だよ」

おかしい。冗談を言っているふうではなかった。

「全部で六つあって、それがこの学園のどこかに眠ってるの。それぞれ強大な力を秘めていて、それを使えばこの世界のすべてを浄化することができるの！」

力説。

「すごいでしょ！」

そんな誇らしげできらきらな目をされたら、「お前馬鹿だろ」とは言いづらい。

「そうだな。想像するだけで瞳をそんなにきれいにしてくれるとは」

そんなことしか言えなかった。

「わかってくれる!?」

だから調子に乗せてしまった。

「まず一つ目はね、鳳凰《ほうおう》の羽の箒《ほうき》！　これはすごいの！　なんと一掃きで街を吹き飛ばし、二掃きで国を更地《さらち》に変えちゃうの！」

「それはただの決戦兵器じゃないのか」

「二つ目はね！」

聞こえていない。

「玄武《げんぶ》たわし！　これはね、大きいの！　直径一キロメートルくらいある！」

「誰が持つんだそれ」

「あと何だったかな、色々あるんだけど……。あぁそうそう、ダイソンの掃除機っ！」

「それ電器屋で見たことあるけど!?」

もうなんというか、ひどい。ひどいラインナップだ。神はご乱心のようだ。

「それとねっ、それとねっ！」

「あぁ、もうわかった、わかった」

勢い込んで顔を寄せてくる小花の頭に手を乗せて、暴走を制した。

「何やら大変なものだということはわかった」

小花は話し足りなくて残念そうだったが、英知が理解を示してくれたことにはとても満足なようで、頭に手を乗せられたままうんうん頷く。

「うん、そう。大変なものなの。尋常《じんじょう》ならざる力を秘めているから、使い方を誤れば世界を滅ぼす危険性もある。諸刃《もろは》の剣《つるぎ》ってことだね」

吸引力の変わらないただ一つの掃除機も？

「だから早く見つけなきゃいけないの。私が手に入れれば危険なことは絶対しないし、それを使って世界をぴかぴかにできるんだもの！」

両拳《りょうこぶし》をぐっと握り、意気込んだ。真剣な瞳。真剣にそんな馬鹿げた道具があると信じていて、この世界の広さを知ってか知らずか大真面目《おおまじめ》に世界中をきれいにしてやろうと思っている。

アンバランス。あるいは分裂。英知は思う。自分を卑下《ひげ》したり、力強く胸を張ったり。どちらが本当の彼女なのか掴《つか》めない。

「だからチェア・オブ・シックスに興味を持ったわけか」

ともかくも、英知はそういうことかと納得した。

「うん……。神器が六つあるなら、不思議な機能がついてるっていう六つの椅子にそれぞれ隠されているのかもって思ったの」

「なるほどな……」

胸にかすかなひっかかりを覚えつつ、英知はおざなりに答える。

「でもその読みは外れだ。いくつか耳にしたことのある六つの玉座の機能のうち、掃除に役立ちそうなものはない」

「……そう、なんだ」

当てが外れて、小花はしょんぼりと肩を落とした。

面《おもて》には出さないが、それは英知も同じだった。小花が嘘《うそ》を言っている様子はない。他に何かを隠しているふうでもない。結局探していたのは得体の知れないとんでもアイテムに過ぎず、英知が求めた福山昏の居場所なんかじゃなかったということだ。

「あーあ、結局神器の行方《ゆくえ》はわからずじまいか」

小花の呟《つぶや》きに、あーあ、はこっちの台詞だ、と言い返したくなった。

「あ、それと、このことは誰にも言わないでね。危険なことだから、私だけで探すつもりだったの。福山くんには特別に話したけど、このことは同じ部のみんなにも秘密にしておいて？」

「あ、あぁ、わかった」

――あいつらには秘密？

神宮寺鳥子は確か、「おそうじ部の子たちが」と言っていた。てっきり同じものを部員全員で探しているものだと思っていたが。

そうでないなら他の連中はまた別のものを探している？

つまらない潜入捜査なんて早々に切り上げたかったたが、もう少し探りを入れる必要があるようだ。恨《うら》めしき天才科学者の尻尾《しっぽ》が摑めるなら、どんな労苦も厭《いと》わない。

そうだ。思い知らせてやるんだ。この積年の恨《うら》みを。

あいつを探し出して。顔を睨《にら》みつけて。胸倉《むなぐら》を摑んで。そして、そして――。


「あ、ちょうど一つコーヒーカップが空いてる！　あそこで待とう？」

小花が英知の先に立って駆けだした。

ここは緑の広場。芝生のほぼ中心に鯉《こい》や金魚の棲《す》む小ぶりな池。木陰に恵まれたベンチがあちこちに置かれていて、多くの生徒が昼時や放課後に心をほぐす場所だ。

広場の一角には、古びてあちこちメッキの剝《は》げた錆臭《さびくさ》いコーヒーカップがあった。色褪《いろあ》せて黄ばんだオレンジと青のツートンの傘型テントが、四つのターンテーブルとその上に載《の》る合計十六基のカップに影を落としている。

動かない十六基のカップは、即席ベンチに転身していた。みすぼらしく使いづらい急造ベンチだが、今日のように天気の良い日には飲み物片手の生徒ですぐにカップは満たされ、子どものように無邪気《むじゃき》な笑顔がこぼれていた。

別組の二人とはここで合流する予定だ。英知と小花は、夕方の森の空気で座面が冷えはじめたカップに腰かけて、休憩しながら二人を待つことにした。

退屈紛《まぎ》れに、カップに背を預けた英知は取りとめないことを口にした。

「コーヒーカップってさ、この、人が乗れる大きさからすると巨人用だよな。正門のアンティゴーンみたいな」

ここから遠く正門の傍《かたわ》らに、古城に隠れて巨大な石像の頭だけが見える。

アンティゴーンとは、昔アントワープに存在したとされる伝説の巨人だ。遊園地時代から、そのまま残された正門の大いなる門番。建物の四～五階まで達する高さに筋肉質な身体、それに片腕がない姿は異様な迫力を振りまく。

「うーん、そうだね、それか、私たちが小さくなっちゃったか？」

小花が唇に指を当てて答えた。

「あぁ、なるほど……。そうとも言えるな……」

つい納得してしまった。盲点《もうてん》だったが、確かにコーヒーカップに入れるくらい逆に自分たちが小さくなったとも考えられる。巨人の世界に迷い込んだわけではなく、自分が、人間がこびとになってしまった世界。

「もし、カップに隠れられるくらい小さくなったら見つけられないな……」

「え？　何が？」

小花が首を傾げるのも当然だった。彼女は英知の探しものについて何も知らない。

英知は適当に言葉を濁《にご》しつつ考えた。例えばドラえもんのスモールライトみたいに、体を縮めて潜伏すれば、どれだけ探したって見つかるはずはない。

何しろ英知は手を尽くし、学園の隅々まで、人の隠れられそうな場所はくまなく調べ尽くした。それでも見つからず終《じま》い。しかし体を小さく、場合によって肉眼で視認不能なほど矮小化《わいしょうか》していれば、どれだけ探そうと見つかるはずがない。

――まぁ、あり得ない話か。人が小さくなるだなんて。

英知は浮かんだ幼稚な考えを自嘲《じちょう》してすぐに切り捨てた。

小花はそんな英知の様子を訝《いぶか》しげに見ていたが、やがて優しげな声をかけた。

「あー……ごめんね、なかなかお手入れができなくて」

英知にではない。目の前のコーヒーカップにだ。

「ちょっと待ってね？」

小花は肩からかけていた大きな鞄《かばん》を漁《あさ》り、ゴム手袋を取り出し、両手にはめた。次に何かの切れ端らしいボロ布とプラスチックボトルを同様に取り出した。

「今きれいにしてあげますねー？」

まるで愛娘《まなむすめ》をあやすようにそう言うと、鉄の円《まる》いハンドルを優しくなで始めた。

またかよ、と呆《あき》れる英知。彼女の無機物とのおしゃべりは今に始まったことではなかった。ここへ来るまで、柱時計を拭《ふ》く時もベンチの埃を払う時も、彼女は決まって優しく語りかけた。なぜかと聞けば、そうした方が自分も可愛がれるし、相手もそれに応《こた》えてくれるんだと、そう答えた。無機物相手の会話の不毛さを心中嘆《なげ》くうち、ふと英知は小花の手にしたプラスチックボトルが気になった。

「お前、それ……、便所の洗剤じゃないのか」

「あぁ、うん。よくわかったね？」

「そりゃわかるよ」

〝ガンコな黄ばみを……〟なんて殺し文句、便所用洗剤の決め台詞みたいなもんだ。

「それで磨くのか？」

「うん、そう。これだと錆がすぐ落ちるんだ。強力でね、一気にきれいになるの」

少し得意そうに、液剤を吸わせたボロ布でハンドルの錆をこすり出す。みるみる消える錆の固まりを見ながら、小花は満足そうに頷く。

その横で英知は、それを見咎《みとが》めるように眉をぴくりと上げた。

「それあんまりやらない方がいいぞ」

「え？　そ、そうなの？」

小花は作業の手を止め、怯《おび》えた面持《おもも》ちで英知を見つめた。

「錆は確かにすぐ落ちるよ。その便所用洗剤に入ってる塩酸は金属を溶かすからな。でも、だから問題だ。錆と一緒にメッキや地金まで溶かしちまう」

「……ほ、ほんとっ？」

拳銃でも向けられたように両手を上げた。

「これ百円均一で安いし、よく落ちるから使ってたんだけど……」

「あぁ、でもさっき言ったように弊害《へいがい》もある。だから一度錆を落としても、またすぐに錆びてくるだろ？」

「あ、うん……。確かにすぐ錆びてきちゃうと思ってた……」

「素《す》の鉄になり過ぎて、かえって錆びやすくなるんだ。錆ってのはつまり酸化鉄だから空気に触れることでできる。だから一度錆を落としても、その後に塗装やオイルで表面をコーティングしなきゃまた錆びてくる。理想としてはコーティングまでしてくれる錆取り専用剤を使うのがいい。それか木工用ボンドだな」

「木工用ボンド？」

「あぁ。木工用ボンドは酸化鉄の粒状結晶――つまり赤錆と強く結合する性質を持ってる。それでいて木工用だから金属には接着しない。だから塗って乾いた後に剝《は》がせば、地金を傷つけず錆がきれいにとれるってわけだ」

小難しい英知の説明を何とか理解しようとして、小花はしかつめらしい顔になる。

「えと、よくわかんないけど、専用の洗剤も木工用ボンドも持ってないよ……？　どうしよう、私この子を溶かしちゃってるの？　本当に溶けなきゃいけないのは私の方なのに……」

「お前が先に溶けなきゃいけない道理は知らないけど……」

見る間に顔が青ざめる小花を見かねて、

「その鞄見せてもらえるか？　掃除道具やらが入ってるんだろ」

英知はこくりと頷いた小花からずしりと重い鞄を受け取り、中を覗き込んだ。

予想通り、ボロ布やビニール袋、それにいくつかの洗剤類が雑然と放り込まれていた。までは良かったが、他にも首を傾げざるを得ないものが目白押しだ。

「……こいつらは何なんだ？」

絆創膏《ばんそうこう》や薬の類《たぐい》、非常食、懐中電灯、ロープ、毛布、安全ヘルメットなどがひしめいていた。中にはラベルがかすれて正体不明な小瓶まで。まるで掃除用具袋と緊急避難袋を足して二で割り忘れたような様相だった。

「えと、いざって時に備えて用意してるんだ。お天道様に見放された時からね」

「誰が見放したなんて言ったんだよ。そんなにお天道様冷たくねえよ」

溜息一つこぼしつつ。

「じゃあこれでもこすりつけとけ」

鞄から都合よく見つかったものをつまみ出し、小花に投げ渡した。手の平サイズの白い固形物が宙を舞い小花の両手に着地する。ほのかに清潔な香りが漂った。

「石鹸《せっけん》？」

「ああ。石鹸はアルカリ性だから酸を中和できる。ひとまず鉄の溶解は止まる」

「う、うん、わかった！」

小花は石鹸で懸命に、すでに錆の落ちてしまったハンドルをこすり出す。

「んで、薄くこれでも塗っとけ」

鞄の中からもう一つ、床用ワックスを差し出した。

「あくまで応急処置だけどコーティング代わりになる。ひとまずはこれでいい」

「う、うん！」

小花は言われた通りワックスを指に少量垂《た》らし、ハンドルに塗りつけた。優しく、わが子に軟膏《なんこう》を塗るように。作業を終えると、呼吸を思い出したように胸いっぱいに溜めた空気を吐き出した。

「良かった――。これでひとまず大丈夫なんだね。ありがとう、福山くん」

小花の潤《うる》んだ瞳に正面から射抜かれた。その瞳があまりに切なげで、小首を傾《かし》げて緩めた顔が蕩《とろ》けそうなほど愛らしくて、英知は思わず喉《のど》を詰まらせた。

胸の奥がばちりとショートして、感電したように背筋が痺《しび》れた。跳ねる心臓が喉元《のどもと》までせり上がり、胃がぎゅっと引き絞られる感覚。顔が熱い。

小花の顔を直視できない。あぜ道の野花が綻《ほころ》ぶような隙《すき》だらけの笑顔。

うろたえる英知に、「ん？」と小花は不思議そうな顔つきになる。

だめだ――何とかごまかさないと――！

「そ、掃除掃除って言うけどな、その、な、何でもきれいにすればいいってもんじゃない」

「き、きれいにし過ぎるのは却《かえ》って良くないってことだ。このコーヒーカップだって強い洗剤で塗装まで剝いだばっかりに、錆とのいたちごっこになっただろ」

こくりと頷きながら、いまいち腑《ふ》に落ちていない様子の小花。だんだんと英知は落ち着きを取り戻してきた。

「例えばそう、洗顔と同じ。顔を綺麗《きれい》にしようと汚れをすべて落としてしまえば、逆に肌は荒れるだろ？　ある程度の油脂《ゆし》は残しておかないと却って肌を傷《いた》めてしまう。要はそれと同じだ」

「はぁ……なるほどっ……！」

やっと納得のいった小花は何度もこくこく頷いた。そして満面の笑みを浮かべ、

「やっぱりすごいね福山くん。おそうじのことよく知ってるね。まるでおそうじの専門家みたい！」と全身で感心しきり。

それを尻目に。

さっきから英知の脳裏《のうり》には断片的な映像がフラッシュバックしていた。

『A Manual of inorganic Chemistry』――一〇三頁《ページ》三行目から一二行目――

『生活の知恵辞典　第三集』――二八〇頁から二八一頁の挿絵《さしえ》――

スライドが高速で入れ替わるように、いくつかの本の表紙と開かれたページの文章の一字一句までが鮮明に。執拗《しつよう》に。

「ともかく、私がこの子を傷つけてたなんて知らなかった……。ごめん、ごめんね」


「え？　どういうこと？」

そんなことは知る由《よし》もない小花は、大きく胸をなで下ろし、まだ薬品臭いハンドルに頰《ほお》を寄せた。今にも泣きそうな顔で。相手はただの機械だ。古びて動かなくなったがらくただ。なのにどうしてここまで感情移入ができる？

理解に苦しむ英知の耳に、どこからかつっけんどんな声が割り込んできた。

「何だ、おそうじ部の奴じゃないか」

すぐ隣のコーヒーカップ。白衣をまとった男が尊大《そんだい》に足を組んで座っていた。

「せっかくの憩《いこ》いの空気を乱さないでほしいね」

白衣の男は悠然と立ち上がる。一八〇センチはありそうな細身の長身だった。こちらへ歩み寄り、これ見よがしに神経質そうな細い前髪をかき上げつつ吐き捨てた。

「落ちこぼれは立場をわきまえるべきじゃあないかね？」

4th《フォース》チェアだ――。別のコーヒーカップから誰かのささやきが聞こえた。

「ご、ごめんなさい……」

途端、親に叱《しか》られた子どものように肩をすぼめて座り込む小花。それを見た男は腹が立つほど満足そうな笑みを浮かべ、尖《とが》った鼻から長い息を吐いた。

「物わかりだけはいいのだね。殊勝《しゆしよう》な心がけだ。――ん？　そこのきみは――」

男の視線が自分に向いたことに気づき、英知はわざとそっぽを向いた。

「こんなところで何をしているのかね、福山英知。まさかおそうじ部の部員にでもなったのか？　まさかな。そんなことあるわけがない」

「……そのまさかですけど何か？」

「何、本当なのか？　ははは、笑ってしまうね！　それじゃ危ういな！　運よくつかんだ2ndチェアの座が危ういな！」

「そんなに面白いですか」

英知は視線を逸《そ》らせ、淡白な返事に徹《てつ》した。聞こえないように舌打ちする。

顔をまともに見たのは初めてだが、この男はどうも気に食わない。言うことも随分《ずいぶん》だが、顔もいやはや負けてない。いかにも大切なものを見落としそうな糸目、プライドと同じくらい無駄に高く伸びた鼻、他人の悪口を言うために薄く仕上がった唇。触れたら切れそうなくらい鋭角な眼鏡《めがね》を指で直し、男の舌はよく回る。

「面白いね。実に面白い取り合わせだ。落ちこぼれのおそうじ部と……〝トラッシュ・イーター〟か。いや、〝博覧強記《はくらんきようき》のトラッシュ・イーター〟だったか？」

ご丁寧に身振りをつけて、周囲に聞こえるよう声高らかに、まるで下手糞《へたくそ》な役者みたいだ。

英知も負けじと、今度は聞こえるように舌打ちを返してやった。胸糞《むなくそ》悪い。

しかし周囲の目もある。取り巻く観衆はおそらく五〇人を下らず、そのすべての視線がこの面白そうな騒動の萌芽《ほうが》を興味深げに注視している。真っ向からやり合うのは得策じゃない。かといって言われるままなのも御免《ごめん》だ。

賢明な英知は、外面だけ取り繕《とつくろ》いながらとぼけてみせることに決めた。

「あぁ、色々とおっしゃいますがあなた。ど忘れしまして、何年何組のどちら様でしたっけ？」

あからさまにしらばっくれた英知に、白衣の男は目元を歪《ゆが》めつつ、しかしなかなかどうして、堂々とした声音で応答した。

「私は4thチェア――。三年勝ち組の宇都宮《うつのみや》だが？」

そんな組ねぇよ！　と突っ込みたいのを必死で堪《こら》えた。どんな組だ。クラス全員御曹司《おんぞうし》か？

――この男がどんな男か、噂には聞いていた。

確か医者志望の、極端に人生の勝ち負けにこだわる男。単純なことに医者こそ勝ち組の職業だと信じて疑わず、常に白衣を着ている徹底ぶりだ。

「すげぇ、2ndチェアと4thチェアの直接対決だぜ」

「チェア・オブ・シックスは仲が悪いって本当なんだな……」

二人をよそに好き勝手な外野の声。人の気も知らず、ざわざわ盛り上がってきた。

俺をこんなのと一緒にすんなよ？　青筋を浮かべ全員まとめて地獄に堕《お》ちろと思っていると、宇都宮が足元まで届く長尺の白衣を気障《きざ》ったらしく翻《ひるがえ》した。

「まぁいい。福山英知。別にきみに用があるわけじゃない」

じゃあ最初っから声かけんな。

「ただ、落ちこぼれのおそうじ部諸君にご協力しようと思ったんでね」

宇都宮はそう言うと、元のコーヒーカップに爪先を向けた。カップに子分らしき連中がいて、揃って気味の悪いにやにや笑いをしていた。その一人から飲みかけのペットボトルを取り一口で空《あ》けると、おもむろにそれを小花に向けて放り投げた。

ボトルは地面で間抜けた音を立てて跳ね、ころころ転がり小花の爪先にぶつかった。言うに事欠いて、剃刀《かみそり》に似た薄い唇で宇都宮はのたまうのだ。

「仕事をあげるよ。負け組は将来仕事を持てるかどうかもわからないからね。存在意義を与えてやるのだから、ありがたく思うといい」

おまけに飛びきり意地の悪い笑みをくれた。

「ちょっとあんた！　何ごみ捨ててんのよ！」

そこに突然駆け込み、叫んだのは水川小花ではなかった。

いつの間にか到着していた越前なつきが宇都宮の背中に食ってかかっていた。

「せっかくあたしたちがきれいにしてるのに、汚すんじゃないわよ！」

怒りで我《われ》を忘れているのか、苦手なはずの男に詰め寄っている。とはいえよく見れば微妙に距離を取り、拳は震えているが胸倉を摑んだりはできないようだ。

「越前なつきだね」

振り返り冷静な声が迎撃。怯《ひる》んだなつきは一歩後ずさる。

「な、何よ?」

「席次は八一二席」

「な……っ！」

なつきの顔が一瞬で蒼《あお》ざめる。宇都宮の手にはいつの間にかバインダーに挟まれた書類の束があり、片手でそれを繰りながら続けた。

「全生徒九九九名中の八一二席。ほう、よく恥ずかしげもなく表を歩けるな」

「ど、どうしてあたしの席次を……！　一〇〇席以下の情報は非公開のはずよ!?」

「私はこの学園生徒全員のカルテを作成している」

言って、自慢げに指でコツコツと分厚いバインダーを叩く。

「前回の定期テストの順位――はは、これは傑作だ！　何と最下位から二番目！　失笑ものだな。それでも席次が八〇〇番台なのは生徒間投票で挽回《ばんかい》しているため。少しばかりルックスがいいせいか」

「ちょ……やめてよ……」

「まだまだあるぞ。男が苦手で近寄られると体が固まる。これは変わった体質だ」

「やめ、てよ……」

「それに――おそうじ部に所属した理由。ほう、学園のありとあらゆる部に入部申請をしたが、結局どこにも拾ってもらえず――」

「やめてください！」

今度は小花が、なつきの代わりに叫んだ。

宇都宮となつきの間に割って入り、なつきを英知のいるコーヒーカップの中に押しやった。有無を言わせない小花の剣幕に、なつきはおとなしくカップの座席に片膝《かたひざ》をついた。英知は彼女との距離を配慮し、コーヒーカップをまたいで出た。

なつきの血気に逸《はや》った勢いはいつの間にか消え失せ、今はただわなわなと震えていた。負けん気の強さを唯一《ゆいいつ》保《たも》った瞳とは裏腹に、捨てたごみを開いて見せられるような屈辱感《くつじょくかん》に、身体《からだ》は震えていた。

一方、睨み合う小花と宇都宮。

「おそうじ部部長、水川小花。仲間を守るために救急出動か？」

宇都宮が片手で回るサイレンの真似《まね》をし、また新しいカルテをめくる。

「席次は一一二席。ほぅ、成績が少しはいいようだ。そこの彼女よりはマシだな。だが残念。残念だが、今のポイント獲得状況を見ると、これより上は狙えないだろうね。三年間トリプルディジット止まりが関の山だろう。君の未来も実に暗い」

面と向かった侮辱にも、小花は表情を変えなかった。

「君らはヴィールスと同じだな」

「……どういうことですか？」

「わからないかね。ヴィールスというのは普通、空気より重いんだ。重力に負けたヴィールスは地べたを這《は》いずり、自力で浮かび上がることは一生できない」

ここまで言われても、やっぱり小花は表情を崩さなかった。

なつきが悪く言われた時はあれほど血相を変えたくせに。英知の目には、今自分のことを言われて彼女が悔しがっているようには見えなかった。

「福山英知」

「……何でしょう」

再び水を差し向けられて、もう英知は不機嫌を隠さなかった。

「助言しておいてやろう。彼女らとつき合うのはやめておいた方がいい。ちなみに先日の定期テストの最下位者は誰か知っているか？」

また宇都宮のぶ厚いカルテがぱらりと音を立てた。

どうやらあの書類の中には確かに全生徒の情報が詰まっているらしい。一部の上位者以外周知されない席次や定期テストの成績まであの男の掌中《しょうちゅう》ということだ。

さっきの話で越前なつきがブービー賞らしいことは判明した。それより一つ下の最下位。つまり学園最低の頭脳の持ち主だ。一瞬英知の頭を不健康な顔面がよぎったが、まさかと思う。まさか同じ部に定期テストの順位ワースト一、二位が――

「安達匠《あだちたくみ》だよ」

予感的中。ある意味予想通りで衝撃は緩和された気がする。当の匠はまだ到着しない。ここにいない仲間まで悪《あ》しざまにされ、小花の瞳がより鋭くなった。

「君はおそうじ部に入部することで与えられるポイントが何点か知っているか？」

それも意に介さず、宇都宮の暴露《ばくろ》ショーは続く。

そう言えば、聞こうと思いながら忘れていた。

部活動に入ることで与えられるポイントは、現在最高は四〇〇点から、活動しているかどうかも不明な幽霊部なら二〇点というところもある。平均で言えば、一〇〇から二〇〇点くらいが妥当《だとう》な線だ。だから五〇～六〇点もあれば上等かと考えていると、

「二点だよ」

「は？」英知は耳を疑った。

「だから二点だよ。おそうじ部に入って得られるポイントはたった二点しかない」

思わず英知は小花となつきの顔を順番に見た。二人はお互い目を見合わせると、英知に向けて同時ににっこり微笑んだ。おい、それでごまかせると思ってるのか？

「そんな部が本当にあるのか？」

信じられなかった。たった二点だなんて、そんなの、授業の終わりの黒板消しを一度やれば稼げる程度のポイントだ。

「いや、その、いろいろ事情があってね……。観覧車のゴンドラを爆破炎上させたのも、異臭騒ぎで十数人病院送りにしたのも、それなりの事情があってっ」

「テロリストかよお前らは！」

どんな事情があっても問答無用で犯罪だ。必死に弁解を試《こころ》みるなつきだが、逆に墓穴を掘っている。観覧車のゴンドラが一つ欠けていたのもこいつらのせいらしい。

「お前らがそれで捕まらないことが不思議だ。国家警察は何をしているんだ」

きっと他にもテロ紛《まが》いの騒動を巻き起こしているに違いない。

そうやっておそうじ部は悪名を上げてきたのだ。

無償で学園の掃除をする献身《けんしん》も、悪辣《あくらつ》な素行《そこう》のせいで差し引きゼロどころか大幅にマイナス。

それだけのことをしてなお二点もらえているのは、逆に御《おん》の字《じ》か。

——くそっ。神宮寺鳥子にはめられた気分だった。

これでは兼部ができたところで、何の足しにもならない。宇都宮の言う通り、おそうじ部にいたところでデメリットこそあれメリットなど皆無。

「ヴィールスの感染予防の第一歩は、それから距離をとることだよ。福山英知」

フルネームで呼ぶな。あとウィルスをヴィールスって言うな。

徹頭徹尾《てっとうてつび》気に入らない。上から目線の口調も気に入らなければ、翻《ひるがえ》った白衣の裏地の縫《ぬ》い目まで癇《かん》に障《さわ》った。小声で毒づく英知に、宇都宮は近寄り囁《ささや》いた。

「だから私はこんなことをするんだ」

口の端を意地悪く歪《ゆが》め、視線だけを周囲に投げかけた。

つまりこういうことだ。

グレードチェア制度で上位を狙うには、他生徒からの人気や評価がなくてはならない。現4thチェアの宇都宮がそれを知らないわけがない。それなのに宇都宮がおそうじ部に対して辛辣《しんらつ》なのは、彼らからの評価を期待していないからだ。

誰かに投票できるポイントは席次に応じて決められている。おそうじ部のように席次の低い生徒にはそもそも誰かに投票できるポイント数がわずかしかない。宇都宮にとって、それは雀《すずめ》の涙にもならないのだ。

「そして、私は憂《う》さ晴《ば》らしのためだけにこんなことをしているわけじゃない」

宇都宮はたっぷり勿体《もったい》つけて息を吸い、「それはね——」

「フリッツ・ハイダーのバランス理論か」

英知の先の手に、宇都宮は言葉を詰まらせた。英知の脳裏にはオーストリア出身の心理学者が著《あらわ》した認知的均衡理論についてのＰＯＸ公式とそれにまつわる実例や解説部分が学会に提出された原文のまま、一字一句違《たが》わずに再生されている。

「Ｐがあんた。Ｏが観衆。対象物のＸがこいつらってわけだ」

単純な話だ。Ｐが自分、Ｏが他の誰かとして、有形及び無形の対象物Ｘに対する好き嫌いがＰとＯで一致すれば、両者は好意を抱《いだ》き合うということ。好きな本や歌手が同じなら二人は惹《ひ》かれ合うし、同じように嫌いな人間や思想が共通すればやはり二人の心は接近する。

宇都宮はその心理を利用した。多くの観衆の前でおそうじ部をことさらに嘲《あざけ》ってみせることで、彼らと共感を得ようとした。そして結果として投票ポイントの獲得を目論《もくろ》んでいるのだが、つまりそれは、絶望的な状況を前提としている。

おそうじ部の連中が学園の大多数に疎《うと》まれてるってことだ。

その証拠に、今こうしてまざまざと行われている公開いびりに対し、五〇人は下らない観衆の中から異《い》を唱《とな》える者など、一人としていない。

せっかくの講釈を横取りされた宇都宮はふん、と鼻を鳴らした。

「君は相変わらずだね。そのどこか人を見下した態度。自分より下の人間が視界に入らないという感じだ。私はそれが腹立たしい。副腎皮質《ふくじんひしつ》ホルモンが枯渇《こかつ》しそうだ」

「あぁ、それならこれをどうぞ」

英知の手から放物線を描いて宇都宮の手におさまったもの。

「何だこれは？　〝ママレモン〟？」

おなじみの家庭用食器洗剤。小花の鞄から咄嗟《とっさ》の機転で抜き出したものだ。

「ビタミンCを摂《と》れば、副腎皮質ホルモンが生成されてイライラが解消しますよ」

「貴っ様……！」

渡された洗剤のボトルを叩き捨て、宇都宮が英知の胸倉を掴もうとした時だった。

「あ、こんなところにごみが落ちてるっ！」

出し抜けに声を上げたのは小花だ。突き上げた右手には宇都宮が捨てた空ボトル。

「ちゃんと拾わないと！　やっぱりごみがないと張り合いないもんね！」

わざとらしく大声でそう言うと、資源用ごみ袋にペットボトルを投入した。

「これでよしっ」

小花がぱんぱんと手を鳴らすと、気が削《そ》がれた宇都宮は鼻から息を吐き英知に背を向けた。

続けて小花を横目に見やりつつ、捨て台詞を吐く。

「掃除なんてものは負け組の仕事にぴったりだ。だが面白いね。屑《くず》がごみを拾うというわけか。傑作じゃあないか」

英知のせいで生まれたもやもやを振り払うように、宇都宮は声を上げて笑った。

「このっ――！」

その高笑いに逆上し、立ち上がりかけたなつきを再び小花が手で制した。首を振り「抑《おさ》えて」と伝える。

宇都宮は甲高《かんだか》い声でひとしきり笑うと、気の晴れた様子で英知を指差した。

「さっきも言ったが、自分の居場所はよく考えた方がいい。まぁ、きみがどうなろうと私にとってはどうでもいいのだけれどね」

白衣の裾を翻し、歩き去ろうとする。しかしその途中で一度振り返り、凝《こ》った仕草で眼鏡《めがね》を薬指で押し上げた。陽《ひ》を反射して薄いレンズがキラリと光った。

「お大事に」

決め台詞らしい。キャラ作りにもこだわりがあるようで頭が下がる。

その後は振り返らず、宇都宮はにやにや笑いだけが仕事のような手下を連れて、広場から消えていった。周囲を囲んだ観衆もやがて物足りなそうに散開していった。

残された三人は、底意地の悪い男にねじ曲げられた空気の中で黙り込んだ。

「福山くん」

重い沈黙を破ったのは小花だった。

「辞めたくなったら、それでもいいんだよ?」

雫《しずく》が落ちるような呟きだった。口元は努めて笑っていても、瞳は決して笑っていない。

別に、と即答した自分自身に、英知は内心驚いた。きりりと痛むような、もやもやするようなふがいない胸のありさまにも。

安達匠が何も知らぬ顔でやってきたのは、その五分後だった。

第二章★雉《きじ》も鳴《な》かずば撃《う》たれまい

異名《いみょう》がつくような奴《やつ》にろくなのはいない。——英知の持論。

〝トータルリコール〟と、昔はそう呼ばれていた。きっと同名の映画の影響だろう。

それだって大層な異名だが、〝博覧強記《はくらんきょうき》のトラッシュ・イーター〟などと、さらに輪をかけて大仰《おおぎょう》な呼び名を与えられたのは、超難関で有名な了星《りょうせい》学園入試で首席合格をした直後だった。〝ごみ喰《く》い虫〟だなんて二つ名、入学後間もなく知れ渡った英知の特別な能力を妬《ねた》む誰かの悪意があったに違いない。

英知は生まれつき、特殊な力を持っていた。

専門家に言わせれば、広義《こうぎ》の記憶障害、〝超記憶症候群《しょうこうぐん》〟の亜種らしい。

見たもの、聞いたもの、感じたものすべてを、完全無欠に記憶してしまう力だ。

英知はその天与《てんよ》の才を如何《いかん》なく駆使し、幼少時から大人顔負けの業績を次々に成《な》し遂《と》げた。

学問の面でも、運動の面でも、芸術の面でも。世の中のほとんどのことは〝憶《おぼ》える〟ことで達成できるとその時学んだ。

英知の特殊能力を、周囲は好き勝手に憧《あこが》れ、嫉妬《しっと》し、囃《はや》したてたが、事実、そんないいものでは決してなかった。

例えば、〝憶える〟だけではできない何かもある。それはセンスだとか閃《ひらめ》きだとかと呼ばれる類《たぐい》のことだったり、蓄積《ちくせき》した情報を応用し新たに発明を為《な》すことだったりした。

それが出来なかった時、英知は暗く落ち込んだ。周囲もここぞと鼻で笑った。それはつまり、憶えることだけ達者で肝心の智恵が抜けている、英知の愚昧《ぐまい》さ、頑迷《がんめい》さを証明していた。生まれつきの才能に頼るばかりで、地頭が悪い。

〝過去の巣穴を覗《のぞ》くばかりで、未来に閃《ひらめ》けない〟

誰かに言われたその言葉が、喉《のど》に刺さった小骨のように、英知の胸をいつも苛《さいな》んだ。過去のがらくたを後生《ごしょう》大事に抱え込んで、未来に生きられない。

それに、これは才能であるよりも、それ以上に足枷《あしかせ》だった。

道端で見かけた石ころの形。数年前のテレビ番組表。昔誰かとした約束の待ち合わせ時間。誰がそんなのを覚えてる？

重要度などお構いなしに、目にしたものや経験したものすべてを記憶に留《とど》めてしまい、メモ要《い》らずで当然便利なこともあるが、それ以上に弊害《へいがい》が多い。

例えば幼少時。新聞などを間違って読んだ日には、数十万に及ぶ文字の羅列《られつ》が瞼《まぶた》の裏で跋扈《ばっこ》し、外から鳥の声が聞こえれば、意図せずかつて聞いたあらゆる鳥の声が脳内で大合唱を始める。そのせいで朝食を食べ逃すことが幾度もあった。

休みなく頭になだれ込む情報の洪水に気を失いそうになったこともある。

このまま頭が破裂して死んでしまうんじゃないかと眠れず震えたこともある。

英知が唯一覚えた身を守る方法は、ただ瞳を閉ざすこと。

極力自分に関係の薄い事柄は初めからシャットアウトすること。

次第に英知は世界を〝ぼんやり〟見る術《すべ》を身に付けた。人の顔は直視しない、話は聞き流す。

そうやって自分で自分を守ってきた。

好きなものは見る。嫌なものは見ない。

そうして頭の中に新たながらくたが積み上がるのを避けてきた。

☆

眠たい授業を終え、英知《えいち》は教室を出ておそうじ部へ向かうつもりだった。

時折軋《きし》む廊下《ろうか》を歩く途中、いつもの癖《くせ》で辺りに探るような視線を投げかける。

英知の学園長探しは入学以来ずっと続くライフワークだった。

早朝に登校して園内を回り、聞くまでもない授業中は隠れ場所の推理に頭を巡らせた。授業が終われば、部活もそこそこに学園長捜索《そうさく》に時間を費やした。そんな毎日の繰り返し。

了星《りょうせい》学園長、つまり福山昏《ふくやまくらん》は九年前、忽然《こつぜん》とこの世から姿を消した。

学園内の空気としては、見つからないことが定着してしまった学園長に対して、無理して探すことはないという風潮に傾いていた。好奇心から学園の不思議にこぞって首を突っ込む時期は終わり、いないならいないで支障もないし、それならそれで放っておけばいいという心理に落ち着いていた。

しかしそれでは納得しかねる英知一人だけが、捜索を続けた。

ちなみに、学園長と英知が血縁者であることはごく一部以外秘密にしてある。

英知は情報をかき集め、あらゆる可能性に手を伸ばしたが、その手は宙をかくばかりだった。

福山昏は人類史上指折りの頭脳を持つと称された科学者だ。機械工学の分野で頭角《とうかく》を現し、次第に物理学、生物学と、まるで浸食するようにあらゆる分野に触手《しょくしゅ》を伸ばした。結果、出色《しゅっしょく》の業績を上げた分野もあれば、まったくの空振りに終わった分野もあったが、間違いなく言えることは、その人の前では学問の分類など意味がなく、そういう意味では真の科学者と言える稀代《きたい》の存在だったということだ。

それが福山昏という異端者《いたんしゃ》だった。

そう、異端者。

普通、科学者というのは過去の偉人たちが残した〝確からしい〟研究成果を土台に自身の研究を積み重ねていくものだ。しかし、福山昏という異端者はそれを拒否した。過去の研究成果の一切を信用しなかったのだ。

〝自分以外の頭脳など油断ならない〟

それが絶対のポリシーだった。確かに現存する科学的理論や定説は一般には正しいとされているが、どれもこれも〝仮説〟に過ぎない。進化論も相対性理論も、現状その理論や定説を覆《くつがえ》す事実が発見されていないだけの暫定《ざんてい》王者だ。

とはいえ、それらはおそらく正しいし、そうした土台がなければ研究などできないのが科学の世界。土台のないところに建物がたたないのと同じだ。アリストテレスの時代のように、何もかもが不確かで不思議に満ちた世界で、一から現代科学を超える境地まで理論を構築することなど人間業《わざ》ではない。過去の並いる巨人たちが読み解いたおびただしい発見の数々をたった一人で追認しながら、自《みずか》らの理論を打ち立てていく剛腕《ごうわん》。まるで手作りのレゴブロックで万里《ばんり》の長城《ちょうじょう》を組み上げるような途方もない偉業。実際にそれに挑《いど》んだのが福山昏なのだ。

彼《か》の人は〝新発見〟にこだわった。執拗《しつよう》なまでにまだ見ぬ世界を追い求めた。

かつて真理だった過去の定説は一人の天才の手によりいくつも覆された。不出来な生徒の答案を添削《てんさく》するように常識を塗り替え続け、その過程を人は、〝神が赤ペンを振るった〟と、そう称した。

今、英知の手に丸めて握られた月刊の学園誌には、福山昏の業績を紹介する連載記事がある。開いて今月の記事を読むと、難解な偏微分方程式《へんびぶんほうていしき》が躍《おど》っている。

〝ナビエ＝ストークス方程式〟と呼ばれるものだ。クレイ数学研究所が提出した六つのミレニアム問題の一つ。それぞれ百万ドルの懸賞金《けんしょうきん》がついた数学上の未解決問題で、優秀な研究者ほど早く匙《さじ》を投げるという難問揃いだった。

そのうちの一つを福山昏は驚くべき速度で解決してみせ、世界を驚かせた。しかしその後はミレニアム問題からすっぱりと離れることになる。

『なぜ途中でやめるのか？』『アイデアの枯渇《こかつ》か？』

問われてこう答えたと言う。

『逆になぜ続ける必要がある？　これらの問題はすべてすでに解決されている』

謎《なぞ》めいた答えだけを残し、世紀の天才はふらりと数学界から立ち去った。

やがて、気ままな鳥が新たな地に降り立つように異分野へ足を踏み入れる。そして既成の原理や哲理で完成しかけた街並みに、思うまま自説の杭《くい》を打ち立てる。鋭利な異形《いぎょう》の杭に街を蹂躙《じゅうりん》された既存の学者や専門家は、感情に任《まか》せて喚《わめ》き立てる。

この世界を踏み荒らすな。ここから出ていけ。異端者はこう返す。

『踏み荒らしたのはどっちだ』

結局、打ち立てられた新説の正当性は認知されても、その提唱者本人だけは、誰にも理解されなかった。

その天才が消息を絶ったのはこの了星学園において。

誰もが首をひねった謎の学園設立から数カ月後の出来事だった。

科学を新境地に至らしめた立役者は人類の宝。企業、国家、果ては怪しげな秘密結社までもが神の頭脳の行方《ゆくえ》を追ったが、手掛かりは皆無《かいむ》。消息の地であるこの学園にもどこの手の者とも知れない捜査団がなだれ込んだが、探し人の捨てたごみすら見つからない始末だった。しまいには、はじめからその人物が存在していたかどうかすら疑われ、やがて世界規模の捜査網は尻《しり》すぼみに引き揚げられた。

もちろん実の息子である英知にも、足取りは一切摑《つか》めないまま。

今福山昏に繋《つな》がる糸は、この学園にしか残されていなかった。その糸は途中で切れている可能性もあるし、見当違いのものへ繋がっている可能性もある。しかしそれでもたどるしかない。

ごとん、と音がする。

英知は廊下《ろうか》のごみ箱に学園誌を投げ捨て、昇降口へ向かった。

「待てっ福山っ！」

そんな英知の前に突如《とつじょ》、少し舌足らずな甲高《かんだか》い声とともに立ちはだかる小さな影。

短いウルフヘアに浅黒い肌が特徴だが、それ以上に目を引くのは、年齢に合わない童顔と身長だ。今ここで赤いランドセルを背負わせても、何の違和感もない。

「またお前か、森田《もりた》」

「またとはなんだ！　おれは何度でも挑戦するんだぞっ！」

駄々《だだ》をこねるように足でどんどんと床を踏む。

森田待《まち》は英知と同じ一年生。生徒会に所属していて、書記を務める。はるか高みの2nd《セカンド》チェアを好敵手《ライバル》視して、ことあるごとに突っかかってくる困り者だ。

「本当に神出鬼没《しんしゅつきぼつ》でうざったい奴《やつ》だな。毛玉かよ」

「せめて生物で例えろっっ！」

ハイトーンの雄叫《おたけ》びに、英知は眉《まゆ》を寄せ、耳を押さえた。

やかましい奴だ。立場上不特定多数の輩《やから》から恨《うら》まれるのが日常茶飯事の英知だが、ここまであからさまな奴はいない。身のほど知らずなのも他の追随《ついずい》を許さない。

「だから、お前みたいな女子児童じゃ相手にならないっていつも言ってるだろ」

「誰が児童だっ！　おれは日々進化する！　そう、昨日のおれは赤の他人だ！」

「それ、この間の俺の受け売りじゃねぇか」

バツの悪さに待は顔を姫りんごのように真っ赤に染めた。

「ぐ、偶然一緒になっただけだ！　そんなことより勝負だ！　勝負をしろっ！」

ごまかし紛《まぎ》れに凄《すご》んでみせる始末。右耳の中がかゆかったので、小指でかいた。

「で、今日はどうしたいんだ？」

「あぁ、そうそうそれなんだけど」

待は勢い込んだ直後の割に緊張感なくぽんと一つ手を打ち、傍《かたわ》らに置かれた、背もたれからうさぎの耳が生えた椅子《いす》に手を伸ばした。野うさぎを思わせる白と焦《こ》げ茶がまだらになった体《たい》躯《く》にピンク色の長い耳が愛らしい。

待はいそいそと右の肘《ひじ》置《お》きあたりを触って何やら確認し、英知に向き直ってこくりと頷《うなず》いた。

「うん、大丈夫そうだ」

「報告すんな。知らねえよ」

「うるさい！　とにかく喰らえ！　10th《テンス》チェアの力をっ！」

待は景気良く雄叫びを上げ――た後、「あ、忘れてた」と、椅子の右肘置きについたダイヤルをちりちり回し、〝extra hot〟に矢印を合わせた。そして。

「よし、喰らえ！　10 thチェアの力をっ！」

改めて叫んだ。段取りが悪い。

肘置きの下には小型タンクがついていて、その先には水が出る噴射口があった。待は可動式の右肘置きを持ち上げると、銃口のごとく英知へ噴射口を向け、力を込めてボタンを押した。

「さあこの熱湯地獄で泣き叫べ……ぅぅ熱ぅんっっっ！」

泣き叫んだのは自分の方だった。制服の下腹あたりが濡れて、情けない声を上げながら、それが肌に張りつかないよう必死にシャツをつまんでいた。どうやらとびきりの熱湯を英知に浴びせるつもりが、失敗したようだった。

鬼気迫《ききせま》る怒りの形相《ぎょうそう》が英知を襲う。

「貴っ様ぁぁあっっっっ！」

逆恨《さかうら》みも甚《はなは》だしい。

当の待はまだ下腹が熱いご様子で、子どものように眉を寄せてもじもじする。

「そうだ！」しかしすぐに何か思いついたようで、肘置きのダイヤルを急いで逆に回す。矢印が〝extra cold〟を指した。……ことに気づかないまま、再びさっきと同じ要領で肘置きを掴むと、

「ひんっ、冷たぁんっっっ！」

子犬がきゃんと鳴いたかと思った。

冷水をかけて熱さを緩和しようとしたらしいが、今度は冷た過ぎたらしい。泣きそうな顔でもろに濡れたシャツをつまんで懸命に絞る。と思えば透けたシャツに気がついて両手で身体を

隠すように抱き、当然また冷たくて「ひゃんっ」と短く声を上げた。

「お前は一体何をしに来たんだ……」

冷水を浴びたシャツより断然冷めた目で。

ちなみに、森田待の席次は第十席。英知に言わせれば、このまぬけた体格と頭脳で学園十位を勝ち獲るのは奇跡的なことで、人間の努力の可能性は未知数だとよくよく考えさせられる。言わば、森田待は凡人の星だ。それはともかく。

聞けば、10thチェアの特殊機能は自在に熱湯、冷水を出せること。夏場にはスカッと冷えた水にありつけ、冬場には熱湯で紅茶やコーヒーをおいしく頂ける、季節問わず重宝《ちょうほう》する機能だが、それをケンカの道具にしようとする野心がすごい。

英知はちらりと廊下の壁時計を見た。もう部活の始まる時刻を過ぎていた。

小動物じみた潤《うる》んだ瞳でいまだうろたえ続ける待に英知は呟く。

「じゃあ俺はそろそろ行くぞ。時間の無駄だから、そうだな、今度はせめてシングルディジットになってから出直してこい」

「ちょ、待て福山！　逃げるのかっ⁉」

清々《すがすが》しいまでの端役《はやく》の捨《す》て台詞《ぜりふ》。立ち去る英知を追いすがって椅子に蹴《け》つまずき、あぅっと無様《ぶざま》に顔から転んだ姿は、どこから見てもやられ役のお手本だった。

タンクの水がそんな主人を嘲《あざけ》るように、ぼこんと泡音を立てた。

身のほど知らずの挑戦を何もせずに退けた英知は、校舎の下駄箱でスニーカーに履《は》き替えたあと、校舎の中庭に足を向けることにした。

☆

校舎は空から見るとH型になっていて、Hの縦棒《たてぼう》に当たる部分に三学年分の教室と、視聴覚室や化学室などの特別教室が詰め込まれている。二本の縦棒に挟まれた部分が芝生の中庭になっていて、その真ん中を繋《つな》ぐ横棒が渡り廊下《ろうか》だ。

各階ごとにある渡り廊下の外壁に、巨大な電光掲示板が設置されている。

ここへひっきりなしに映写されているのは、他でもない校内ランキングだ。ダブルディジット、つまり二桁《けた》以上の順位につける生徒の氏名と所有ポイントが事務的に表示され続ける。表示の仕方は二パターン。一つは九九位から七位までが順に並んだ静止画面。もう一つは六位以上のランキングが下から上へ順番に流れ、最終的に上位三席までを大映しして止まる画面。ランキングはリアルタイムで変動する。各生徒から職員事務室へ持ち込まれる投票証書と〝神の目〟の評価が反映されているらしいが、そのシステムの詳細は公《おおやけ》にされていない。

「まじかよ――」

英知は電光掲示板を仰《あお》ぎ、眉《まゆ》を寄せた。シングルディジットのランキングが下から上へ滑らかに流れ、いつもと同じ上位三席が表示されて静止する。

１stチェア　神宮寺鳥子　３、１５５
２ndチェア　工藤キリ　１、８６０
３rdチェア　福山英知　１、４８０

２ndチェアからの陥落。信じられず何度も見返すが、間違いない。

一席も旧三席もポイント数に変化はない。そうそう毎日ポイントが動くわけではないから、そこに疑問はない。問題は自分のポイント減だ。昨日と比べて、実に７１５ポイントも失われている。正確に記憶しているから間違いない。

なぜだ？　すぐに思い当たる。

一つは転部の影響。数日前まで在籍していた学園相談部の評価点が５５０ポイント。これがおそうじ部に転部することで差し引き５４８ポイントが失われたわけだ。

もう一つは昨日の宇都宮との一悶着《ひともんちゃく》だ。あれで自分がおそうじ部に所属していることが知れ渡り、それが悲観視されたのだ。もしかしたら宇都宮《うつのみや》がそれ以上に裏工作を働いた可能性もある。あの奸物《かんぶつ》ならそれもあり得る。

提出した投票証書は、一度に限って取り下げることが可能だ。おそらく過去自分に投票をしていた生徒がそれを昨日の時点で即座に取り下げたのだ。

まったく手早いことで。

英知は数秒うなだれたが、すぐに面《おもて》を上げた。

そうだ。こんなことは想定内だ。落ちこぼれのおそうじ部につき合う以上、これくらいのハンデは覚悟していた。それにまだ順位を一つ落とす程度の失点、それほどめくじらを立てるほどでもない。幸い学期中に席の入れ替えは行われない。要は期末までに挽回すれば済む話だ。

☆

部室に入ると、小花《ちか》となつきがすでに来ており、エプロンも身につけ準備万端の構えだった。鳥かごをテーブルに置いて、どうやらオキナと雑談している模様。何やら会話が弾《はず》んでいて、改めてシュールな光景だと英知《えいち》は思う。

「こ、こんにちは福山……くん。今日も一緒に部活頑張ろうね。メガネ豚野郎」

「あの、そもそも俺メガネしてねえからな?」

越前《えちぜん》なつきは今日も一緒に部活を頑張る気はさらさらなさそうだ。

そうと思えば次に気づいたオキナがにやにや笑いで挨拶《あいさつ》を重ねた。

『お、今日も来たな。えーと、ファック山くんだっけ?』

「そんな物騒《ぶっそう》な名前聞いたことねえよ。由来が興味深いわ」

特段珍しくもない名前をここまでネタにされたのも初めてだと思いながら、ロッカーに荷物を置くと、すかさず小花がそばへすり寄り真面目《まじめ》な顔で言った。

「福山くん、今日はちょっと話があるんだ」

思わず英知はどぎまぎし、「お、ほう」と返事が覚束《おぼつか》なかった。

小花に促されるまま英知は部室を出て、そのまま小屋の裏手へ回った。小屋の裏側は完全に木々に埋もれて、厚い樹冠《じゅかん》に遮《さえぎ》られ陽《ひ》も当たらず薄暗い。

一体何事かと落ち着かない気持ちで視線をそばの樹の幹に泳がせていると。

「今日はね、なつきちゃんと二人で組んでほしいの」

小花は真剣な顔でそう切り出した。ちなみになつきは部室の中に残ったままだ。

「な、何でだ？」

話を聞けば、小花はこれから部長会があるらしく、それが終わってからしか部活に参加できないそうだ。しかも終わりの時間も読めないんだとか。匠《たくみ》に至ってはどこかにこもってロボットか何やらの開発をしているらしい。

だから今日活動できるのは英知となつきの二人だけ。何だか気が抜けた。

小花は肩にかけたスポーツバッグの中を漁《あさ》り、見慣れた布の束を取り出した。

「なつきちゃんが匠くんと組む時に裏ワザがあるって言ったでしょ？　これがそうなんだ。だから今日はこれを使って」

布を受け取って広げてみると、学園の制服だった。女子用の。

「私の使ってるスペアの制服なの」

英知はスカートの裾《すそ》をつまんで目の前に持ち上げた。折り目正しいプリーツが重力に引かれてだらしなく伸びた。いつも見ているはずなのに、こうして見るとやけに艶《なま》めかしく見える。

「あ、あの……。そんなにじろじろ見られると……私のスカートだし……」

小花の顔がハイビスカスみたいに真っ赤になり、穿《は》いたスカートの裾をぎゅっと握った。すると英知もつられて照れ臭《くさ》くなり、無言で制服を小花に押しつけた。

しかしすぐに押し戻される。

「だめだよ。これ使ってもらわないといけないいんだから」

「使うってお前……」

それはそのままの意味か？　英知の心を読んだように小花は頷《うなず》いてみせる。

「なつきちゃんは男の人に近づけないから、女の子以外と組んでおそうじするのは難しいの。だけど、これを着れば別。これを着て……あとこれをかぶれば完璧《かんぺき》」

スポーツバッグから追加で出てきたのは長髪のカツラだ。しかもなぜか金髪。

「匠くんもなつきちゃんと一緒におそうじする時にはこれを着けてるんだ」

なるほど、だから昨日宇都宮といさかいを起こした時、なつきから一足遅れて匠は現れたのだ。あれは着替えをしていたらしい。

英知はあの不気味な男の女装姿を想像した。デザインがかわいいと評判のブレザーの上に大殺界《だいさっかい》みたいな顔面が乗っていて、卑劣《ひれつ》な笑みを浮かべている。悪い夢みたいだ。

自分で想像してみたところで、気色が悪いのに変わりはない。

それにそもそも。

「女子用の制服を着てヅラをかぶって完璧って、どれだけレベル低い女装なんだよ。そんなのすぐバレるだろ」

しかし小花はぐっと拳《こぶし》を握り、確信に満ちた瞳で鼓舞《こぶ》する。

「ううん、大丈夫！　自信を持って！」

「どんな自信だよ。そんな自信持ちたくねえよ」

「きっと大丈夫、福山くんなら！　そう、生きてるのが玉にキズの私と違って……」

「お前が自信を持て！」

その後しばらく押し問答。

「絶対いける」一点張りの小花に、「絶対無理だ」一辺倒の英知。

小花が「絶対いける」と言い張る根拠が甚《はなは》だ不明だった。それなら一人ずつで掃除すればいいと提案しても、小花は「とんでもない！」と断固否定する。

ただ掃除をするのに何もありゃしないのに。

でも、確かにあの女は一人で放っておいたらうっかり男と接触してフリーズしかねないか——。最終的に英知は妥協点《だきょうてん》を見出《みいだ》し、渋々折れた。

かくして、英知と小花は並んで部室の扉の前に立った。

「最初に言っとくけどな、俺は絶対バレると思う」

横にいる小花の鼻先に人差し指を突き付け、予《あらかじ》め断言しておく。

英知は元の制服姿から運動着に着替え、女装カツラをつけていた。さすがにいきなり小花の、女子用の制服はハードルが高すぎる。カツラは甘んじてかぶるから、服は男女兼用の運動着で済ませるという妥協点に落ち着いた。

ただ、カツラだけでも十分にいたいけな羞恥心《しゅうちしん》がいたぶられた。

「大丈夫。いけるよ。信じて。自分を信じて」

「相変わらず励まし方がしっくりこねえよ」

バレるに決まってる。髪型が変わっただけなのだ。これで通用するのなら、英知は髪が伸びただけで女になってしまう。特段女顔なわけでもない。小花に借りた手鏡で見たら、ぐうの音《ね》も出ないほど男だった。

もうどうとでもなれ！

半分やけで、部室の扉をがらりと開けた。問題の元凶を視線でたどると、椅子に座ってオキナと談笑中だった。こちらに気づいてくるりと顔を向けるが。

――おかしい。いつも自分に向けられていた隠しきれない敵意が鳴りを潜めている。思うと、なつきはゆっくり首を横に傾け、子どものように無邪気《むじゃき》に尋ねた。

「――だぁれ？」

バレてねぇぇぇぇぇぇっっ！

今にも叫び出したい思いを必死で堪《こら》える。なぜこれで⁉

「あ、あのね、臨時で手伝ってくれることになった娘《こ》なの」

小花が取ってつけたような紹介をすると、なつきはぱっと笑みを作った。

「ほんと⁉　助っ人に来てくれたのね！　嬉《うれ》しいわ！」

椅子を立って駆け寄り、嬉々《きき》として英知の手を握った。

「そうなのね！　ありがとう、よろしくね！　でも――初めて見る娘ね？」

あろうことか真顔で聞いてきた。ここ連日顔合わせてんだろ⁉　彼女の知能指数が壊滅《かいめつ》的なのは聞いていたが、これはまずい。目のＩＱまで低すぎる。

『んん、そいつは小花の友達でな』

悪いことに、わざとらしく咳払《せきばら》いを挟み、でしゃばりインコが割って入った。おいしそうな獲物《えもの》を見つけた時と同じ瞳の煌《きら》めきで、無責任に言い放つ。

『名前はＡ子と言うんだ』

「仮名かよ！　俺は容疑者か⁉」

「ど……どうしたの急に？」

堰《せき》を切ったように叫び出した見知らぬ女子に、なつきはびくりとうろたえる。

「い、いや、何でもない……」

英知はごまかしながら、鳥かごを睨《にら》みつけた。相手は鳥らしからず、それを嘲笑《あざわら》うように片頬を意地悪く吊り上げた。もどかしい。視線で串刺しにできない自分がもどかしい。そんな英知の思いをよそに、悪意に染まった嘴《くちばし》は悪ノリを続ける。

『ちなみに口癖《くちぐせ》は〝サクセスしようぜ〟だ』

「今どきそんなこと言う奴いねぇよ！」

『で、あと……ダジャレが好きだったな。とびきり下らないのが大好物だと思う』

「思うってお前、思いつきで言ってるだろ！」

完全に言った者勝ちだ。あまり否定しても怪しまれるこの状況。このままでは悪質な思いつきで練成されたいたたまれないキャラができ上がる。

やられる前にやるしかない――――！

英知の瞳が殺気を帯びる。鳥かごに詰め寄ろうとすると、小花が間に滑り込んだ。

「福山くん！　そんなにとり乱さないで！」

「どけ水川！　こいつには今度こそ痛い目見せてやるんだよ！」

「そんな、とり乱さないで！　そう、相手が鳥だけに！」

「うるせぇよ！　お前もケンカ売ってんのか⁉　おい、満足そうな顔やめろ！」

これはまずい。本当に下らない。頼みの小花までこの様《ざま》だ。しかもなぜこいつまでバカインコの口車に乗っているのだ。とにかく部室を出るのが一番――――。英知の判断は速かった。これ以上ここにいてもあの鳥のいいようにされるだけだ。

『そうそう、確か得意技はマッスルドッキングで――――』

「得意技の難易度が高ぇっ！」

去り際ついつい突っ込みつつ。

「出るぞ越前！」

「あ、う、うん」

戸惑うなつきの手を引いて、英知は足早に部室を脱け出した。

☆

「あー、部長会遅れちゃうかな……急がないとっ」

小花《ちか》は駆け足でミーティング室のある幽霊マンションへ向かう、その途中。

「急がないと――いけないんだけど……とっとっ……」

校舎の角にあるごみ集積所に目が留《と》まり、慌《あわ》てて足を止めた。

そこは建物が校舎に変わる際にコンクリートで新たに設置された一角で、燃えるごみ、燃えないごみ、資源ごみの三つに区分けがされていた。

その前にごみが散らばっているのに気がついた。

「――うーん……片づけてこっ」

やや考えつつも、小花はそちらへ足を向け、手早くごみを拾い集め始める。

「また山の鳥がつついて散らかしたのかな……。よしっ。これでいいね！」

拾ったごみを、そこにいくつか並んでいるごみ袋の中へ分別して戻し、慣れた手つきで口を縛《しば》ると手を払う。

幽霊マンションの昇降口へ急ごうと顔を上げた瞬間、小花はそこの壁面に目を奪われた。

縦横《たてよこ》五メートルほどになるコンクリートのキャンバスに大きな落書きがされていた。スプレーアートだ。

「こんなの……前にあったかな？」

変わった絵柄だった。夜空に浮かぶ月とそれに向かって吠《ほ》える薄汚れた犬。落書きと言うには巧緻《こうち》過ぎるアート。地のコンクリートの色合《い》いを活かし数種のスプレーを使い分けたグラデーションで上手《うま》く月光の淡さを演出し、地面を這《は》う犬はそれこそ迫真の描写で、喉《のど》の奥が擦《す》り切れるほど嘆《なげ》きを絞り出しているように見えた。

美術部あたりの作品だろうか？　フェスに向けた出し物の一つかもしれない。

でも、なんでこんな場所に？

一つ二つ首を傾《かし》げつつも、小花はすでに遅刻の決まった部長会へ急いだ。

「あ、そういえば……福山《ふくやま》くん、なつきちゃんとうまくやれてるかな……？」

☆

……視線が痛い。

遊歩道を逃げるように足早に歩けど、追いすがる視線が痛い。

これは一体何の見せしめだ？

すれ違うかしましい女子の一団も歓談をやめ、道端のベンチに座るカップルも愛を語り合うのをやめて、この醜態《しゅうたい》を覗《のぞ》き見て嘲笑《あざわら》っている気がする。きっとそうだ。そうに決まってる。

この宴会芸レベルの女装に身をやつした2nd《セカンド》チェアを見て、誰もが忍び笑いをしているのだ。

追い込まれた英知にできるのは一つだけだった。

「ちょ、ちょっと待ってっ。先行かないでっ」

「悪い」

必死に追いすがるなつきのその先で、金色のロングヘアは凛《りん》と揺れていた。

歩く速度は落としても、視線はまっすぐ前方を射抜《いぬ》いたまま、胸は何者の挑戦もはねのけるように堂々と張り出す。大きな歩幅は凡百《ぼんぴゃく》の迷いをまたぎ越え、足の底は大地をしっかり摑《つか》んだ。端的《たんてき》に言えば開き直った。

こんな格好をしながら堂々と闊歩《かっぽ》するのもどうなんだと思いながらも、こうする他《ほか》なかった。隠そうとするから駄目なのだ。隙《すき》を見せるから無遠慮な視線に晒《さら》される。敢《あ》えて堂々と振る舞えば、不快な視線もねじ伏せられる。そう。そうに違いない。ほら、周囲を見渡せば、感嘆《かんたん》の表情や畏怖《いふ》の入り混じった視線が……ないけどあると思い込む。じゃないとやっていられない。

ただ隣のなつきだけは思い通りに、羨望《せんぼう》混じりの吐息《といき》を吐いた。

「かっこいいねA子ちゃん」

「……そうか」

まぁ悪い気分ではない。

「うん。まるでヤレる女みたいだわ、A子ちゃん」

「デキる女な」

せっかくの気分も台無しだった。名前からしていかがわしいのに。

「ねぇ、A子ちゃん」

「……何？」

今さらながらなぜ「英子《えいこ》」じゃないんだと思い募《つの》る。完全にコケにされている。

「A子ちゃんって最近知り合った人と何か似てるのよね。背格好とか声の感じとか」

あごに指を当て小首を傾《かし》げるのを見ると、一応疑問には思っているらしい。

当たり前だ。カツラをかぶっていること以外、声も口調も変えていない。それを「何か似てる」で済ませたのは逆に奇跡に近い。

どうやらこの男嫌いは天敵をこの世から排除したいあまりに、少しでも女的要素がある者は強引に女に選《え》り分ける機能を搭載しているらしい。

「気のせいだろ。目までアレになったんじゃないか」

「む、その失礼な言い草なんか特に似てるような……」

「気のせいだって。サクセスしようぜ」

「どうやら気のせいみたいね」

ご都合補正の機能は絶大だ。というより馬鹿で助かった。

「じゃあ今日はあたしについてきて。わかんないことがあれば何でも聞いてね？」

なつきは笑った。何の強張《こわば》りもよそよそしさもなくて、胸の奥の感情がストレートに出てくるような笑顔。柔らかいその笑顔からこぼれたのは親しみの情だ。

「あぁ、わかった」答えつつも、英知は戸惑っていた。

これまで彼女からこんな友好的な接し方をされた覚えなどなくて、どうも居心地が悪い。いつも親の仇《かたき》でも見るような目で見られるか、切っ先鋭いワンフレーズを浴びせられるかだったことを思うと、雲泥《うんでい》の差。男と女でこうも違うものか？

苦手な男相手には刺々《とげとげ》しい殻《から》を被《かぶ》って牽制《けんせい》するものの、相手が同性なら、こうして明るく親しげな素《す》の表情を覗《のぞ》かせることができる、ということか。

「それでさっきの話の続きだけど、その時小花がね――」

ちなみに、なつきの話す内容は小花のことばかりだった。

まるで自分のことのように楽しげに、小花のことなら、食べ物の好き嫌いはもちろん、家族でもわからないようなちょっとした癖まで知っていた。

よっぽど好きらしい。世に言う親友ってやつなんだろう。

「水川《みずかわ》はさ」

「うん、うんっ」

ほら、名前を出すだけで嬉しそうな顔をする。

「いつからあんなに後ろ向きなんだ？　あれはちょっと度を超えてるだろ」

他に話すこともないので、英知は食いつきのいい小花の話題でつなぐことにした。

「うーん、そうね……。思えば初めて会った時からそうだったかも」

腕組みして眉《まゆ》に皺《しわ》をためるなつき。

「小花とは中学で初めて会ったんだけどね。外敵から身を守るために特殊アーマーで武装してて、ガンダムみたいだったなぁ」

「それ、度を超えてるどころの騒ぎじゃないぞ」

「小花とは初めて会った日から、すぐに意気投合したのよね」

「お前もよくモビルスーツと友達になろうと思ったな!?」

本人も随分だが、目の前の女も規格外だ。そんなアンタッチャブルな女と友達になろうと思う神経がわからない。相手は機動戦士なのだ。

「あたしと友達になってからは、セラミック製のチェインメイルに装備が変わったわね。だいぶ軽量化してかわいくなった」

「何にもかわいくねえよ！　物騒《ぶっそう》丸出しだよ！　新手《あらて》の忍《しのび》か？」

「ううん、それでもだいぶマシになったのよ。今は何も着けてないはずだし」

「まぁ確かに……」

確かに、今は何も武装などしていない。細身の体に制服を着て、その上にエプロンがせいぜいだ。気になるといえば、体に合わない大きな鞄を常時肩から提《さ》げているくらい。なつきが言うには、小花はあの鞄をモビルスーツ時代から持ち歩いていたらしい。そういえば鞄の中身も絆創膏《ばんそうこう》やらヘルメットやらが詰め込まれていて、緊急避難袋の様相を呈していた。あの自分の身を守るためのアイテムの数々は、きっと彼女の度を越した心配性というか悲観主義が用意させたものだろう。

抱える不安を呑み込んでぱんぱんに膨《ふく》れた鞄。

なつきによれば、その鞄も含めた武装が年々軽量化してきているという。

「それはどうしてだ？」

「何だろ……、わかんないわね」

うーんと首を傾げる。彼女にもわからないことがあるらしい。

英知は適当な返事をして、それ以上追及しなかった。無駄な情報は極力排除しなければならない。ともあれ歩く要塞《ようさい》と同じ部員にならずに済んで助かった。

「っと、何だ？」

「んむ……、ご、ごめんっ」

突然。なつきが胸に顔を埋《うず》めて、というかぶつけてきた。

前方で左に折れる石畳《いしだたみ》の先、並木の陰から男が現れたのだ。一人きり。一人きりの上に、眼鏡《めがね》をかけていて、しなびたえのき茸《たけ》のように細い肉体だった。油断すれば街角で野良犬にでも捕食されてしまいそうな風体《ふうてい》なのに、それでも怯《おび》えてなつきは息を呑《の》み、瞳はみるみる潤《うる》みはじめた。

一緒になって昔のＲＰＧのように直角移動して男から距離をとる最中、英知の掌《てのひら》に握られる感触があった。

「ごめんね？　ちょっとだけ」

不安げに潤《うる》んだ瞳に見上げられ、うろたえた。すがるような瞳。握られた右手は小さくて、冷え性なのか、指先が少し冷たかった。

今すがってる人物も男だと知ったらどうなるんだろうな。そんなことを思う。

道の端でえのき男をやり過ごし、もう一度直角に折れながら、英知は尋《たず》ねた。

「お前、普段はどうやって生活してるんだ？　クラスメイトとか半分は男だろ」

「うん、あれはね、人間だと思うからダメなのよ」

「へぇ、なるほど。よく言うあれだな」

回転の速い英知はピンときた。大勢の人の前で緊張しないためには、相手が人間でなくかぼちゃやじゃがいもだと思えばいい、という自己暗示。あれと同じだ。

英知の合点がいった様子を見て、なつきは満足そうに頷いた。

「うん、そうね。ゾンビだと思うのね」

「とんだ誤解！」

「人間じゃなくてゾンビだと思えば、だいぶ気が紛《まぎ》れて落ち着くでしょ」

「逆に心臓に悪いわ！」

どこのパニックムービーだ。クラスメイトの半分がゾンビなんて、授業の前にやるべきことがある。

「そうかなぁ……。でもそれでだいぶ楽になれるんだけどなぁ……」

照れくさそうに頭をかくなつきに、英知は溜息をついた。

素になるのもいいが、大事なところは武装した方がいいと思った。

頭とか。

なつきに先導された先は、壁全面に蔦《つた》の這《は》った不気味な洋館だった。

〝幽霊マンション〟。誰が何と言おうと、ここは校舎だ。

ぬらりとしたオーラを放つ外観は幽霊の棲《す》む恐怖の館《やかた》のまま。テーマパーク建設時、実際に使われていた古い木造家屋《かおく》を移築したこの洋館は、開園の時点ですでに古ぼけ、人の肝《きも》っ玉《たま》に訴える説得力は抜群だった。おどろおどろしい舞台演出に輪をかけて、かつてここで一家心中があったとか、殺人事件があったとか、いわくありげな噂が飛び交いアトラクションの怪奇度はいやました。そのおかげで連日長蛇《ちょうだ》の列ができる人気だったらしい。

幽霊マンションに限らず、この学園が遊園地から姿を変えても、使い回されることになった建物の外観はほとんどかつてのままだった。単なるコスト削減のためとか、かつて遊園地を愛した人々のたっての願いだったとも言われるが、ともかく何も知らない人間が見たらまさか学園とは思わないことだけは確かだ。

幽霊マンションの昇降口に入ると、古い木造建築の渋くて甘い熟成した匂《にお》いが出迎える。クラスが違うため、建物に不似合いなスチール製の下駄箱で二手に分かれて上履《うわば》きに履き替えると、なつきが英知に先立って廊下へ進んだ。

年を重ねて痩《や》せた床板は時折鳴き声を上げた。

途中、無惨に穴の開いた壁があった。噂では万年下位に甘んじた某生徒が怒りに任せて蹴破ったものらしい。行き場のない憤懣《ふんまん》をこうした形で発散したそうで、だから学園内には他にもこうした損傷箇所があちこちにある。

「じゃあまずはここから掃除しましょ！」

目的地にたどり着くと、なつきは機嫌よく胸の前でぱんと両手を合わせた。

「ここね……」呟く英知は正直気乗りしなかった。

少し視線を上げれば表示プレート。〝御手洗《おてあらい》〟。気が乗るわけがない。

まぁ、こいつらにつき合う以上仕方ないか。

それなりの覚悟はあった。床をデッキブラシで磨くらいなら百歩譲ってやってやらないでもないと、英知が諦《あきら》めをつけると、

「こっちだよ」と、なつきが英知の手を引いた。

「ちょ、ちょっと待て！　そっちはダメだろ！」

途端に焦《あせ》りだす英知。ばっと手を振りほどくと、なつきが何事かと首を傾ける。

「ダメだって！　だってこっちは女子トイレ――」

「うん。だから問題ないでしょ？」

「あるよ！　由々《ゆゆ》しき問題が！」

「なんで？　A子ちゃんだっていつも使ってるでしょ？」

「ま、まぁ、女子、だしな……。使ってる、けども……」

使ってるわけねぇけど!?　これはまずい。最悪の想像が脳裏《のうり》をよぎる。

2ndチェア福山英知が女装のうえ乙女の聖域へ侵入――。

こんな噂が広まれば失脚《しっきゃく》決定だ。反社会的行為は減点対象だし、女生徒を中心に集めていた人気票もきっと泡と消える。これでは1stチェアを狙うどころか一気にダブルディジットま

で転げ落ちるかもしれない。そんなの絶対ダメだ。

「二人で分担しよう。俺は男子トイレの方へ行くから！」

「ダメだよ！」

一方的に決めて男子トイレに逃げ込もうとした英知の手を背後から掴み、なつきがすさまじい剣幕で叫んだ。

「男子トイレなんて何があるかわかんないのよ!?　入ったらもう、二度と帰ってこれないかもしれないのよ!?」

涙目。無法地帯に赴《おもむ》く向こう見ずな戦友を必死に止めるように。

「お前は男子トイレを何だと思ってんだ！　誰が男子トイレで命を落とすんだよ！　ともかく俺は男子トイレを掃除するからお前は女子トイレの方な！」

早口で言い聞かせ男子トイレに向かおうとしても手首はがっちり固定されている。振り返ればなつきは真顔で眉を寄せ、何やら考え込んでいた。

やがて「――仕方ないわね」と意を決したように、英知に向けて言い放った。

「ほらA子ちゃん。――女子トイレに行っトイレ？」

寒風が足元を駆け抜けた。

「……何のつもりだ？」英知のこめかみにうっすら浮かぶ青筋。

「え？　ま、まさか？」

「まさかじゃねえよ！　それでまんまと説得できると思ったら大間違いだぞ!?」

「A子ちゃんに合わせてこれでも数段レベルを落としたはずなのに……」

「これ以上の侮辱《ぶじょく》はねえっっ！」

いてもたってもいられず英知は地団駄《じだんだ》を踏む。どいつもこいつもバカインコの言葉を鵜呑《うの》みにしやがって！　悪気はなさそうだが、ここまで見くびられたらたまらない。こんなくだらないダジャレがご褒美《ほうび》だなんて。

「こうなったら意地でも行かないからな、女子トイレなんて！　次行くぞ次！」

怒り心頭の英知は有無《うむ》を言わせず、なつきの手を引き、その場を後にした。


人生最大の危機を脱した英知だったが、次の掃除場所へ先導するなつきの栗色《くりいろ》の後頭部を見ながら不安を抱えていた。

まだ油断ならない。この女の向かう先には危険が待ち構えている気がする。

女子トイレ掃除を拒否されたなつきは口を尖《とが》らせたものの、今は機嫌もすっかり直り、軽快にスキップなんか踏んでいる。年季が入って灰色になった木目に合わせて、綱渡《つなわた》りするように廊下《ろうか》を進んだ。

次は一体どこだ？　頼むから女の聖域だけは勘弁《かんべん》してくれと英知は天に祈る。

すると、「次はここよ」と、なつきが振り向きざまにスカートを翻《ひるがえ》した。バスガイドのように手の平で示した先。それを見て、英知の口元が引き攣《つ》った。

〝女子更衣室〟

そう来たか――。天を呪《のろ》った。

「ここを掃除して今日は終わりにしましょ。何かA子ちゃん疲れてるみたいだし」

お前のせいだよ！　あぁ罪のない笑顔が憎い。

「お前の活動範囲はどんだけ偏《かたよ》ってんだよ……」

きっとこいつはいつもそうなのだ。男を避けて。必死に身を隠して。女の園《その》以外に安住できないこの女は、人目を忍ぶ脱獄囚《だつごくしゅう》と変わらない気がした。

「じゃあさっそく」

「ちょ、ちょっと待てよ。中、人いるんじゃないか？」

耳を澄ますまでもなく、古い木製のドアの向こうからは女生徒の声が聞こえていた。女同士の会話特有のかしましいトーンで、時折黄色い笑い声が弾《はじ》ける。

「さすがに……人がいるのはまずいだろ」

カツラをかぶるだけで男が女に見える奇跡は目の前の女の専売特許だ。とても一般人はごまかせない。一目見れば確実にバレる。つい忘れていたがこの女装はかなりひどい。ドアのすりガラスにぼんやりと顔を映せば、問答無用で福山英知だ。

「大丈夫よ。使用中でも女同士だし構わないでしょ？　ぜんぜん問題な――」

にわかに青ざめる英知をよそに機嫌良く指を立てて説く最中、なつきの茶色がかった瞳が何かを察知して光った。

「やばいっ！　来るっ！」

猫が毛を逆立てるのに似て、緩《ゆる》やかにウェーブのかかった肩までの髪が、静電気をまとったようにふわりと持ち上がった。彼女の背後を見れば、なるほどこちらへ歩いてくる男子生徒が一人。危機察知能力がここまでくると野生動物並みだ。

「た、退避よっ！」

なつきは英知の手首を乱暴にひっ掴み、目の前の扉を開け室内へ飛び込んだ。

「おま……ちょっ、一人で行けっ……！」

ばたん！

勢いよく閉まったドア。――に向けて、咄嗟《とっさ》に顔を寄せる英知。ひとまずこれで顔は見られない。その耳に女生徒の甲高《かんだか》い笑い声がありありと届いていた。

やばい。やばすぎる。どう切り抜ければいい？　英知の頭脳が高速で回転を始める。ところが、なつきは意外なことを口にした。

「誰もいないみたいね」

「え？」

恐る恐る振り返ると、確かに部屋の中は無人だった。

両手を広げて二つ分離れた両壁に背の高いスチール製のロッカーが並んでいた。部屋の中央にベンチが二つ伸び、その上にスポーツバッグが無造作に置かれていた。砂や埃《ほこり》が散った床には空き缶やポケットティッシュの袋が雑然と転がっている。

突き当たりに不用心に開け放した窓があって、問題の女生徒の声はその向こうから聞こえていた。窓を通して外の声が聞こえていただけだったのだ。

「人騒がせな……」

咳払いして英知は姿勢を正した。今日は調子が狂わされてばかりだ。こんなことでは。英知は自分を厳しく律《りっ》した。こんなことで動揺しているようでは、あの俗世の万事を超越したような奇人に手は届かない。

「じゃあさっさと済ませるか」

気を引き締めた英知は、迅速《じんそく》に行動を開始した。時間をかけるのは得策じゃない。見たところ、荷物や着替えはこの部屋に残されたまま。しばらくすればきっと持ち主が戻ってくる。この時期、フェスで催《もよお》される出し物の練習などで汗を流す生徒は多い。もたもたしていたら今度こそ修羅場《しゅらば》になりかねない。

「おそうじの基本は上から下へ。まずはロッカーの上からね」

二人は両側のロッカーを分担し、部屋の片隅にあった掃除用具入れから取り出した空雑巾《からぞうきん》でロッカーの頭を順番に撫《な》でていった。背の低いなつきは部屋の中央にあったベンチをロッカーへ引き寄せてその上に乗り、さらに健気《けなげ》に爪先立ちをしていたが——何かおかしいと、英知は察した。こっそり様子を窺《うかが》うと、なつきはロッカーを拭《ふ》くというより、その上に何か乗っていないか懸命《けんめい》に覗き込んでいた。

「じゃあ次は床のおそうじね。奥から手前が基本よ」

英知は箒《ほうき》を小気味よく操るが、おそうじ部の少女は一向に落ち着きがない。きょろきょろ部屋の隅を見回したり、ごみ箱のふたを開けて中を覗いてみたり。

誰が見ても様子が変だ。間違いない。水川小花と同じ、彼女も何かを探している。

——いい機会かもな。英知はここで探りを入れてみる。

「俺さ、探し物があるんだ」

「え？」

ロッカーの中を順番に覗き込んでいたなつきは首だけでなく、体ごと英知の方を向いた。

上々の反応だ。英知の顔を上目《うわめ》づかいに覗き込んで尋ねる。

「な、何を探してるの？」

「お前と同じものだよ」

「あ……あたしと？」

動揺がもろに瞳に表れる。ブラウンの瞳が、泳ぐというより溺《おぼ》れかけていた。

「あ、あたし何も……探してないわよ？」

見え見えの嘘《うそ》をつく。ごまかし紛れにもう一度ごみ箱のふたを開けて中を覗いたものだから、余計に説得力がない。そう来るなら思い切ってカマをかけてやる。

「隠すなよ。俺は知ってるんだ。お前が探してるのはあれだろ。学園長の——」

不自然にならない程度に間を持たせると、

「学園長？」と、なつきは首を傾げ怪訝《けげん》そうな表情を浮かべた。

——学園長は関係ないのか？

英知は当てが外れて心中で舌打ちするが、ひとまず発言を着地させる。

「――探してたものだろ？」

「え？　学園長もあれを探してたの？　――あっ！」

なつきは思わず両手で口を押さえた。あっけないくらい簡単に尻尾《しっぽ》を出した。

困り顔で眉を寄せたなつきは、アヒルの子のように口を突き出した。

どうやら探しているのは学園長ではないようだ。しかしそれにつながるものを探している可能性はある。情報を得ておくに越したことはないと英知は踏んだ。

「そう。学園長もあれを探してたんだ」

なつきは秘密をなおも隠し通したい思いと、英知の言葉が気にかかる思いの間で揺れているようだった。大きな瞳がテニスのラリーを追うように右左に忙《せわ》しく動き、ややあって。

「……学園長がどうしてあれを？」

どうやら興味に負けた模様。

もう一歩だ。当《あ》たり障《さわ》りない返しの中から秘密を聞き出すことにする。

「そうだな……。学園の責任者としてってところじゃないかな」

「そっか、そうよね。あれは放っておくと良くないわ。危険かも」

――危険？　一体何なんだ？　疑問はともかく会話を前へ。

「そう、危ないんだよ。だから俺も探してるんだ」

「A子ちゃんも……」

「俺が探してたらおかしい？」

さも意味ありげに微笑を浮かべてみせた。これも情報を引き出すための仕掛け。

なつきはそれを真《ま》に受けて、馬鹿正直に考え込んだ。英知の思惑通り、勝手に自分の中で物知り顔の大女と自分の探しものとの関連性について考察してくれた。

するとと納得いく答えを発見したようで、ぽんと手を打った。

「なるほどね！　A子ちゃん口調も体つきも男っぽいもんね！」

男っぽさと何の関係が？　不可解だが間違いなく真相は近づいてる。

「あぁ、男っぽいもんだから」

「ちゃんとした女の子になりたいのね！」

……何やら雲行きが怪しくなってきた。

「実は……そうなんだ」

そう言うものの、意味不明だ。こいつは何を探してる？

「わかったわ！」

困惑する英知をよそに、なつきは勝手に決意を固めて白状した。

「じゃあ一緒に探そう！　男を色白美女に変える魔法の道具！」

「何だそれ」

つい最近も同じ種類の落胆を覚えた気がする。

「何なんだそれ」

二回言わないとやってられないほどの脱力感。

「何だそれって、A子ちゃんもそれを探してるんでしょ！　男っぽい自分をより女の子らしくするために！」

かけらも思ってねぇよ。

なつきは陶酔《とうすい》したように胸の前で拳《こぶし》をつくり、声高らかに宣言した。

「あたしはやるわ！　その道具を使って学園にはびこる男どもを一掃してやるの！　その時この学園は可憐《かれん》な乙女《おとめ》の楽園になる……。どう!?」

「――どうと言われても」

一掃される側としては何とも言い難い。はびこってるつもりも毛頭ない。そもそもそれはどんなとんでもアイテムだと思い、尋ねてみる。

「えーとね、はっきりと正体はわからないんだけどね……」

歯切れの悪い回答だ。真剣な顔で思案し、半分ほど納得した顔で答えた。

「アイロン……あたりかしら」

「アイロン？　なんでだ？」

「その魔法の道具ってね、二つの力を持ってるの。一つはね、手にした者を女の子に、それも色白美人に変えちゃうのよ！　色の白いは六難《ろくなん》とか七難《しちなん》とか隠すって言うものね。ほら、アイロンってやっぱり女性が持ってるイメージでしょ？　だからひとたびそれを握れば、魔法の力で誰もが女性になっちゃうのよ！」

そりゃどんなアイロンだ。発想が突飛《とっぴ》過ぎてついていけない。

「で、もう一つの効力は？」

「熱してよし、叩いてよし」

「凶器としてね⁉」

これは恐ろしい。いざ男に向けた途端、アイロンも優秀な凶器に早変わりだ。

「ともかくね」

なつきは物騒な発言をした直後とは思えない神妙な顔つきに変わり、続けた。

「ともかくあたしはそれを見つけなきゃいけないの。そうしないとあたし、この先もずっと男に怯《おび》えて生きてかなきゃいけない……」

一転する空気。風が埃《ほこり》をさらうように悲愴《ひそう》感が場を支配した。

なつきは肩をすぼめて俯《うつむ》いて、心許《こころもと》なげに両手で口を覆《おお》った。家庭で育った子犬が突然大草原に投げ出されたらきっとこんな感じになるだろう。天敵との遭遇率《そうぐうりつ》五〇％のサバンナで、この頼りない少女が生き抜いていけるようには思えなかった。

――こいつもこいつで悩んでるらしい。俺の知ったことじゃないが。

「でも一緒に探す仲間ができて良かった……」

なつきは感慨深げに英知の手をとった。健気《けなげ》な笑顔。相変わらず冷たい手。

「誰にもこのこと言えなかったの。あたしの個人的な都合で誰かを巻き込むことなんてできなくて……」

――こいつも単独行動、か。

英知はなつきとまったく違う理由で、同じように神妙な顔つきに変わる。

小花もなつきも他の部員に黙って別のものを探していたということだ。まったくややこしくしてくれる。こうなると残るもう一人も――？

そう考えていると、廊下から生徒たちの声が聞こえた。

握られた手を瞬時に振りほどく。「ぁん」と不服そうな声が聞こえたが構わない。

英知の注意は廊下の方向へ。男女入り混じった声だった。もしかしたら荷物の主が戻ってきたのかもしれない。だとしたら、見つかれば俺は――。

改めて窓ガラスに映った自分を顧《かえり》みる。変態。女装癖。ついでに覗き魔！

普段かかない所から汗が噴き出してきた。

「じゃあ着替え終わったら校門のところね！」

女の声が廊下に響いた次の瞬間だった。案の定――がちゃり。

「いやー疲れたねー」

「でもこれだけ練習したら本番は楽勝でしょ？」

「はは、そうだねー」

……暗闇《くらやみ》。英知は息を潜《ひそ》め、窮屈《きゅうくつ》さに身をよじらせた。暗いし息苦しい。賑《にぎ》やかな話し声がぞろぞろ入ってきたのを、英知はロッカーのスチール扉越しに聞いた。

（く、苦しい……）

（静かに）

（むぐ）

抱き合って身を寄せる少女の不用意な口を胸に押しつけ黙らせる。空間に余裕がないためこうするしかない。英知はロッカーの奥に背中を預け、自由に動くのは咄嗟《とっさ》に上げた両腕だけ。その両腕はなつきの首を抱く格好に落ち着いている。

ぷはっと、窒息《ちっそく》寸前の状態から脱し、顔を上げたなつきは呑気《のんき》に囁《ささや》いた。

（あんまり胸ないね、A子ちゃん）

（お前がありすぎるからそう錯覚するだけだ。この非常時に黙ってろ）

男なんだからないに決まってる。反対に英知の腹のあたりには、大きな水風船のような感触が二つ。未体験の感触に何だかむずむずする。

この女、栄養が頭ではなくすべて胸にいっているとしか思えない。

しかし参った。とっさの機転で空きロッカーに飛び込んだのはいいものの、こんなふざけた状況になるなんて。頭に乗っていたはずのものもない。はずみで落としてしまったらしい。こうなればA子も何もあったもんじゃない。

ともかく、暗がりでお互いの姿がよく見えないのだけが救いだ。

A子ちゃん――。なつきがふと顔を上げて囁くので、生温《なまあたた》かい吐息が首筋にかかる。

（ちょ、しゃべるな……）

ぞくりとした。さっきまでと違う理由で流れる冷や汗。体が触れ合っている部分からはじじり体温が伝わるし、狭い空間の中には柑橘系《かんきつけい》のくらくらする甘い香りが立ち込めていた。動揺が全身で跳ね回ってなぜだか指先が痙攣《けいれん》してきた。

どうしたらいい？　何なんだこの感じは？　思考が止まる。意識が飛びそうだ。胸の動悸《どうき》の忙《せわ》しなさだけが唯一確かで、その音に集中することでかろうじて正気を取りとめた。

ねぇ――。再び首筋に襲いかかる吐息。

（ぁんっ）

だから慌ててなつきの頭を強引に押し下げた。

（く、び、首、もげちゃうぅ……）

（だからっ、しゃべるなって！）

九〇度を超えそうな首の角度に顔を真っ赤にしながらも、なつきはめげずに顔を上げた。だってぇ……と、潤んだ瞳ですがるように英知を見上げた。

そう。今本当に窮地《きゅうち》に立たされているのは英知ではない。彼女の方だ。

「やっぱ俺らはさぁ――」

ロッカーの外から、低音が響く。基本周波数一〇〇～二〇〇Hz《ヘルツ》の低音。

なつきは小さく息を呑んだ。雷鳴に子猫が怯《おび》えるように、なつきは天敵の低い声が鼓膜《こまく》を震わすたびに身を縮め、英知の腰にすがりついた。

そうなのだ。

ここは女子更衣室ではなく――男子更衣室。

最初、廊下を歩く男から逃れようと女子更衣室に転がり込む際、慌てたなつきは誤ってすぐ隣の男子更衣室の扉を開けてしまったらしい。

立場逆転だ。これまで英知が人の目をかいくぐっていたのが翻《ひるがえ》り、今はなつきが仇敵《きゅうてき》に囲まれ恐々《きょうきょう》としている。英知にはここまで煮え湯を飲まされた恨《うら》みがある。いま。軽く体を突いてロッカーの外に押し出してやれば、この女は地獄に落ちる。

そんな嗜虐心《しぎゃくしん》もふつふつと湧《わ》き起こる。

恐慌《きょうこう》をきたした少女の体は携帯のバイブのように小刻みに震えていた。

相変わらず外からは男子生徒の唸《うな》り声。いや、他愛無《たわいな》い会話。英知には朗《ほが》らかな談笑にしか聞こえないが、彼女にとっては獅子《しし》の咆哮《ほうこう》にでも聞こえるのだろう。声で目算すると、獅子の数は十頭近い。

(どうしよう、ねぇどうしよう)

(落ち着けって)

(どうしたらいいの？　なんてデリシャス……。デリシャス！)

(デンジャラスな。この非常時に何かうまいもんでも食ってるのか？)

窮地《きゅうち》に追い込まれると馬鹿にも磨きがかかる。

すると、「あれ？　何だこれ。金髪が落ちてるぜ」その声に合わせて薄い金属の扉がきんき

んと震動した。同じタイミングで怯えた少女の体がぴょんと跳ねた。

「おいおい、誰か女装趣味のある奴がいるのか？　恥ずかしいな。え？　オンナ奴いねえよってか？」

どっと笑い声が起こった。

——どっと疲れた。今日の英知を占えば、ダジャレ難の相でも出ているだろう。

「俺、そのヅラ見覚えあるぜ。確かおそうじ部の部長が持ってた」

「ぷっ、本当かよそれ」

「あのマッドサイエンティストみたいな男がそれ被《かぶ》ってるのも見たことあるわ」

次々とこぼれる笑い。すぐに更衣室は嘲笑《ちょうしょう》で満ちた。

その笑いは金髪のカツラや下手な女装姿に向けられているわけじゃない。そうではなく、おそうじ部そのものに向けられていると言った方がおそらく正しい。

何よ……！　なつきは小刻みに震えていた。今度は怖いからじゃない。

（おい、どうした？）

（なんでも、ないよ……！）

どう見てもなんでもなくはない。軋《きし》むほど奥歯を噛《か》みしめてるくせに。悔しさで震えてるくせに。きっと仲間を馬鹿にされたせいで。一方の英知は冷静にたしなめる。

（落ち着けよ、外にバレちまうだろ）

英知にとっては、この女と密室に二人きりなのが知られないようにしたいその一心。清廉潔《せいれんけつ》白《ぱく》、謹厳実直で通した名声に傷がつかないようにしたいだけ。

一方ロッカーの外ではご機嫌な罵倒《ばとう》が飛び交った。

「おそうじ部なんて早く潰《つぶ》れりゃいいのにな。あいつら底辺じゃん、底辺」

「存在意義ねえよな」

大笑い。英知のジャージの腰がきつくぎゅっと握られる。

他人の悪口をサカナに盛り上がる更衣室の中、一際《ひときわ》大きな声が上がった。

「掃いて捨てなきゃいけないのはごみじゃなくてあいつらの方だよなぁ？　だって学園の中はあいつらいなくたって結構きれいじゃん？」

それを聞いた途端、なつきの顔が真っ赤に染まった。

それはあたしたちが毎日おそうじしてるからじゃない――っ！

毎日捨てられたごみを拾って。このだだっ広い学園で。雨の日だってどろどろになりながら竹箒《たけぼうき》を握ってるのに。フェスの出し物だって全部棒に振って――。

そこへ追い打ち。

「あそこの部長なんか、いつもおどおどしててマジ気持ち悪《わり》ぃし」

――ぷちんっ――

なつきの頭の中で何かが弾《はじ》けた。というか、切れた。

「もうっ許さないいっっ！」

「お、おい、おま……」

扉が蹴り開けられ、がしゃんと隣のロッカーにぶち当たる。

それとともに男性恐怖症の少女は勇ましく躍り出した。獅子の蠢《うごめ》くサバンナへ。

ロッカーの扉は跳ね返り、もう一度閉まって英知の体を暗がりに隠した。

これは好都合。英知はそのままロッカーの中で傍観者《ぼうかんしゃ》を決め込むことにする。

ロッカーの外では血気みなぎる少女が腕を一閃《いっせん》、胸いっぱいに息を吸い、

「あんたたちっっ！」

断固、怒り爆発の大喚呵《おおたんか》を――

「小花を馬鹿にするとあたしが、ゆ、ゆ、ゆるルルル～～……」

切れなかった。何しろ目の前には男の軍勢。

大きな瞳と軽い頭がゆるゆる回り、直後凍りついたように体が硬直した。

「な、何なんだこいつ……」

やっぱりだめだ。

唖然《あぜん》とする男の群れ。眼前の女の急変の理由が自分たちの性別だとは知る由《よし》もない。

硬直したなつきの体がぐらりと傾いた。そのまま後ろ向きに、硬い床板へ叩きつけられる
――ところを、長身の影が受け止めた。

「お前、2nd《セカンド》チェアの――」

有名人の顔はすぐに割れる。状況を見かねて思わず飛び出してしまっていた。

〝2nd〟という言葉に反応した英知の顔は当然ふてくされている。

「こっちの目を回してる方は、確かおそうじ部の女だぞ」

「お……本当だ」

悪名高いおそうじ部員の顔も同様に有名だった。その少女は英知の片腕に抱かれ、なぜかヒーローの変身ポーズを決めて硬直中。英知は自分に浴びせられる男どもの下世話な視線を感じ取った。予想通りの、二人の関係を勘ぐる下卑《げび》た視線だ。

だからこんな面倒事、ロッカーの中でやり過ごそうと思っていたのに。

「お前、そんなとこに隠れて何やってたんだ？」

一人がケンカ腰で突っかかってきた。自分たちが覗き見されていたと思って気分を害したらしい。声を聞けばさっきの下らないダジャレの男だ。

「何企《たくら》んでやがる？　しかもこんな底辺女と――」

言い終わる前の出来事だった。

男の短い悲鳴と大柄な体が宙を舞った。英知が空いた片手で一本背負いを決めたのだ。上履きを片方飛ばし、腰からもろに床へ叩きつけられた男は呻《うめ》き声を上げる。

どよめく更衣室。反射的だった。考えるより前に投げ飛ばしてしまっていた。

余計なことまで口をついた。

「地面があってよかったな？　地面があったから腰を打つ程度で済んだ」

敬語だって忘れた。

「ど、どういうことだよ？　何わけわかんねえこと言ってんだよ!?」

言われた意味をはかりかね、疑問を吐き散らす男。更衣室はざわめきを増す。

「こいつらのことが底辺だとか言ってたな。なぁ思わないか？　お前ら」

英知は言いながら、全員を見渡す。

なぜだ？　頭の片隅には疑問。なぜ俺はこんなことを言おうとしてる？

こんな――

「底辺って基盤《きばん》のことだろうが」

こんな、あいつらを擁護《ようご》するようなことを。

英知の言葉で部屋中が静まり返った。腕の中で少女は瞼《まぶた》を閉じたまま。

失神中の彼女がこの一切を見聞きしていないのが唯一の救いだった。

「な、なんでお前がそいつらの肩持つようなこと言うんだよ!?　お前は2ndチェアだろ？　いつもお高くとまってやがるくせに、何なんだ!?」

英知の戸惑いをダジャレ男が代弁した。尻餅《しりもち》をついたまま怒り任せに吐き捨てる。

「突然投げ飛ばしやがってよ！　そもそもお前は関係ねえだろ!?」

「関係なくねえよ」

眼下の男を視線で射抜き、黙らせる。そう、関係なくなんかない。

なぜなら俺は、俺は。

「俺は――下らないダジャレが大っ嫌いなんだ！」

半《なか》ば捨《す》て鉢《ばち》だったのを自分でもわかっていた。

第三章 ★ アンデスのハチドリ

血を塗り込めて熟成させたような赤黒いレンガ壁が目印の建造物〝吸血城〟。

今日に限りおそうじ部の活動を休み、そこへ向かう途中の英知はいつもと比べ鈍重《どんじゅう》な足取りで、時折溜息《ためいき》が漏《も》れた。落胆《らくたん》と不機嫌の理由は一つだ。

視線のすぐ先、回らないメリーゴーラウンドを取り囲む陣形で喜色満面《きしょくまんめん》の集団。粗末な一枚の紙を配って回る、揃《そろ》いの腕章《わんしょう》をつけたハイエナ女どものせいだ。

「どうぞー号外でーす！　２nd《セカンド》チェアとおそうじ部員の熱愛発覚ですよー！」

「学園一番の〝席の差愛〟っ！　２ndチェアついにご乱心かー!?」

腕章には「新聞部」の文字。

この学園のハイエナどもは他人のスキャンダルが大好物だ。特に上位席者のスキャンダルなんか大の御馳走《ごちそう》で、それだけでご飯三杯いけるのも我慢《がまん》して、でっち上げの号外をばらまける。

何しろロッカー騒ぎはまだ昨日の出来事だ。

英知は一際《ひときわ》目立つ金の腕章をつけた三つ編みおさげ女の背後に忍び寄る。

「はいはいどうぞー。学園きってのエンターテイナー、新聞部ですよぉー。皆さまの退屈を紛《まぎ》らわせるためのスクープに魂《たましい》を売り渡しましたよーぉ。当事者の事情なんて知ったこっちゃないですよぉー。ははっ♪」

背後に立ったが気づかない。おさげをご機嫌に揺らし、号外まきを続ける。

「そうか。書かれた奴《やつ》の事情やその後の不利益なんて面白い記事の前じゃ糞《くそ》の役にも立たねえもんな」

「まぁったくその通りでぇー。書かれた奴なんて油断してるそっちの方が悪いのでーぇ、その隙《すき》につけ込んで散々私生活まで蹂躙《じゅうりん》してやりますよぉー」

驚いた、まだ気づかない。というか、直接号外を渡された。

「特に今回のネタは２ndチェアだし、上位席者が失脚すんのは助かるよな」

「そぉそーぅ、わかってらっしゃるぅ♪　何より上の人間が転げ落ちていく様なんて見てるだけで爽快《そうかい》そぉかぁーい♪　って……はっ！」

ようやく気づいた。

「お前は本音を隠すということを知らんのか？」

「ほ、本人っ！　本人降臨《こうりん》っ！」

いつも通り、けだるげな調子を続けていた新聞部部長は瞬時に臨戦態勢に入る。

「みんなっ、飯のタネ……じゃない、ネタ元が現れたわよっ！　即時退却ーっ！」

「「いえっさー部長！」」

一斉《いっせい》に声を上げ、まるで潮《しお》が引くように退散する新聞部員。ものの十数秒もかからずハイエナどもの姿は消え、数枚の号外がひらひらと地面に残された。

渡された号外に視線を落とすと、派手な大見出しが目に飛び込んできた。

〝禁断のロッカー愛！〟

「どんな愛だよ。芽生《めば》える場所がおかしいだろ」

さらに、英知がおそうじ部に入部したことも筒抜けなようで、

〝ごみのついでに女もピックアップ！〟だとか、しまいには、

〝部活はクリーン、心はダーティ〟なんて好き勝手な文言が躍る始末。

事実無根もなんのそのだ。

この嘘《うそ》八百の紙きれのせいで、福山英知《ふくやまえいち》の評判はガタ落ちだ。今朝からあちこちでこの件が噂《うわさ》になっているのは知っている。せっかく慣れない格好つけで稼いだ女子票も、こんなスキャンダルが明るみになれば大量のポイント減は免《まぬか》れない。

「信じらんない、女癖悪いのね」

「あんな席次の低い娘に手を出すなんて幻滅《げんめつ》……」

すでに号外を手にして囁《ささや》き合う女生徒の冷めた視線が何よりの証拠だ。

「何なんだよ、もう――」

重い、鉛《なまり》のように重い溜息。ちょっと油断すればこのザマだ。相変わらずこの学園は見渡す限り敵ばかり。一瞬だって気が抜けない。まるで四面楚歌《しめんそか》、英知は中傷《ちゅうしょう》の囁きと軽蔑《けいべつ》の視線の包囲網を振り切り、再び吸血城を目指した。

途中、校舎を出てすぐに寄った中庭の電光掲示板の映像を思い出した。

38thチェア　福山英知　1、120

まさかの席次急落。チェア・オブ・シックスから一気にダブルディジットへの大転落。こんな席次、入学間もない頃以来だ。

力が抜けて、膝《ひざ》から崩れ落ちそうになるのをすんでのところで持ち堪《こた》えた。

原因はわかっている。おそうじ部関連の悪評がさらに浸透した結果だ。

――でも。まだ。まだ大丈夫。

冷静でいられない空炊《からだ》きしたような頭に言い聞かせる。

動揺を抱えつつ不確かな足取りで中庭を曲がったところ。

そこでごみ集積所のコンクリート壁に目が留まった。落書きがある。

そう言えば、確か水川小花がこんなスプレーアートを見たと言っていた。ただ、聞いていたよりも描かれているものが多いような。変化は二つあった。

一つ、夜空を斜めに横切る形で天の川《あまがわ》ようにたなびく光。

二つ、暗い背景全体に降り注ぐ青白い雪。

間違いなく別の人物が描いたと思われる技量もテイストも異なる絵柄。

組み合わせも突飛《とつぴ》で、各自がただ好きなものを描いただけというような不協和感が、しかし不気味な魅力を放っていた。

――俺はこのところどうかしてる。

必要以上に四番チェアなんかに突っかかったり。

更衣室でどうでもいい男を投げ飛ばしたり。

今までポイント減につながる行動は極力避け、無難に過ごしてきたっていうのに、ここにきて問題が立て続けだ。軽はずみな行動は自《みずか》らの首を絞《し》める。そんなこと、ずっと前からわかっていたはずなのに。

宇都宮《うつのみや》がすかした顔で言ったように、まるで俺は、馬鹿の巣窟《そうくつ》おそうじ部ウィルスに感染してしまったみたいだ。

学園長探しもはかどらない。わざわざおそうじ部に入部までして調査をしてるっていうのに、あいつらが探してるのはありもしないふざけたものばかり。

しかし、言うに事欠いておそうじ六種の神器に魔法のアイロンとは。

――魔法のアイロン。

頭の片隅に一つの可能性がよぎった。入学から約七カ月、園内をくまなく探し続けてきたが、学園長はいまだ霧《きり》の向こう。だとすれば、こうも考えられる。

自分の知る姿の福山昏《ふくやまくらん》はこの学園にもういないのでは？

つまり、本人とかけ離れた姿に化けていれば、見つかるはずもない。そうなればあの奇人のことだ、変装だなんて小手先じゃなく、擬態《ぎたい》の域に達しているはず。

魔法のアイロンとやらが男を女に変えるように。がらりと。根本的に。

そういえば、生徒の中にはそうした変装が得意な奴がいるとかいないとか。

学園内の誰かに擬態して素知らぬ顔で過ごしている可能性。英知の知る誰かかもしれないし、あるいは今遊歩道で行き交った、顔も不確かな誰かかもしれない。そう考えるとどいつもこいつも疑わしく思えてくる。

もし擬態してないとしたら？

考えられる可能性はあと一つしかない。それは最悪の可能性。

そうこう思案しているうちに、吸血城の威容が眼前に迫っていた。

ゴシック調の尖塔《せんとう》の中央には大きな鐘《かね》がぶら下がっていた。アーチ状の城門の上で夜色の羽根を広げた彫刻のコウモリに出迎えられ、かつて吸血鬼が棲《す》むとされた古城へ足を踏み入れた。

三階建ての吸血城には、職員室や生徒会室などがまとめて配置されている。ヴァンパイアの巣である生徒会室は最上階の西の隅を占め、その部屋のさらに奥に控える生徒会長室は、吸血鬼の祖《そ》・妖婦《ようふ》カルミラの居室だった。

英知は踏むたびに軋《きし》む木造の階段を三階まで上がると、その観音扉《かんのんとびら》を一息に開け放った。

「よう忠実なる女帝の下僕《げぼく》。今日もキリキリ働いてるか」

挨拶《あいさつ》代わりに一言、机にかじりついて書類と格闘中の少女に軽口を投げると、

「んやっ、福山英知っ！　ここであったが百年目っ！」

実にトラディショナルなリアクションが返ってきた。立ち上がりざま椅子が後方へ弾《はじ》け飛んだ。のっけからこのハイテンションとは、トップギアが軽すぎる。

「お前は期待を裏切らんな……」

生徒会室には待《まち》一人きりだった。教室の半分ほどの広さがある生徒会室には長机が四つ、ロの字に置かれており、十人ほどが悠々と執務できるスペースがあるが、それに対してスチール製の折り畳み椅子は二つしかない。

現在、生徒会役員は会長を含め、わずか三名。生徒会長の忠実なる下僕は本来もう一名いるのだが、女帝の摩天楼《まてんろう》のごとく高き要求に耐えかね、体を壊し入院加療中。ちなみに当人は6th《シックス》チェアの座に就《つ》く心身ともに優秀な会計だったが、そんな逸材《いつざい》でさえ女帝にとっては捨て駒の一つに過ぎなかった。

そんな万年人手不足の状態なので、わざわざ副会長としての入閣を断った英知までが、依頼と称して小間使いにされるのだ。

ともかく、結果現状正式な生徒会役員は神宮寺《じんぐうじ》鳥子《ちょうこ》と森田《もりた》待《まち》のみ。つまり待は彼女の苛烈《かれつ》なわがままの集中砲火を一身に受ける立場、そうだというのに、

「福山っ！　今日の勝負は何にする⁉」

「夕食のメニュー感覚で聞いてくんな。キレた若妻かお前は」

この元気はあんな小さな体のどこから出てくるのか。恐るべきタフネス。

こちらは勝負をする気などさらさらないのに、いつも気づくとこの勢いに巻き込まれてしま

うから困る。しかし今日は少し様子がおかしかった。

「いや、それより！　それより今日はお前に言いたいことがあるっ！」

ばんばんっ！

待は、長机に見せしめのごとく置かれた一枚の紙を手のひらで何度も叩き、英知の鼻先に突き出した。いやな予感がした。

「鳥子ねえから聞いて、最近はおそうじ部の潜入調査をしてるのは知ってるけど！　本当は調査そっちのけで別のことしてるんじゃないのか!?　この号外！　この号外は何だ！　貴様何をした!?　貴様いったい何をしたぁ!?」

いつもより五割増しのハイトーンシャウトが耳に痛い。待は好物のお菓子をとられた子どもみたいに真っ赤な顔で、２ndチェアとおそうじ部員の熱愛を伝える号外を怒り任せにぐしゃぐしゃ丸め、英知の足もとに投げつけた。

「貴様いったい何をしたぁ!?」

「何回言うんだよ」

しつこいのが売りのこの女だが、今日は一段と粘着質《ねんちゃくしつ》だ。

「何で怒ってんだよ？　お前には関係ない話だろ」

「か、関係ないとは何だっ！　大アリだよっ！」

火に油を注《そそ》いだようで、さらに怒りのボルテージが上昇する。しかしその理由がわからない。

俺の色恋沙汰《いろこいざた》なんてこいつには関係ないはずだし。

「むしろお前にとっては好都合だろ？　その号外の真偽《しんぎ》はともかく、俺の評判が落ちることはお前にとって何の不利益もないだろ」

「そ、それはそうだけど……」

一転口ごもる。しかしそれも一瞬、髪を左右に激しく振り乱し大きく口を開く。

「いや違うっ！　おれの好敵手《ライバル》がつまらないスキャンダルで落ちぶれるのなんかだめだろ！　お前はおれが正々堂々勝負して勝たなきゃ意味ないんだよっ！」

ぜいぜいと息を切らす。しかし対する英知は迷惑そうに片手を振る。

「あのな、何度も言うけど別にお前と俺は好敵手じゃないからな？　そんな対等な関係とは程遠い。どちらかと言えば加害者と被害者の関係に近い」

「そ、その言い草は何だっ！　この期《ご》に及んで……！　ひどいっ！　ひどいぞお前！　今さらになって……、ひどいぞ！　責任とれるんだろうなっ！」

「責任って何のだよ。何がひどいんだよ」

話の筋が変わってきている気がする。しかもなぜうっすら涙目なのだ。逆にこんな面倒な絡《から》みにつき合わされて、責任をとってもらいたいのはこっちの方だ。

何より今日の本題はこの扉の奥におわす女帝への謁見《えっけん》だというのに。

「もう俺のことは放っといて、ほら、算数のドリル続けろよ」

「そうそう、二ケタのかけ算が苦手で時間がかかっちゃって——ってばかっ！　算数のドリルじゃないよっ！　生徒会の重要書類っ！　子ども扱いするなっ！」

ぜいぜいと息せき切って突っ込む姿がまったく健気《けなげ》で微笑ましい。このスーパーボール並みに跳ね返るリアクションがたまに心地良くなってしまっていけない。潮時《しおどき》は見極《みきわ》めないと。

「じゃあ仕事に戻れ。今日俺は呼ばれてんだよ。畏《おそ》れ多き生徒会長様からな」

「ちょ、鳥子ねえから……？」

途端に借りてきた猫のようにおとなしくなる。彼女は生徒会長に頭が上がらない。恐れているわけではないが、母親に逆らえない子どもの感覚に近いんだろう。

「んじゃ、しょうがない、な……。行けよ……？」

口を尖《とが》らせて渋々と。生徒会長の名を出せばこいつはたいがい言うことを聞く。

まだ何か言いたげな待の爛《らん》々《らん》とした視線を背中にちくちく感じつつ。

英知は学園の君主と下々の民を隔《へだ》てる重々しいオークの観音開きの扉を押し開けた。

途端、肌を突き刺すような冷気が全身を襲った。

「いらっしゃい。英知」

女帝は豪壮な椅子の上で足を組み、書類の束に目を落としたまま挨拶した。机の上には書類の山が二つ、演出過剰気味にうずたかく積まれていた。

「俺はイライラしてますよ」

開口一番、英知は苛立ちを隠すことなくそのまま叩きつけた。

「あら、どうしたのかしら？　落ち着いて、英知」

しかし相手は視線をこちらにさえ向けず、いたって優雅に愛用のロイヤルコペンハーゲンのカップのダージリンに口をつけた。おかげで英知の神経は逆撫《さかな》でされるばかり。

「おそうじ部のことですよ！　あいつらのポイント、たった二点なんですってね。しかもあそこまで学園中から総スカンだなんて……会長、知ってたんでしょう？」

学園長の情報を得るという目的はあったにしろ、転部に伴《ともな》うポイント減があまりに甚大《じんだい》、代償が大きすぎる。学園中に情報網を張り巡らせているという生徒会長がおそうじ部に関わることで得られるその結果に無自覚だったわけがない。

「そのことが最初にわかってたらほいほい入部なんてしませんでしたよ」

「あら、英知らしくないわね？　そんな過去の話を持ち出すなんて」

「何が過去ですか。あいつらは現在進行形で落ちこぼれてますよ」

同様にいま自分のポイントもさらに落ち込み続けているかもしれない。

「あら、現在だって一瞬後には過去になるわ。そんな話も意味がない」

「過去ったって……」

「重要なのは未来よ。これからのこと」

けんもほろろ。というか論点が、会話のレベルがズレている。

視線は書類に向けたまま、カップから緩慢《かんまん》に立ち昇る豊潤《ほうじゅん》な香りを楽しむ鳥子。

どうやらこの女は話を聞くつもりはないらしい。いつものことだが。

「意味がなくはないでしょう。未来は過去の上に成り立ってるものです」

「成り立ちなんて関係ないわ。過去は時間から零《こぼ》れ落ちた世界の残骸《ざんがい》よ。期限切れの残飯と同じ。何の役にも立たないわ」

「ひどい言われようですね」

一方的な物言いに英知は〝過去〟の弁護に回る。そうせざるを得ない事情がある。

「過去とは財産でしょう。だからこそ人は歴史を学ぶ。残飯が肥料になるように、未来に役立つ。何の役にも立たないなんて言われたら歴史の授業は根本から意義を失いますよ。歴史の教師の仕事を奪う気ですか」

「歴史の教師は語《かた》り部《べ》にでも転職すればいいわ。……いえ、そんな話はどうでもいいわね。言い方がお気に召さないようなら変えましょうか。〝死骸《しがい》〟ならどう？」

「余計ひどくなってます」

「過去なんて、骸《むくろ》のように横たわって、事を為《な》さず、ただ甘い腐臭《ふしゅう》を放って生者を惑わすだけ。百害あって一利もないわ。違う？　だって過去はもう息絶えて変えられないんだもの」

「それは……」

「まだお気に召さないかしら？　それじゃあ端的に〝ごみ〟と呼びましょうか？」

英知の瞳に炎がちらつく。それを敏感に察した鳥子は両手のひらを天に向けた。

「あらごめんなさい。口が滑ってしまったわ。ちょっと熱くなってしまったみたい。あなたの前で過去がどうこうという話は禁句だったわね」

「別に、そんなんじゃないですよ」

英知は瞼を伏せ、炎を消した。言葉の割に涼しい顔の彼女より熱くなったのはこっちの方だ。

とはいえ、持論を唱えだした彼女は強硬だ。槍《やり》が降ろうが星が降ろうが自分を曲げない。賢明な英知はこれ以上の反駁《はんばく》を放棄した。これは降伏だ。

「重要なのはこれからよ。おそうじ部が過去や現在どうあろうと、これから英知次第でどうにでも変えることができるわ」

結局言いたいことはそれらしい。言葉で煙に巻いて一切を他人に押しつけて自分はひらりと責任回避。いつもの彼女のやり方だ。

「そんな長居する気なんてないですよ。それにさらに悪くなるのはきっとこれからです」

「あぁ、あの号外の件ね」

当然、耳聡《みみざと》い生徒会長もご存じの様子。

「おそうじ部の子と、お天道様の目が届かない場所で、いんぐりもんぐりしていた件ね」

少々歪《ゆが》んだ形で。

「……言い方に違和感が拭《ぬぐ》えませんが、おおむね記事ではそんな感じです。もちろん出鱈目《でたらめ》ですけどね。でもそのせいで俺のポイントは大幅ダウンです」

「ポイントがなくなるの？」

「そうですよ」

「それが何か問題？」

「問題ですよ！」

つい声が大きくなる。この女は本当にわかってるのか？

この学園の生徒である以上、ポイントレースからは逃れられない。ポイントの増減に一喜一憂《いっきいちゆう》するのがこの学園の日常風景であり、ならわしであり、宿命だ。

なのに神宮寺鳥子はいたって軽やか。それすら世俗《せぞく》の些末事《さまつじ》とでも言うように、「どうして?」と、優雅に細首を傾げるのだ。

「ポイントがなくなるからですよ!」

らしくない。冷静さを失っていると自分でわかる。これじゃ堂々巡りだ。

「それはあなたにとって大事なもの?」

「当たり前でしょう!」

「それじゃ英知はとても素敵なものを得たのね」

「……何ですって?」

艶然《えんぜん》と浮かべた笑みの理由がはかりかねた。意味がわからない。会話が通じないもどかしさ。これじゃまるで、誰かと同じだ。

「俺は失ったと言ってるんです!」

「だから〝失う〟ことと〝得る〟ことはまったく同じよ? 何を言っているの?」

また首を傾げた。いつも完璧《かんぺき》に大人びている彼女にしては珍しく、まるで親の言うことがわからない無邪気な子のように。純粋に疑問に思っている証拠だ。

お互いに意思が疎通《そつう》しない。完全な分裂。馴染《なじ》みのある分裂。英知は絶句した。

彼女の発言が突飛《とっぴ》なせいじゃない。逆だ。耳慣れていたからだ。

――この口ぶりは、論理は、あいつと同じ。

「何か失ったって悲観することはないわ。同様に何かを得たところでぬか喜びする必要もない。だってその二つはまったく同じ意味なんだから」

記憶に焼きついた映像がフラッシュバックする。

たまに、本当にたまにだけ見せた、天女のようなあの微笑み。

「ね――英知？」

目の前の憎らしい女がそれと同じ微笑みを浮かべていた。

覚えている。

日を嫌った透《す》けるような白い肌に、笑い慣れないせいで上がらない口角、皺《しわ》の寄らない目元。完全無欠に覚えている。他人が見れば不気味にしか見えない、出来損ないの微笑み。でも英知にはそれこそが人間らしく見えた。完璧無比《かんぺきむひ》なあの人にすれば、それだけが人間臭《くさ》く見える唯一の瞬間だった。だからとてもほっとしたのを覚えている。

「じゃ、じゃあもう、その話はいいです」

英知は横を向いて目をきつく閉じ、脳裏《のうり》に浮かんだ生温い映像を振り払った。

「今日は、調査報告、でしたよね」

やっと平静を取り戻すと、本題を確認、どちらかと言うと自己確認した。

「ええ。そうだったわね」

もう一度正面を見れば、いつもの鼻《はな》っ柱《ぱしら》の強い女帝がいるだけだった。胸は静けさを取り戻したが、それが安心のせいか落胆のせいかわからなかった。

「脈なし、です。おそうじ部の連中、ろくなもの探してやしませんよ」

「あら。そう？」

非難がましく言った甲斐《かい》もなく、神宮寺鳥子は机の上に積まれた書類をまた手にし、そこから目をそらさずに答えた。

「ありもしないものをあると思い込んで、部員が好き勝手バラバラに探し物をしてるだけです。おそうじ六種の神器とか、魔法の……あぁ、言うのも馬鹿らしい」

「そうなの？　あなたは相変わらず仕事が早いわね。もう部員三人ともから秘密の探し物を聞き出したのね」

「ああ……いや」

つい言い淀《よど》む。言われればもう一人残されている。

安達匠《あだちたくみ》。気味の悪い歯ブラシ男。あの男が他の二人と同様に探しものをしている確証はないが、していない確証もない。

言わずとも事情を察した鳥子は事務的に告げた。

「調査を終了するなら、可能性をゼロにしてもらってからでいいかしら。現時点で不明な点があるのなら、もう少し続けてちょうだい」

「でもあんな奴らのことだからどうせ何もないですよ」

少し子どもっぽい口調になった。でももう関わり合いになるのは御免《ごめん》だった。おそうじ部と関わっても、ポイントを稼ぐどころか失うばかり。今まで築き上げた評判も砂の城のように簡単に崩れ落ちていく。それがとにかく耐えられない。

「うーん、そうねぇ……。でもあの子たちは何か知ってる気がするの」

「根拠は？」

「勘」

「またそれですか」

確かにこの女のすごいところは理論ではなく直感で真実を導《みちび》くところだ。

それを具現化したのがあの神宮寺式タロットカード。テストも記憶の積み重ねではなく勘で正答を導き出してしまう直感型。きっと四則演算《しそくえんざん》さえ覚えれば、どんな難解な数式も閃《ひらめ》きで解き明かしてしまうような天才だ。

（実際は綿密《めんみつ》なシミュレーションが脳内で展開されているのだろうが本人は認識していない）

「とにかくもう少し調べてみてくれないかしら？　わたしも協力したいんだけれど、十年祭の準備が忙しくてね」

いつもは自分で仕事をしない彼女だったが、この言葉は嘘ではなさそうだった。

会話をしている今だって書類を読みっ放し。複数作業の並行処理を難なくこなす彼女の頭には思考回路が一体何コア積まれているかわからないが、それでも負荷がかかるほどの仕事量。らしくない眉間《みけん》の皺《しわ》が疲労を物語っている。それも当然、十年祭は学園創設以来最大のイベント。これを成功裏に終わらせることが生徒会長選の際に彼女が掲《かか》げた絶対公約で、当然力の入れようも違うはずだ。

「くれぐれもよろしくお願いね」

最後に、わざわざ書類を机に伏せ、英知をまっすぐ見つめて言った。

今まで何度も彼女の依頼を受けてきたが、このように念を押されるのは珍しい。それだけ自分の力量を認めている証拠かと当初英知は思ったが、おそらくそれは違っていて、未来を予見できる彼女には、自分が何かを依頼した結果も同様に見通すことができるため、そんな必要はないだけだと悟った。

鳥子はじっと英知に視線を送り続けた。

誰かを長く見つめることが苦手な英知がやっとその瞳を見返そうとすると、その瞬間入れ違いに彼女の視線が手元の書類にすいと移った。

☆

もう日が暮れてしまった。

女帝との謁見《えっけん》を終えた足で、図書館で調べ物をしていたら、すっかり暗くなってしまった。

学園長——福山昏が擬態して潜んでいる可能性。それについての考察と対策に時間を費《つい》やしたのだ。

英知は校門へ向かう途中、凝《こ》りに凝った首を回し、うーんと伸びをした。

瞬間、視界の端に見慣れた小さな鳥の影を捉《とら》えた。吸血城の窓から出てきたような。しかしすぐに宵闇《よいやみ》へ消えていき、気のせいかと思い英知は再び歩きだした。

学園内にはほとんど生徒は残っていなかったが、あちこちに明かりがあって、金槌《かなづち》を叩《たた》くような音や大型の重機を動かす音が聞こえた。きっと工事関係者だろう。今回の十年祭は大掛かりになるため、学園生徒だけでは人手も技術も不足する。二週間くらい前から、外部の業者が授業に支障ない夜間に限って学園内に出入りをしているようだった。

今日は木曜日。十年祭は三日後に迫っていた。

人の気配はあるものの、仄明《ほのあか》るい外灯で照らされた夜の園内には不気味さが漂っていた。さすがは元ゴシックホラーをテーマにした遊園地。油断したら牙《きば》の生えた黒マントの伯爵《はくしゃく》や骸骨《がいこつ》兵士の行進が見えてきそうだ。

こんな場所に一人取り残されたらさぞ心細いだろう、そんなことを考えながら、正門に向かう途中の古びたメリーゴーラウンドに差しかかると。

見知った姿が薄暗がりの中に浮かび上がった。見咎《みとが》めて声をかける。

「お前、何やってるんだ？」

「え？　あ……福山くん」

水川小花はエプロン姿で、白馬の一つに向かって屈んだ格好のまま振り返った。

「どうしたんだ、こんな暗がりに紛《まぎ》れて」

「あぁ……私には一生陽《ひ》が当たらないってことだね」

「誰が出会い頭《がしら》でそんななじり方をするんだ」

ともあれ、小花の足元を見れば茶色に濁《にご》った水入りのバケツがあり、手にはゆすいだところで真っ黒な濡《ぬ》れ雑巾《ぞうきん》。腰を折り、その雑巾で目鼻や鞍《くら》の塗装がかすれて薄くなった白馬を丁寧《ていねい》に磨いていた。

「まさかとは思うけど、掃除——してるのか」

「うん、そうだよ?」

幽霊マンションの前に高く伸びる時計塔を見れば夜の九時を回っている。

「授業終わってからずっと?」

「うん」

額《ひたい》の汗を、袖をまくった腕で拭《ぬぐ》いながら英知の質問に笑って答えた。

「十年祭が今週末に迫ってるからね。学外の人たちもいっぱい来るから、できるだけきれいにしておかないと」

「だからってこんな遅くまでやらなくても——」

正門の方から通学バスが発車する音が聞こえた。改めて時計塔を見る。今日の最終便はあと三十分もすればなくなってしまう。

「やらなきゃだめなんだよ」

まただ。また、別人のように毅然《きぜん》とした表情。

「今度の十年祭はね、この学園がもう一度だけ夢を取り戻す日だからね」

「夢を——か」

「知ってる？　一度潰《つぶ》れて学園になったこの場所だけど、いまも遊園地時代の思い出をあちこちに残してるんだよ？」

小花は立ち上がると、両手を広げて体ごと夜の園内を三六〇度見回し、目の前の古ぼけた白馬に優しく手を触れた。

「こうしてそのまま残されたアトラクションも多いし。ほら、この座るところとかよく触る耳のところとか、色が剝《は》げちゃってるでしょ。きっとたくさんの子どもたちがこれに乗って遊んだんだ」

次にレンガ畳《だたみ》の地面に屈み込み、そこに染みついた汚れを指差した。

「見てみて。最初はもっと明るい色だったはずだけど、今はもうだいぶ黒く変色しちゃった。きっとね。この地面はたくさんの足跡を記憶してるんだ。仲の良いカップルの溶け合うような足取りも、お父さんお母さんに連れられた子どもの弾《はず》むようなスキップも。いろんな楽しい思い出がこの学園のあちこちに刻まれてる」

外灯の頼りない明かりが、学園の落ちこぼれ部を率《ひき》いる少女の横顔を照らした。

「私もね。子どもの頃に一度だけ、家族でこの遊園地に来たことがあるの」

「……へぇ。そうなのか？」

「うん。ほんとに楽しかったなぁ。必ずもう一度みんなで来ようねって約束して、でも結局来られなかった。そのうちにこの遊園地が閉鎖するって話を聞いた」

憂《うれ》いのある表情だった。言葉のトーンも、楽しい思い出を語るそれではなかった。

「十年祭の日にはね、学園の人もそうじゃない人も、みんながここへそれぞれの思い出に会いに来るの。その時、ここが変わり果てていたら悲しいでしょ？　敷地はごみだらけで、せっかく残されたアトラクションも寂《さび》れていたら悲しいでしょ？　私は悲しいよ。涙が出る。だからおそうじするの。とっておきの日に、一夜だけ。遊園地が無事に息を吹き返せるように、きれいにきれいにしておくの」

「だからって……お前がそんなに体を張ることはないだろ。この前だって4th《フォース》チェアの男にあんなこと言われたばかりで……」

「私は気にしてないよ」

「あんな言い草されてもか？」

英知の脳裏に先日の宇都宮の罵詈《ばり》雑言《ぞうごん》が克明《こくめい》にリピートされる。一言一句違《たが》わず鮮明に。あれだけ真正面からこき下ろされて気にならない奴なんかいない。やたら悲観的な彼女ならなおさらだ。なのに。

「掃除なんて負け組の仕事だそうだぞ。しまいにゃ屑《くず》なんて言われてた」

「ううん。おそうじは負け組の仕事なんかじゃないよ」

一点の動揺も後ろ暗さもない口ぶり。嘘じゃない。高潔《こうけつ》な響きさえ従えた言葉。

すると背後から靴音が聞こえた。

「ねぇ小花――ちょっと休憩しよ――？　っ！」

途中までののんびり口調が一変、英知が振り向きざまばちりと目が合うと、越前《えちぜん》なつきは息を呑《の》み、活動を停止した。彼女の周囲だけ時間が凍りついた。

「お、おい、まだ距離があるけど硬直したぞ？」

焦《あせ》った英知は小花に視線をやる。まだなつきまでは五メートルほど距離があった。

「……おかしいね？」

さすが親友、小花はいつもと違う彼女に気づき、何やら声をかけたりぺたぺた頰に触れたりしていると、なつきの硬直は次第に解けた。

「どうしたのなつきちゃん？　ちょっと変だよ？」

「ふぇ、変ってにゃにが？　あたし、にゃ、にゃにも変じゃにゃいよ？」

嚙み過ぎていて何を言っているかわからない。よく見れば顔も真っ赤に炎上していて、ついでに英知の方角を頑として見ようとしなかった。

「やっぱり変だよ、なつきちゃん？」

「ひ、ひや、へいきよ？　へいき」

どう見ても平気じゃない。

「あ、そうだ、さっき偶然福山くんと一緒になってね。ほら、一緒」

なつきが英知を一向に見ようとしないので、小花が傍《かたわ》らの英知を手でひらひら差し示すと、なつきの様子は一層おかしくなる。わたわたと手足を震わせ、頼みもしないのにコマ送りのロボットダンスを披露《ひろう》した。そして抜け抜けと言う。

「そ、そにゃ人知らにゃいっ！　見えなひっもんっ！」

とんだ世迷《よま》い言《ごと》だ。小花はそんな彼女が心配になり、焦りはじめる。

「ど、どうしたのなつきちゃん！　福山くんいるじゃない！　ほらっこここっ！」

そう必死にアピールされるのも居心地が悪い英知は苦笑い。

「あ、ああ、しょ、そうね……。う、うっかりしてたわ……」

小花の賢明なアピールが功を奏《そう》したようで、なつきは渋々英知の存在を認めたようだった。

やっとのことでちらりと一瞬英知の顔を覗き見る。

「うっかりね、その、パセリか何かだと思ってたから……」

「どんな見間違え!?」

そう言えば。彼女と会うのはロッカー事件以来だなと、英知は思い出した。

「にゃ、にゃに見てんのよっ！」

英知がじっと彼女を見ていると、いつもの跳ねっ返りな部分が顔を出した。

でもやはりおかしいのだ。

「あ、あんたにゃんか、豆腐の角に頭埋めて冷やっとすればいいにょよっ！」

「それ、ほとんど俺ダメージないんだけど」

いつもの暴言にもキレがない始末。

さすがに見かねた小花が、乱心状態のなつきに寄り添い、背中をさすったり頭をなでたりしてやると、次第に落ち着きを取り戻し、日常会話が可能になった。

「で、話の続き。掃除は負け組の仕事じゃないって話だったよな？」

英知が瞬時に脳内でやりとりを巻き戻し、脱線の分岐点から小花に続きを促《うなが》した。

すると、

「あ、あたしも、そうは思わないわよ。あたしたちは、屑なんかじゃない」

竹箒の柄を地面にこんこん突きながら、なつきが言った。深呼吸して続ける。

「東の方に、有名な遊園地があるでしょ。あの、世界で有名な」

「ああ、あのアメリカ生まれの」

「そう。あそこでは従業員のことをこう呼ぶらしいの。……えと、何だっけ……。〝なんとかスト〟だった気がするんだけど。えっと……あの……スト、スト……」

自分から言い出しておきながら決まらない。答えを承知の英知はいらいらする。数秒唸《うな》った後、やっと思い出したようでなつきは「そうそう！」と両手を打った。

「ダストよ！」

「結局ごみのことじゃねぇか」

呆《あき》れた英知が「キャストだ」と訂正してやる。有名な話だ。ショーの演者のみでなく、一般従業員もテーマパークを演出する役者の一人というわけだ。

「そうそう！　それでおそうじをする人たちのことを特に……えっと、カスト――何だっけ、カスタードじゃないし……」

どれだけ物覚えが悪いんだ。英知は仕方なくフォローしてやる。

「カストーディアルキャストな」

「そうそれ！　カスソージスルダスト！」

「お前、絶対わざと言ってるだろ！」

彼女に任《まか》せておけないと思ったのかどうなのか、小花が話を続けた。

「なつきちゃんが言いたいことは私もわかる。私はおそうじに誇りを持ってるから。だから今度の十年祭で見られる流星群をすごく楽しみにしてるの」

「そりゃ、みんな楽しみにしてるだろ」

「うん。でも私は特別楽しみ。えーと、流れ星のお母さんって彗星《すいせい》だよね？」

「……ああ、たいていは彗星が太陽に近づいて散らした塵《ちり》が、流れ星の正体だろ」

「うん。そして彗星は箒星《ほうきぼし》とも言うよね？」

「箒星……そうだな」

「暗い夜空に閃《ひらめ》いて、一条の長い光の尾を引く。まるで真っ黒な空をおそうじする箒みたい。……流れ星ってかわいいと思わない？」

「かわいい？　何でだ？」

「え？　だって、流れ星はそんなきれいなお母さんみたいになりたくて一生懸命、一瞬で消えちゃうんだけど、健気《けなげ》に光ってみせるんだもん」

「母親みたいに……なりたくて……？」

思わず浮かされたように呟いた。

そんなこと考えたこともなかった。暗くて遠い空に閃く、人知れず消える刹那《せつな》の命に親子のドラマを夢想する感性を自分はとても持ち合わせていない。

小花は夜空に向けて穏やかに微笑んでみせると、続けた。

「私もあんなふうになれたらいいなって思うの」

「あんなふうにって……流れ星にか？」

「うん、一気に出世して箒星になれたら、もっといいんだけどね」

あはは、と小花は笑う。

あたしもだよ、となつきが小花と笑顔を交わした。

「いつも言ってるもんね。あたしたち」

小花となつきの二人は呼吸を合わせ、うんと頷き、

「『目指せスイープ☆スター！』ってね」

笑い合った。無邪気で、健気で、呆れるほどまっすぐだった。

「私たちはおそうじでみんなのスターになるんだ。落ちこぼれのおそうじ部だって学園を演出するキャストの一人なら、ステージを彩る出演者の一人だとするなら、ほら、スターにだってなれるでしょ？」

その言葉には未来への息吹《いぶき》が含まれていた。掃除という言葉とは似つかわしくない希望の光があった。ステージスターを夢見る少女と同じロマンティシズムで、学者や政治家や一国の王になるのと同じほど気高く尊《とうと》い夢。

これは綺麗ごとなんかじゃない。ただ綺麗なだけだ。

小花が無邪気に笑い、なつきはそんな小花の腕をとって、同じ顔で笑った。

夜空に瞬く星を見上げると、手を伸ばせば届きそうな光だと思った。

☆

了星学園《りょうせいがくえん》は深い山の中にあるが寮《りょう》はない。周囲に何もないために、人が住めるような場所ではないのだ。何せ携帯電話が通じない。遊園地が閉鎖するとともに専用の電波塔が撤去されてしまったためだ。だから外部に電話をする時は、職員室の外線か校舎に設置された古めかしい公衆電話を使うしかない。

その上周囲に病院も交番もないので緊急事態には対処できない。

だから生徒は全員自宅通学。学園専用の通学バスが毎日出ており、学園と山を下りた先にある最寄りの駅までを繋《つな》いでいる。

通学バスに揺られて三〇分、電車に揺られてもう三〇分。その先に英知の自宅はあった。鄙《ひな》びた土地だ。見渡す限り田んぼや畑、少し歩けば鮎《あゆ》が獲《と》れる清流がある。

地域柄、この辺りの住人の大半は農業を生業《なりわい》としており、英知の自宅の家業もご多分に漏れず土を耕し糧《かて》としていた。

「ただいま」

家の前の畑で、あちこちほつれたタオルを首にかけ鍬《くわ》を振る背中に声をかけた。

よく日焼けした皺《しわ》の深い顔が振り向いて、微笑みを作るから更に皺が深くなった。

「おかえり英知くん。今日も遅かったね。今ご飯を温めるから着替えて待ってて」

英知は首を振った。

「いいよ自分でやるから。もう暗いから仕事も切り上げて休んでよ、父さん」

すでに陽は落ちていた。畑の四隅に手作りした粗末な外灯では足元も覚束《おぼつか》ない。白髪の混じり始めた短髪をタオルで撫《な》で上げ、福山甲太郎《こうたろう》は不格好な笑みを湛《たた》えた。

「ありがとう、英知くん」

二階にある自室に入ると、電灯が待ちかねたように煌々《こうこう》としていた。英知が帰る時間を見計《みはか》らって父がいつも点灯しておいてくれる。毎日欠かさずだ。壁や棚を埋め尽くす賞状やトロフィを何の感慨《かんがい》もなく眺めて、鞄《かばん》を勉強机に放り投げる。ベッドの上で丁寧《ていねい》に畳《たた》まれた部屋着の上下に目もくれず、英知は電灯を消し、足早に一階の居間へ下りていった。

昔ながらの和風の居間。もう少し寒くなれば炬燵《こたつ》に姿を変える座卓には、夕食がすでに並べられていた。

「俺がやるって言ったのに」

「いいんだよ。それより英知くん、着替えてこなかったのかい？」

当の本人こそ仕事着のままの甲太郎が麦茶のグラスを二つ持って台所から現れた。いつもながら驚くべき手際《てぎわ》の早さで、さすがの英知もかなわない。

「うん、ちょっと汚れたから。ご飯食べたらすぐ風呂に入るよ。あ、いい？」

「ああ、いいよ。まだ父さんは畑の片づけをしないといけないからね」

焼魚に畑で採れた野菜の炒《いた》め物の食事を済ませると、英知は喉《のど》に残った白飯を麦茶であわてて流し込み、速やかに立ち上がった。

そのすぐ横でほぼ同時に立ち上がる影。

似た者同士の親子はそれぞれ、自分の使った食器を重ねて手に持ち、

「「ぷっ」」

見つめ合って吹き出した。二人はいつもそう。自分が先んじて食器を片づけようと、競《きそ》うように食事を済ませて立ち上がる。今日の夕食はものの十分で終了した。結局いつも勝負はつかないで、二人並んで流し台の前に立つことになる。

水が蛇口《じゃぐち》から細く流れ、食器のぶつかる音の合間、呼吸の隙を突くようなタイミングで甲太郎が尋ねた。

「母さんは……まだ見つからないかい？」

出し抜けな質問だった。ちょうど息をすべて吐ききって無防備な英知の体内に、その言葉が響き渡った気がした。

「見つからない」と端的に答えた。余計な感情がこぼれ落ちないように。

「そう」

それ以上に甲太郎が端的な返答をして、また二人は作業に没頭した。

もう一度甲太郎が口を開いたのは、洗い終えた食器を英知が布巾《ふきん》で拭《ぬぐ》っている時だった。窓の外から虫の合唱が聞こえていた。

「母さんはどこに行ったんだと思う？」

「さぁね。この地球上にはもういないかも」

おどけて答えたが、思いのほか、それほど頓狂《とんきょう》な考えでもない。

よく言われたことだ。研究生活の晩年（といっても二〇代後半だ）において、福山昏が専《もっぱ》らその頭脳を捧《ささ》げたのは宇宙科学だった。この惑星のあまねく不思議を解き明かした天才に残されたのは、無限に広がる地球外の世界だけと言われた。

世界が総力を上げて彼女を捜索し見つからなかった末の結論は、「この星にはもういない」。つまり、死んだのか、地球上から消えたのか。だから英知の言うことはあながち非現実的とも言えない。

「ははは、まさか」

甲太郎はよく響く声で「そんなわけないよ」と笑い、そして言った。

「この世にまったく未練がないならそれもあるけど、きっと違う。母さんはまだこの世界にいるよ」

「……怪しいもんだよ」

英知は三角コーナーにたまった生ごみの水を切り、ビニール袋に捨てた。

「そんなことはないよ。だってそれをどこかで信じてるからこそ、英知くんもずっと母さんを探しているんだろう？」

英知は口元を歪《ゆが》めて、曖昧《あいまい》に頷《うなず》いた。確信はないが信じている。まだ彼女がこの世界――あの学園にいることを。でもわからない。

この世界に未練があるとしたら、それって何だ？

実際はどうあれ、世界の謎《なぞ》を洗いざらい解き明かしたと言われる彼女にとって、この世界は果汁を搾《しぼ》りきったフルーツの残り滓《かす》みたいなものだ。この、シンクの三角コーナーに放り捨てられた生ごみと同じ価値しかない。

それとも、この直径一千二百万kmあまりの楕円《だえん》の果実は、まだ最後の一滴を残しているのだろうか。それが何かなんて想像もつかない。

「じゃあ父さんは畑を片づけてくるよ」

甲太郎は農作業用のベトナムズボンで濡れた手を拭うと、庭へ出る勝手口の扉に手をかけた。その背中に英知は声をかけた。

「ねぇ、地下に行ってもいいかな？」

息子の思いがけない一言に一瞬驚き、父親は優しく微笑んだ。

「もちろん。良かったら掃除でもしてあげて」

「……気が向いたら」

それでもやっぱり父は笑った。

温《ぬく》もり溢《あふ》れる古い木造家屋の地下には、趣《おもむき》が一八〇度異なる冷え冷えとした空間がある。二階へ上る階段のすぐ裏手、日常の動線からは死角になる部分の床が四角くくり抜かれ、薄暗い地下につながる階段が悪魔の舌のように伸びている。

懐中電灯を手に、英知は悪魔の舌を下降する。スリッパが石段を踏む軽い反響を聞きながら考えた。甲太郎は素晴らしい父親だ。勤勉に仕事をこなし、家事も手抜かりない。毎日英知より遅く床につき、早く布団を畳む。母親が蒸発した今、この脆《もろ》い家庭を支えているのは紛れもなくあの父だ。

不器用だが優しい笑顔が英知は好きだった。切り立った山を高みへ登る途中、どんな高所から滑落《かつらく》したとしてもふわりと受け止めてくれるような優しい笑顔。

反面、この石段の先の地下室を根城《ねじろ》とした女は最低だった。

どこからか金はもたらしてくるものの、家事は一切しない。母親らしいことなどされた記憶がない。どうしてこの女と父が結ばれたのか不思議でならない。

気がつくと、いつの間にか階段を下りきっていた。

右手にすぐ現れる金属製の重厚な扉を強く押した。

あっけないほど軽く開いた。子どもの頃あれほど苦戦した扉が、今は嘘みたいにあっさり開く。主を失った城門は自らの重みも失ってしまったみたいだった。

地下室に入るのは数年ぶりだった。日頃、英知がこの部屋に立ち入ることはない。子どもの頃に刻まれた畏怖《いふ》の念が今も足をこの部屋から遠ざける。

部屋を見渡しても、埃《ほこり》一つ見当たらなかった。当たり前だ。甲太郎が仕事のかたわら、毎日欠かさず掃除をしている。

なぜ？　いつ彼女が戻ってきてもいいように。

鼻から息を吸ってみたが、かつてこの部屋からしていたフリージアの香りは消えていた。金《きん》木犀《もくせい》に似た強くて甘い香りだったことを憶えている。

相変わらず生活感がまるでない。ベッドもなければテレビもオーディオ類もなくて、身体《からだ》を落ちつけられるものを探すと、作業用の机とお気に入りだったロッキングチェアがあるだけ。このロッキングチェアも普通じゃない。

液体のようにぬらぬらと流動しているように見えて、触ると固い金属でできている。さらに不思議なことに、それらは白銀に鈍《にぶ》く発光していた。天井に埋まったハロゲンランプが淡い光を注いでいるが、決してその反射ではなく、それ自体が確かに発光していた。まるで恒星《こうせい》のような。奇妙な材質。調べてもわからない。

作業机の上には一枚の写真が立てかけられていた。昏が消えた後、甲太郎が置いたものだ。福山昏の姿を留《とど》める、最初で最後の貴重な写真だった。

背後から不意打ちで撮《と》った横向きのアングル。風に躍る長髪の漆黒《しっこく》がフレームの大半を占め、細面《ほそおもて》の薄い肌色が少しだけ映る。しかしそれでも被写体の端麗な容姿はわかる。整った目鼻立ちに、何より若々しい肌艶《はだつや》。撮影者である甲太郎によれば、当時の彼女はちょうど三〇歳。実年齢からすれば目をみはる若さだ。仮にクラスメイトに紛れ込んでいたとしても何の違和感もない。むしろ幼くさえ見えた。

思考する速度も生きる速度も光を超えた彼女の時間はきっと、相対性理論に従い、常人よりはるかに遅れているに違いない。

写真はお世辞《せじ》にもよく撮れているとは言えないが、これでも公《おおやけ》に出せば世紀の一枚と騒がれるはずだ。彼女は写真に撮られることを極端に嫌った。魂《たましい》が抜かれるからとか、そんなつまらない理由じゃない。

気持ちが悪い――。

彼女はそう言った。写真に写った自分が気持ち悪い。

見た目が醜悪《しゅうあく》というわけではない。逆に彼女の容姿は周囲の空気が凍《こご》えるほど美しい。そうではなく、要はカメラの性能の問題だ。カメラのレンズの描写力は人間の目よりはるかに劣《おと》り、その人間の目にも見えないものが無数にある。つまりカメラで捉《とら》えた世界は、人間の見る出来《でき》損《そこ》ないの世界にさらに輪をかけて欠落した世界であり、そんなものに中途半端に切り取られた自分の姿に、彼女はぞっとしたのだ。

他人とは画素数の低いカメラ。一方自分の目は、森羅万象《しんらばんしょう》を克明《こくめい》に写し出す完全無欠の高性能カメラ。あらゆるものが見通せた彼女には、写真の中の自分は腕や眼球や皮膚《ひふ》のない人間と同じくらい、気味が悪く見えたのだろう。

奇抜な感性だ。

そうした感性の違いに触れるたびに、彼女との心の隔壁《かくへき》は厚くなった。

ただでさえ、母親らしいことをしてもらったこともないのに。

例えば、結婚も出産もただの実験に過ぎなかったら――。そんな思いがよぎる。

結婚し、生殖という一連の営みを実体験してみて、その結果福山英知という〝化合物〟が残った。それだけなのではないか。愛でも情でもなく単なる科学的興味の発露《はつろ》。幼い自分を見る彼女の瞳を思い出す。ぞっとするほど何の感慨も存在しない瞳。数年前のカレンダーや茶の出涸《でが》らしでも見つめるような。対象の底を知り興味を失った瞳。所詮《しょせん》自分は研究対象でしかなかった。用が済めば廃棄《はいき》される運命。

――俺は愛されて生まれたわけじゃない。

目まいがした。複雑な思いが胸の内をかき回した。哀切、不安、寂寥《せきりょう》。様々な感情が混然《こんぜん》として、いつも最後には憤怒《ふんぬ》だけが残った。

「ふざけるな――！」

思わず叫んだ。

あの女は父に何をしてくれた？　自分に何をしてくれた？

モルモットにされて捨てられた家族の気持ちがわかるか？

英知はきっと瞼《まぶた》を剥《む》くと、決然とした足取りで机に歩み寄り、写真立てをつかみ上げた。頭上に振り上げる。

硬いリノリウムの床に向けて叩きつけようとしたところを――。

「英知くん」

背後から伸びた手に止められた。

甲太郎だった。我《われ》を忘れて父が背後に近づいていることに気がつかなかった。

「父さん……」

平常心を取り戻した英知は力なく腕を下ろした。その手の中からするりと甲太郎が写真立てを抜き取り、もう一度机の上に置いた。

馬鹿なことをするんじゃない——そんな叱責《しっせき》を覚悟して瞼を閉じた。英知は知っている。あの女がどんなに非道な女であろうと、父は彼女をまだ愛している。

しかし出てきた言葉は。

「英知くん、外へ出て星を見よう。今夜は特に綺麗《きれい》なんだ」

とてもとても穏やかな笑顔で。

父の罪のない笑顔に毒消されて、英知はおとなしく頷いた。

二人で地下からの階段を上り、玄関で揃いの突っかけに履《は》きかえる。寒い秋風に風邪《かぜ》をひかないようにと、用意周到な父がニットのカーディガンをかけてくれた。

並んで庭に出ると、いつもの星空が迎えてくれた。

「今日は空気が澄んでいるから星が近いだろう？」

満天の星空を仰《あお》ぐ父に倣《なら》いながら、本当は空気の澄み具合も星の距離感もわからないのに、「そうだね」と答えておく。

二人はしばらく黙って、星の瞬《またた》きに心を預けた。

深く息を吸うと土や草の少し湿った匂《にお》いがする。遠くから川のせせらぎが聞こえた。今夜は思ったより気温は低くなくて、緩《ゆる》い夜風が心地よかった。

沈黙を破ったのは甲太郎だった。

「今度の日曜日は待ちに待った十年祭だね」

「待ちに待った……。うん、そうだね、世間では」

このフェスは一介《いっかい》の学園のお祭りに留《とど》まらない。遊園地時代の思い出を偲《しの》ぶ人々、百二十年ぶりの大流星群を絶好のスポットで観測したい人々、様々な人が足を運ぶと予想されている。フェスに訪れる人は五万人ともそれ以上とも言われ、遊園地時代の動員記録を塗り替えるかもしれないと専《もっぱ》らの噂だった。

「特に流星群が降る夜に、というのがいいね。廃《すた》れてしまった遊園地の上に降る幾百の星々。とてもロマンチックだね」

「そうかもね」

「数え切れない流星はいったいいくつの願いを叶《かな》えてくれるんだろう」

「願い？」

「ああ。流れ星に願いを、っていうのは昔からの決まりごとだろう？　一夜だけ、それもアトラクションが動かないままの状態だけど、それでもかつてのゴシックフォーレがよみがえるというのはたくさんの人の願いだっただろう。今度の流れ星は気前がいい。頼む前から願いを叶えてくれるなんてね」

一つの流れ星でも効力があるというなら、それが何百も流れれば、ご利益《りやく》もすごそうだ。奇跡だって起こるかもしれない。人は誰だって願いを抱く。

学園の生徒なら大半は1st《ファースト》チェアの座につくことを望むだろう。

あのおそうじ部の部長なら世界中をきれいにすることを望むかもしれない。

横目で見た父は笑みを湛《たた》えながら、どこか遠い目で星空を仰ぐ。――この父なら、愛する人の帰りを望むのだろうか。

見上げた無数の星々は悠遠《ゆうえん》なる宇宙で神々《こうごう》しく輝く。地上を這《は》うように生きる人間の瑣末《さまつ》な日常など眼中にないだろう。たまに星屑《ほしくず》を降らせて気まぐれに人の願いを叶えてみるのも、きっと一時の酔狂《すいきょう》に違いない。

それでも人は流れ星に願うのだ。

「ねぇ英知くん」

甲太郎は英知の横顔を柔らかな笑顔で見つめた。

「英知くんは流れ星に何をお願いするんだい？」

英知は風呂《ふろ》を出ると、一人自室へ戻った。

電灯は点《つ》けないまま、仰向けにベッドに寝転がった。ベッド横の窓を寝たまま細く開ける。火照《ほて》った体に夜風は心地良かった。大きく息を吐き、瞼を閉じた。深い安堵《あんど》。一日でもっとも安心する瞬間。よく沈む温かいベッドにどっぷりと身を埋めた。やがて右手が頭上を探り、天井から下がる一本の麻紐《あさひも》を探し当てた。

それを下へ引くと「カチリ」と音がした。その途端。

箱庭の宇宙が、姿を現した。


天井も壁も床もなく、周囲を埋め尽くす無数の星々。

英知が紐を引いて点灯したのは、部屋の電灯ではなく、自作のプラネタリウムだった。小さな頃、寝る間も惜しんで作り上げた箱庭の小宇宙。

晩秋の夜空に君臨するペガススの四辺形。南に位置する繋《つな》がれた双魚。繊細緻密《せんさいちみつ》に作り込まれた星空は、十月下旬に差し掛かるそれを忠実に再現していた。

英知はこれを見本なしで完成させた。簡単なことだった。瞳の奥に焼き付いた生の映像を、たまに瞼を閉じながら、そのまま具現化するだけだった。

数秒。少しだけ瞼を開き瞳に星空を宿すと、安堵してまた閉じた。

幻想的な星々に包まれて、呼吸は深くなり、やがて英知は眠りに落ちた。

揺りかごに揺られるように。

☆

授業終了のチャイムが鳴り、いつの間にか居眠りしていたことに気づいた。

英知《えいち》は日直の号令で遅まきながら起立をし、目をこすりつつ頷《うなず》くだけの礼を済ませると、まだ眠い体を投げ出すように椅子《いす》に体重を預けた。

息を吐き、天井《てんじょう》を仰《あお》いだ。今いち今日は決まらない。やっと最後の授業が終わったところだが、今日は一時間目からずっとうつらうつらとしていた気がする。

授業中の居眠りは珍しいことじゃない。どうせ事前に教科書を流し読みして内容は粗方《あらかた》記憶してしまっているので、その後に続く退屈な復習会に眠気を追い払うだけの刺激があるはずもない。それに英知の朝は決まって早かった。

英知は眠気を振り切るように、勢いをつけて椅子から立ち上がった。いつまでもこうしているわけにもいかない。フェスはもう二日後に迫っていた。

クラスメイトの約半数はおそらく部活に向かうのだろう、さっさと教室を出ていき、残りの半数は教室に残り何やら打ち合わせを始めた。居残り組はクラスの出し物の準備班だ。クラスの出し物は、他クラスも例外なくすべてお化け屋敷。この年嵩《としかさ》の学舎《まなびや》は、かつての本分〝幽霊マンション〟に全館一日だけ姿を変える予定だった。クラスの出し物に参加しない英知は教室を出る刹那《せつな》、一度振り向き自分の椅子を改めて見やった。

2nd《セカンド》チェア。

学園二番手に与えられる、きっと全生徒垂涎《すいぜん》の玉座《ぎょくざ》。

その姿は流麗なペガサスを想起《そうき》させた。伝説の空翔《か》ける白馬。全身白銀に染まった椅子の、脚はまさにしなやかな馬のようで、背もたれの後ろには天使の羽のような美しい意匠《いしょう》が施《ほどこ》されていた。

デザインもそうだが、それ以上にこの椅子が人の目を奪うのは、その材質だ。まるで液体のように絶えず流動しているように見えるのに、触れると間違いなく固体で、どれだけ圧を加えてもその美しい形状が乱れることはない。

不思議な材質の椅子。家の地下室にあるロッキングチェアと同じ材質の椅子。

☆

ほとんどの施設でテーマパークの建物が流用されている了星《りょうせい》学園の中で、ただ一つだけ学園創設に際して新築された建物がある。

理工学研究棟、通称〝ＳＯＬ〟。

何をさておき学園の中心に居座る巨大な施設だ。

形状は完全な球体で、地面に建っているというより建物の三分の一ほどが地面に埋没《まいぼつ》した状態。建ち姿だけでも異質だが、その上に燃えるようなオレンジ色の彩色が特徴的で、まるで小型の太陽が墜落《ついらく》したかのような印象を抱かせた。

それは死んだ遊園地に似つかわしい退廃的な風景でもあり、その反面捨てられ灯を失った遊園地をもう一度照らし出す小さな太陽のようにも見えた。

今日は土曜日だが、明日に迫ったフェスを前に、おそうじ部の面々は朝から登校し、学園の美化に励んでいた。英知もそれに付き合い、夕暮れ頃部室に戻ると、

「福山くんに折り入って相談があるって匠《たくみ》くんが言ってたよ」

だからＳＯＬまで来てほしい、一足先に部室へ戻っていた小花がそう伝言した。

英知はすぐに部室を出た。いずれにせよ安達《あだち》匠とは話をする必要があった。

最近の匠は、今日も含め、あまり部活に顔を出さず、十年祭を目前にいいのかと英知が聞くと、小花は「匠くんなら心配ないよ」と笑って答えた。

部室から十分ほど歩くと、異形《いぎょう》の研究施設に到着した。

玄関横の石壁に〝Science Oriented Laboratory〟と刻まれていた。

SOLには科学技術系の部室がひしめいている。彼らは特別扱いだ。遊園地時代のお下がりである迷路回廊に押し込まれることなく、最新鋭の施設に居《きょ》を構えた。それもそのはず、科学技術系の部活は学園の目玉で、どの部も唸《うな》るほどの業績を挙げ、評価点もトップクラス揃い。全国の尖《とが》った才能が集まる学園の、さらに研ぎ澄まされた知が結集した場所だけに、歴史的発見や発明の萌芽《ほうが》があちこちに眠る。

棟内に入ると、製鉄工場のように物騒な物音や化学薬品工場のように不穏な匂《にお》いが立ち込める。何とももののしい雰囲気《ふんいき》だ。英知の目的地は最新の設備で輝ける業績を生み出す地上階ではなく、土に埋もれた地下にあった。

球体の底へ続く薄暗い階段を降りながら、地下へ来るのは二回目かと思い起こす。四階まである地上階はよく利用するが、地下に関しては一度のみ。福山昏《ふくやまくらん》を捜索する際に一度訪れたきりだ。何分用事がない。他の生徒においてはただの一度も訪れない者が大半。地下は「ないことにされている」そんな扱いに思えた。

地下一階に到着すると、扉も仕切りもない、ただ広大な空間が広がっていた。

「前よりごみが増えたかな」

そこはコンクリート打ちっ放しの地面に鉄屑《てつくず》の山があちこちで高さを競うジャンクルームだった。使い古された完成品からネジや基盤《きばん》などの部品、半製品、はては形を成さないマテリアルまで、雑多な廃棄物がそこここに積み上がっていた。

埃っぽくて鉄臭い、廃工場じみた匂《にお》い。

直径五〇メートルほどある円形の地下廃棄場へ靴音を立てながら踏み入ると、

「英知くん、来てくれたんですか？」

早速、どこからか声が反響してきた。と思うと、一際《ひときわ》大きな屑山の向こうから制服にビニールエプロン姿の男が現れた。口から伸びた歯ブラシが揺れる。

「僕の研究室へようこそ」

もごもごとそう言うと、不気味な笑顔を湛《たた》えた安達匠が地獄の案内人のように一礼し、ジャンクルームの奥へ英知を招いた。

屑山の向こうに回ると、錆《さ》びたスチールデスクがあった。その上に何世代も型落ちしたような無駄に筐体《きょうたい》の大きいデスクトップパソコン。コンクリートの床はどこも埃や鉄粉でまだらな灰色に染まっていたが、デスク回りの一帯だけは掃き掃除をしたようで、ほぼ真円の神経質な領域だけ白くなっていた。ごみ捨て場の真っ只中にあるが、一応作業場所として小ぎれいに体《てい》裁《さい》を整えられているようだった。

とはいえ、ここはあくまで捨てられた機械たちの墓場。今だって天井の所々に口を開けた巨大なダストシュートから絶えず新たな機械屑が降り注いでいた。どうやら地上の研究施設から使われなくなったものがここへ落ちてくるようだ。

「ここが僕の研究室です」

「研究室って、ここには機械屑の山しかないぞ」

「いやいや。屑山どころか宝の山ですよ」

新たに瓦礫《がれき》の山が築かれていくのを横目に、匠は不確かな発音で言った。

「ここにいれば材料には事欠かないんです。特に〝地上〟の人たちは面白いものを作っていることが多いので、捨てられるごみも侮《あなど》れません」

「〝地上〟ね……」

言い得て妙だと英知は思う。ともかく。

「なるほどな。確かに」

英知は近くの屑山にあったムカデの死骸《しがい》のような半導体の群れを両手で掬《すく》い上げた。これらは廃棄されるほど何世代も型落ちしたものではない。現行でも十分使える代物で、ここにはそんなものがあちこち無造作に放り出されている。

「ここは材料費をかけずにものが作れる再生工場ってわけか。確かに合理的かもな」

掬い上げた半導体の山を両手から滑り落としながら、英知は少しだけ感心した。

しかし匠はそれに同意しなかった。口の歯ブラシが気落ちしたように下を向いた。

「合理的とか、そういうことではないんです」

「なんでだ？　材料費が浮くからここに研究室を構えてるんじゃないのか？」

訝《いぶか》る英知に、匠は首を振った。

「僕は……こういう環境でないと何も作れないので」

「何も作れないって……、どういうことだ？」

安達匠は元々名門機工学部、つまり〝地上〟の出身だったと聞いているが。

相変わらず、二人の横や背後で、地上からごみが落下する耳障《みみざわ》りな音が響く。

「〝ピーピングタク〟って知っていますか？」

「ピーピングタク？　ピーピングトムなら知ってるけど、あれは覗《のぞ》き魔のことだよな」

耳慣れない言葉を聞き、英知が首を傾《かし》げると、

『お前でも知らないことがあるみたいだな、英知？』

「……お前か。どっから湧《わ》いて出た？」

お約束のように漏《も》れる溜息《ためいき》。空中で呑気《のんき》に羽根を揺らすのはオキナだった。

『失礼な奴だな。それよりだ、ピーピングなんたらってのは匠のあだ名だよ。な？』

視線を向けられて、匠が頷《うなず》いた。

「そうです。でも覗きが趣味なわけではありません。細部が極端に気になってしまって、全体が見えなくなってしまう僕の癖《くせ》を揶揄《やゆ》して、そう呼ぶんです。ピンホールほどの視野しかないと、よく笑われました」

英知は思い出した。そんなことを以前オキナが言っていた気がする。

「それはね、僕みたいな工学者にとっては致命的なことなんです。君にはわかるでしょう？

英知くん」

頷くまでもない。当然のことだ。積木や単純なプラモデルくらいならまだしも、ロボットや乗り物のような複雑で精密な機械を作るには全体設計なくしては不可能だ。仮に出来たとしてもそれはバランスを欠いた歪《いびつ》なものになる。

地図や案内もなしに見知らぬ大平原で、顕微鏡《けんびきょう》を覗きながら一軒の家を目指すようなもの。それでどうして思い描いた目的地、完成形にたどり着けるものか。

「だから僕は自分の研究室をＳＯＬの地下に構えました。ここなら、少し手を加えるだけで体裁が整う既製品が山のようにありますから」

そういうことかと英知は納得した。一からものをつくれない。それで工学者と言えるのか？名門機工学部が匠を爪弾《つまはじ》きにしたのも無理はないと思えた。

「それに、呼ぶ声も聞こえますから。また昔のように動きたい、まだ人間の役に立ちたい、という機械たちの」

「え？」

英知がどういう意味か尋ねようとすると、間髪《かんはつ》をいれず匠が顔をずいと寄せてきた。

「お願いがあるんです、英知くん」

匠の先導に従って歩くと、いつの間にか樹海《じゅかい》に迷い込んだ。

学園をぐるりと包む未開の森だ。気温がぐっと冷え込んだ気がして身震いする。「冷《つめ》てっ」

木の葉にたまった露《つゆ》の滴《しずく》が首筋に落ちて英知は身を縮めた。その肩の上にはオキナがいる。

「僕の探しものを手伝ってください」

薄暗いＳＯＬの地下で、匠はそう申し出た。

匠が言うには、ここ最近一人でずっとそれを探していたらしい。なぜ黙っていたか尋ねると、それは危険なものだからと答えた。英知は驚いた。まさかこんな真正面から求めていた秘密を明かされるとは。しかしその正体がまた随分《ずいぶん》で、いざその正体を英知が尋ねると、匠は躊躇《ためら》いがちに、結局のところ勿体つけて白状した。


「合体ロボです」


嘘《うそ》みたいなフレーズが唐突《とうとつ》に英知の鼓膜《こまく》をかすめていった。

何度同じような虚脱感《きよだつかん》を味わっただろうか。半《なか》ば予想はしていたが——今日びロボとかあり得ない。匠はいたって真剣なので突っ込むに突っ込めない。

マイペースな匠も英知が全身から発する壮大な空振り感を悟ったのか、慌《あわ》てて弁解をした。

「あぁいや、待ってください！　そんな顔をしないで！　ロボと言ってもただのロボじゃぁないんですよ？」

人差し指を揺らして失った注目を取り戻そうと試《こころ》みる。

「じゃあ何だって言うんだよ」と、英知はなけなしの興味を振り絞った。

「六体合体ロボなんです！」

「だから何だよ！　『何を隠そう』みたいに言うな！」

言いつつ、英知は頭の隅に引っかかりを覚えた。ところが退かない匠はそれをかき消すようにずずいと顔を寄せ、「いやいや英知くん」と首を振り、嚙《か》んで含めるように言った。

「――いいですか？　ろ・く・た・い・がっ・た……」

「わかってるよ！　人を飲み込みの悪い奴みたいに言うな！」

食い気味に突っ込む。

「完全にお前、馬鹿にしてるだろっ！　六体だろうが何だろうがどうでもいいんだよ！　そもそも合体ロボってのが非現実的だって話だ！」

『まぁ待て。落ち着けよ英知。お前の突っ込みはわんぱくで参るぜ』

いちいち小馬鹿にしたような口ぶりが気に入らないオキナだった。

『そんなことより大事なことがあるだろ。なぁ匠、お前はそれを見つけてどうしようとしてたんだ？』

「……はい、僕はそれをフェスにおけるおそうじ部の出し物にしたいんです」

「出し物に？」

「ええ。部長は、出し物は諦《あきら》めて園内の美化に専念しようと言いましたが、それはやはり良くないと思います。どの部も出し物を用意して得点稼ぎに躍起《やっき》になっている中で、僕たちの部だけそれをしなければ、さらに格差が広がってしまいます。何かをしなければいけないと考えて、思い当たったのが合体ロボです」

どうしてこいつらは揃いも揃って部のことばかり——。

六体合体ロボの非現実性はともかく、英知はそれが気になった。

自分のことはさておき、常に仲間を優先する。全員が見つめる共通の指針。規律のように絶対なのに、決してやらされているわけじゃない。傷の舐《な》め合い？　それも違う。

ろくでもない落ちこぼれのみそっかす連中だと思っていたのに。

「でも、それだけではないんです」

匠は歯切れ悪く続けた。

「六体合体ロボを探していたのは、僕の悪癖を克服《こくふく》するためでもあります」

『それと合体ロボに何の関係があるんだよ？』

「憧れ——なんですよ。合体ロボというのは」

そこまで言うと一変、匠は意気揚々《いきようよう》とまくしたてた。

「一台一台が独立して完成したロボである上に、合体してさらに高次のロボになる。これはすごいことですよ！　システム思考の極《きわ》みです！　一体のロボを作ることさえ僕にとっては夢物語なのに、それがさらに他の五体と複雑に嚙み合いながらまた別のロボへ変貌《へんぼう》を遂《と》げるダイナミズム！」

〝ロボ〟の出血大セールだ。匠は興奮を抑《おさ》えきれない様子で、顔色が普段より血色よく見えるほどだった。確かにそう言われればたいしたものだとは思うが、そんなに熱弁を振るうほどの

ことかと英知が首を傾げると、

「だからそれを研究すれば、僕の問題も解決するかと思ったんです」

今度は急に熱が冷めたように、言葉のトーンがゆっくり落ちた。

「六体合体ロボというシステム思考の極致《きょくち》に触れれば、何か変わるかもしれないと思ったんです。こんな僕でも、人並みの工学者になれるかもしれない、と。そうすればおそうじ部に迷惑をかけることもなくなります。掃除に役立つロボットをたくさん作って学園を美化して、そうすればおそうじ部の評判も上がります」

『匠……』

「僕の悪癖が治れば、きっとおそうじ部が馬鹿にされることもなくなる」

英知は事情を理解した。安達匠は闘っていたのだ。自分の抱えるコンプレックスと。それは自分のためだけじゃない。仲間のために。

それは匠に限らず、小花もなつきも、全員が同じだった。英知はその姿をここ数日の間に何度も目にしてきた。

それは絆《きずな》だ。眩《まばゆ》い絆。まるで、くずばこの中で輝く星屑《ほしくず》のような。

――しかし。

しかしどんな事情が三人にあろうと、英知にとってはこれで詰みだった。一週間にわたった潜入捜査は大いなる空振りに終わった。つまらない願いをかけたものだと自分を責めたくなる。

しかしそれも仕方ない。この落ちこぼれの寄せ集めにどんな期待ができたことか。はなから非現実的な話だったのだ。そう考えれば諦めもつく。

ただ。一つ。気になることがある。

なぜ、この三人は探しものを始めた？　そのきっかけ。ずっと気になっていた。しかも全員で探すのではなく、一人ひとりが互いに秘密にしたままで。

まさか、宝の地図のようなものが学園内で出回っているのか？

匠の背を追い、地面に生い茂る草を踏み、邪魔《じやま》な木の枝を腕でよけつつ英知は考えていた。

しかしその疑問は先立って進む匠の短い叫びでかき消された。

「部長っ？」

英知は視界に飛び込んできた光景に目を疑った。この鬱蒼《うつそう》とした森の中、人影が横たわっていた。よく知った顔。水川小花だった。

「お、おい水川！　どうした⁉」

どうしたことか、草むらに埋もれるように彼女は横たわっていた。死人のように胸の前で手を組んでいる。英知は考えるより前に彼女に駆け寄っていた。

「水川！　おい、大丈夫か⁉　目ぇ覚ませ！」

最悪の想像が脳裏をよぎる。悲観的な彼女のこと、思い余って樹海で一人……。宇都宮の件もある。そんな想像を振り払うように英知は彼女の肩を揺り動かした。

するると、

「う……ん、むにゃ……」

小花は眼をこすり、鼻にかかった声を出した。

どうやらただ眠っていただけのようだ。

人騒がせな――。英知はほっと胸をなで下ろす。

一方、まだ夢見半分の小花は寝言を漏らす。

「ん……うん、わかったよ……。いいよ、どうせキーパーやればいいのよね……」

「……どんな寝言だよ、おい」

だいたいシチュエーションは想像できるが、台詞《せりふ》が卑屈《ひくつ》すぎる。ややもすれば〝キャッチは顔面限定〟くらいの理不尽《りふじん》な条件を引き受けていそうだ。

「え……？　……サッカーボール役？」

「予想超えてた！」

いじめられ方が尋常《じんじょう》じゃない。見る夢に夢がなさすぎる。

「おい、早く起きろ水川！　そのままだと顔面ボッコボコになるぞ!?」

英知が上半身を起こし肩を強く揺すると、おもちゃみたいに小花の頭ががくがく揺れて、やがて半泣きの目をこすり、ロマンのかけらもない眠り姫が目を覚ました。

「お前一体こんなとこで何やってたんだ？」

寝起きばなの小花は座ったまま大きく伸びをした。

「うーん、ちょっと疲れちゃって休んでたの。朝からおそうじの後、ずっと探しものをしててくたくたで……はっ、じゃないっ！　探しものとかじゃなくてっ！」

英知の肩の上のオキナと匠の存在に気づき、慌てて小花は言葉を濁《にご》す。

「そうじゃなくて、疲れちゃったのは……ふふ、そう、人生にだよ」

「──ひとまずあったかいもの飲んで、どこかで休め」

ごまかし方まで痛ましい。

しかしそれですっかり小花は目が覚めた様子で、逆に疑問を口にした。

「福山くんたちこそこんな所でどうしたの？　この森にはいつも誰も来ないのに」

「ああ、そうだな……」

一時逡巡《しゅんじゅん》。英知は匠に目配せして伺《うかが》いを立てるが、匠は俯《うつむ》いたままだった。

やはり仲間を危険に巻きこむことに気兼ねしているらしい。

そうこうしていると、突如《とつじょ》ガサっと、草むらの向こうで不穏な物音がした。

「な、何かいるっ⁉」

さっと身構えたのは小花だった。

重ねて言うがここは未開の森。普段誰も足を踏み入れないちょっとした秘境だ。遊園地閉鎖後、この森へ遊び半分で迷い込み帰らなくなった行方《ゆくえ》不明者の噂が絶えないし、さっきからやたら巨大な蟻《あり》や見たこともない模様のヘビを見る。耳を澄ませば怪鳥の金切り声や猛獣の唸《うな》り声さえ聞こえる気がした。

またガサガサと茂みが揺れた。

『よし英知、さくっと見てこいよ』

英知の背に隠れて羽で指図したのはオキナだった。

「……んじゃお前が見てこい」

だから英知はちゃっかり者の首根っこを掴《つか》んで振りかぶると、

『ちょ、何すんだ英知っ！　や、やめ……っ！』

豪快なフォームで茂みに向かって投げ飛ばした。

『ひゅおぉぉおぉぉぉぉぉぉっっっ！』

奇声を上げて黄緑色の弾丸が空を裂《さ》く。弾頭と化した顔面は風圧でひしゃげ、無惨に散った羽根と涙らしき水滴が弾道の軌跡《きせき》を美しく彩《いろど》った。

『ぶほっ』と弾丸が茂みに突っ込むと、その向こうから小さな声が聞こえた。

確か「ひゃんっ！」とか何とか。猛獣というよりいたいけな子犬のような。

そう思うと、とって返すようにオキナが茂みから一目散《いちもくさん》に戻ってきた。

『ちょちょちょちょ、英知！』

無事生還したオキナは、逆上してくるかと思いきや、何やら興奮した様子で肩に飛び乗ってきた。興奮を伝えるように必死に羽をばたつかせた。

『何か柔らかいものに当たった！』

「柔らかいもの？」

『ああ、何かぽよんとしてた！』

「何だよそれ」

たとえば獰猛《どうもう》な獣《けもの》の類《たぐい》にそんな軟弱な部位があっただろうか。

英知は首をひねり、もう一度オキナをわし摑《づか》みにした。

「じゃあもう一度行ってみよう」

『てめえの血は何色だぁぁぁぁぁっっ！』

再び振りかぶろうとしたところ、その腕を小花が咄嗟《とっさ》につかんで止めた。

「やめてあげて？　オキナがかわいそうだよ……」

涙目で。こんな奴に同情する必要はないっていうのに。それに。

「こいつのことなら心配いらない。ほら見てみろ、まんざらでもない顔をしてる」

『……あぁ不思議だ。なぜだかわくわくすっぞ』

さっきまでの青い顔もどこへやら、むしろ早く投げてくれと言わんばかりに目が爛々《らんらん》として
いた。本能が何かを察知したのか、しかし小花は了承しない。

「だめだよ。何があるかわからないもの。──だから私が行く！」

「お、お前が!?」

決意を込めた瞳で小花は茂みの向こうを見据《みす》えた。見れば、微《かす》かに肩が震えていた。勇敢《ゆうかん》に
見えてそうじゃない。向こう見ずなわけでもない。ただ仲間を守りたい一心で、本当は怖いは
ずなのに無理して健気《けなげ》に気張るだけ。

それがわかって匠もあわてて説得にかかる。

「だめです部長！　もし相手が猛獣か何かの類《たぐい》で、食べられたりでもしたら──」

「大丈夫！　私は食べられたりしないよ」

自信に満ちた瞳で言ってのけた。

「だって私は不味《まず》いから。全力を振り絞ってピータンレベルだもの」

「全力で!?」

『大丈夫だ小花。お前はよだれが出るほどおいしそうだ。もうほんと、むしゃぶりつきたいくらいに』

「励ましの仮面を被《かぶ》ったセクハラをやめろ！」

鳥類初のセクハラで捕まる日も近そうだ。しかしそうこうしているうちに小花は足元に落ちていた木の棒を拾い、茂みに向かって振り上げていた。

「で、出てきて！　わ、わ、私が相手になるんだからっ！」

目を閉じ、震える両手で叫んだ。口ではどう言おうと、やはり怖いものは怖い。

困った奴だ。仕方ないと、咄嗟《とっさ》に彼女の前に躍り出ようとした英知だったが、

「あ、あれ……なつき、ちゃん……？」と、小花がぽかんと口を開けるので、

「越前《えちぜん》だって？」

横に並んで茂みの向こうを覗《のぞ》くと、

「あ……小花？」

同じようにぽかんと口を開けた女がいた。

確かに越前なつきだった。いわゆる〝女の子座り〟をして、相変わらず大きな胸をこぼれま

いとするように両手で抱いていた。

　なつきは激しい手振りで、泡を食って訴えた。

「ちょうど良かった小花、聞いて！　わかるかな？　さっき何かがあたしの胸にぶつかってきたんだけど……。っ！」

　胸を抱いて怯《おび》えるなつきは小花のすぐ横に英知の姿を捉《とら》えると、途端に硬直した。

「こ、ここ、こん、ばんは……福、山くん」

　しかし今回は小花の助けを借りずとも、そのまま固まらず挨拶《あいさつ》ができた。ただ声がうわずり、体も震えていて、ただ口元は何か言葉を継《つ》ごうとぱくつかせていて、

「な、な、なな……な……生爪《なまづめ》もげろ」

　ご挨拶にもほどがあった。

「それで、どうしてなつきちゃんはこんなところで？」

「え、んと、それは……」

　小花に問われると、なつきは言いづらそうにぼそぼそと。

「ほ、ほら、お祭りになるとね、いっぱい人が来るでしょ……？　だから男の人もいっぱい来るわけで……。だから、だからね……」

　――だから、男を女に変える魔法のアイロンを急いで探しに来たわけか。

　英知はすぐに納得した。こいつも安達や水川と同じだ。ありもしない幻想を追ってこの森に迷い込んだ。同じ穴のムジナだ。さすがはおそうじ部員同士、考えることは見事に共通してる。

しかしこれは客観的に見ると異様な状況だ。

三人ともが探しものという同じ目的でここへ来ているのに、その本意を互いにひた隠しにしている。おまけに仲間に迷惑をかけたくないという理由も全員一致していて、誰もその秘密を打ち明けようとしない。

なんとも捻《ねじ》れた状況だ。そして真実を知るのは英知一人だけ。これで黙ってろという方が無理な話だ。微妙に距離を取りどこか互いに牽制《けんせい》し合う三人を見かねて、英知が口火を切った。

「やっぱりお前らは屑《くず》の集まりだな」

そんな唐突な台詞《せりふ》で。場がしんと静まり返った。

どれだけ心の中で口汚く罵《ののし》っても、英知が面と向かって三人を悪《あ》し様《ざま》に言うのはこれが初めてだった。三人は面食らって黙り込んだ。

『お、おい英知──お前何言ってんだ?』

肩の上で動揺を表すオキナを無視して英知は続けた。

「落ちこぼれだ何だって馬鹿にされても仕方ないよな、お前らは」

『おい英知！　お前どういうつもり──』

「黙ってろ」

険しい顔つきでオキナを一睨《ひとにら》みする。

「お前らはろくでもないよ。どいつもこいつも厄介《やっかい》な問題持ちで、油断するとあちこちで騒ぎを起こす。一緒に行動してみてよくわかった。俺も随分迷惑してる。入部したことを本当に後悔してるよ。――でもな」

ここから続く台詞はどうにも気恥ずかしくて、しばらくの沈黙を要した。

「――でも、屑だのお荷物だのと周りに馬鹿にされても、それでもお前らが前を向けるのは、仲間って絆《きずな》があったからだろ？」

仲間を守るために、いけすかない奴の侮辱《ぶじょく》に耐えたり。

怖いはずの天敵と対峙《たいじ》したり。

この樹海にだって三人を引き寄せたのはほかでもない、絆だ。

「自分はさておき仲間を思う瞬間。その時、お前らはそれなりに見えてたよ。俺だって、見て感心した。なのに、それさえなくなったら、このおそうじ部は本当に屑の集まりになっちまう。箒星《ほうきぼし》どころか星屑にだって到底なれない」

三人と一羽は黙って英知の話に耳を傾けていた。

「隠しごとと絆は両立しない。知ってるか？　何かを隠せば壁ができる。壁の向こうの相手は見えなくなる。相手が何を思っているかわからないってのは苦しくて、最後には必ず憎しみが生まれる。これは本当だ」

本当なんだ。星の距離ほど遠い母との間には、糸ほどの絆も結べなかった。

「隠すのは互いを信頼してない証拠だ、仲間なら何でも腹割って話せよ」

英知は、くるりと三人に背を向けた。後ろ髪をかき回したのは、照れ隠しだった。

虫の音《ね》が聞こえる。風で木々がざわめいた。

「……私たちは屑なんかじゃない」

しばらく続いた沈黙を静かに裂いたのは小花だった。

「もし屑だとしても、それは箒星みたいに夜空を彩るきれいな星屑」

〝掃除〟や〝仲間〟に言及する時、小花の瞳はこうして何よりも力強くなる。

「匠くん、なつきちゃん、ごめん」

そう言って小花は二人にふかぶかと頭を下げた。

「ぶ、部長、どうしたんです？　だめです。頭を上げてください」

「小花、やめて？」

匠となつきの二人は頭を上げさせようとするが、小花は首を振って断る。

「いいの。私は謝らなくちゃいけない。福山くんの言ってることは正しいよ。だから私は皆に謝る必要がある。私は皆に隠しごとをしてた」

「そ、それを言うならあたしもよ！」

「ぼ、僕だってそうです！」

雪崩《なだれ》式に告白が続き、三人は顔を見合わせた。

「え？　なつきちゃんと匠くんも？」

「え？　そ、そうなの？」

「二人も――なんですか？」

目をぱちくりさせ、きょろきょろと互いに視線を送り合う。

「私はおそうじ六種の神器っていうのを――」

「あ、あたしはその、魔法のアイロン……」

「僕は六体合体巨大ロボです」

――沈黙の後。「ぷっ」と、三人同時に吹き出した。

「何それ二人とも、面白い」

「ち、小花だって人のこと言えないじゃないっ」

「いや、僕の合体ロボだけは唯一科学的なので、存在する可能性が高いのでは」

どいつもこいつも噴飯《ふんぱん》ものだよ。英知は笑って呆れた。ありえなさで言えばどんぐりの背比べだっていうのに必死になって。やっぱり似た者同士だ。

「そうか、はは、みんな同じだったんだね」

小花がそう言って笑うと、他の二人も一斉《いっせい》に腹を抱えた。

「じゃあみんな一斉に謝ろうか」

三人は笑顔で頷き合った。三人揃って「せーの」の掛け声で、

「「ごめんっ！」」と「すいません！」の三重奏が響き、続いて。

ごつんっ――！　硬くて鈍《にぶ》い音が森の静寂《せいじゃく》を乱した。

トリプルノックダウン。

三人は頭突きを浴びせ合い、目を回す。仰向けになって昏倒《こんとう》し、うまい具合にトライアングルを描いた。

「何なんだよ、こいつらは……」

それを見下ろし、あごの下をかいて嘆息する英知。

不意にオキナが耳元で、意地悪そうににやにや笑って言った。

『それより、お前もいいとこあるな、英知？』

「……何だよ。何嬉しそうな顔してんだよ」

『へへ、いいじゃねえか。なぁ、こいつらの満足そうな顔見てみろよ』

揃って満ち足りた顔の三人を見ると、透明な確かな絆で繋《つな》がっているように見えた。三人が描く三角形。その中心にオキナが止まると、完成したように見えた。

それが不可侵の聖域のように見えて、英知は立ち竦《すく》んでしまった。

『ん、どうした英知？』

「いや……何でもねえよ」

遥《はる》か樹上から山鳥の声が降り注ぐ。風が吹いて周囲の葉が一斉にざわめくと、意識が森の空気に溶けていきそうだった。

英知が黙ってその場に背を向け歩きだそうとすると、頭の上に重みを感じた。

『待てよ、英知。どこ行くんだ』

オキナが頭の上に止まっていた。

『ここにいろよ。そのうちに三人も目を覚ます。お前がいなかったら寂しがる。いるべき仲間がいなきゃ心に隙間風《すきまかぜ》が吹くだろ』

「仲間とか。俺はそんなんじゃ、ないだろ」

英知は否定するように頭を振り、オキナを頭上から追いやる。

『嘘じゃねえよ』

オキナは英知の頭を離れ、またトライアングルの中心に着地する。

『こいつら三人が胸の内に隠した秘密を唯一打ち明けたのは誰だった？　お前だろ。みんなお前を信じたから話したんだ。仲間だと信じたから』

「逆にそれだけ距離感があったからこそ、秘密を漏らしたんじゃないのか」

『まったく、お前はひねくれてんな。いいか？　今こうして三人が分かりあえて仲良く寝てられるのは、お前がそれぞれの秘密を預かって、互いに打ち明けるきっかけを作ったからだ。その時、お前自身がこいつらの絆だった。そうだろ。せっかく摑み直した絆を、こいつらが手離すわけがないぜ？』

英知が何も言えないでいると、オキナが再び宙を舞い、右肩に着地した。

瞬間、三人を結ぶ見えない絆が、自分にも繫がった気がした。

ややすると、英知は再び歩きだした。――三人とは逆の方向へ。

『おい……英知っ！』

右肩で咎《とが》め立てるオキナを左手で摑み、英知は三人の方へ放り投げた。

「お前はそいつらが目を覚ますまでそばにいてやれ」

オキナは空中でとどまり、わめくように羽をばたつかせる。

『まだわかんねえのかよ！　バカ英知！　今ここを離れて一体何することがあるんだよ⁉』

「――掃除だよ」

英知は振り向きざまに言い捨てた。直後、照れ臭そうに下を向いた。

「そいつらが昼寝してサボってるから、俺が代わりにやんなきゃいけないだろ。いいか？　十年祭は明日なんだぞ？　バカインコ」

オキナはしばし放心したような表情を見せ、直後、英知の背中に飛び乗った。

『英知ぃっ！』

「痛てっ！　やめろバカインコ！」

『英知ぃ、好きだぜぇ。腐りかけのよく熟したミミズの次くらいに好きだぜぇ！』

「嬉しくねえ！」

一人と一羽がじゃれあい始めた直後だった。

英知はどこからか訪れた何かの前触れのような不思議な静寂に呑み込まれ、動きを止めた。言い知れない緊迫感が地面を這《は》うように体を包んだ。

何が起きたかわからなかった。

学園の方角から耳を劈《つんざ》く爆発音が轟《とどろ》いた。

第四章★足元《あしもと》から烏《からす》

〝10th Anniversary Shooting Star festival〟――十年祭、当日。

その日、からりと晴れた青空に、早朝から腹に響く爆発音を轟《とどろ》かせていた。

十時の開園を前に、空には音だけの花火が何発も上がり、これから始まる一大イベントへの期待をいやが上にも煽《あお》り立てた。普段人の寄らない深山《しんざん》は、異例の活気に満ちていた。臨時シャトルバスの利用を促《うなが》し自家用車での来園は控えるようにアナウンスを繰り返した甲斐《かい》もなく、学園に繋《つな》がる山の一本道は麓《ふもと》まで車が数珠《じゅず》繋《つな》ぎになっていた。本番は光のパレードと流星の雨が奇跡の競演を果たす宵時《よいどき》だというのに、早朝からこの盛況。異常なまでの盛り上がりは期待を煽るだけでなく、どこかしら不穏《ふおん》な雰囲気《ふんいき》まで漂わせた。

それは前日に起こった爆発騒ぎのせいでもある。

爆発は〝迷路回廊《めいろかいろう》〟の倉庫で起こったらしかった。イベント前日といえど土曜で時間も遅かったため、幸運にも部室に残っている生徒はなく、怪我人《けがにん》は出なかった。ただ建物が大破して、迷路でも何でもなくなっただけ。すぐ裏手にあるおそうじ部の部室も、屋根のトタンが剝《は》がれる程度の軽傷で済んだようだった。

ただ、問題は爆発源だった。

「爆発したのは6th《シックス》チェアよ」

フェス開幕を十数分後に控えた朝。大きな出窓から開園準備に大わらわの学園が一望できる生徒会長室で、神宮寺鳥子《じんぐうじちようこ》は脚を組み豪壮《ごうそう》な椅子《いす》をきしませた。

「……どういうこと？　鳥子ねえ。原因はガス爆発じゃなかったの？」

鳥子に対してのみ口調も態度もしおらしくなる待《まち》が、しかつめらしい顔をする。

爆発の原因はガス爆発と発表されていた。遊園地時代から継続使用しているガス管が老朽化《ろうきゆうか》してガス漏《も》れを起こし、静電気で引火したと生徒会長名で発信された。

理事長でも、学園長でも、当然教師でもない。生徒会長の名のもとに。

これは今回に限ったことではない。学園創設当初から、重要な決定事項や緊急の声明は、その時在籍する全学園生徒のうち1st《ファースト》チェアに座る生徒に託されてきた。それだけ1stチェアというのは特別だ。実際、並外れて高い能力の持ち主が集まる学園の首席ともなれば、教師や理事を遥《はる》かに凌駕《りようが》する頭脳やリーダーシップを持つ。その上学園生徒の憧憬《しようけい》の的《まと》であり権威の象徴であることを考えれば、説得力は十分だ。

おかげで学園は落ち着いたもの。一大イベント前日にあんな騒ぎがあったというのに、彼女が「何も問題ないわ」と一言言えば、それですべて丸く収まってしまう。まるで神のご託宣《たくせん》だ。

かくしてイベントは何事もなかったように決行と相成った。

「本当は違うのよ。あなたたちには本当のことを言っておいた方がいいと思って今朝は集まってもらったのよ。そう、生徒会のメンバーであるあなたたちにはね」

「俺は生徒会のメンバーじゃないって言ってるでしょ」

「そうね。爆発したのは6thチェアそれ自体なの」

不思議だ。これだけ堂々とシカトされると文句も言えないものだ。

「どういう意味？　わかんないよ……」

二人の因縁《いんねん》と無関係な待が幼い顔を曇《くも》らせて聞いた。

「言葉そのままの意味よ。爆発の原因は6thチェアの金属動揺よ」

「金属……動揺？」と、待は一層難解な顔になる。

「金属動揺というのはそうね、他に適切な言葉がないからそう表現しているだけ。チェア・オブ・シックスの素材には不安定な金属が使われていることは知っている？　分量や部位に違いはあれどすべてにその素材が使われていて、それは個体の形状を維持し続けているのが不思議なほど分子構造が終始動転しているの。具体的にどんな変化が起因して今回のように爆発的な燃焼を起こしたのかは知らないけれど、金属の構成分子がおいたをしたのは間違いないわ」

「分子が……？　なの……？」

「素粒子《そりゅうし》の運動と人間の生は同じでしょう？」

凡人代表の待が頷《うなず》けるわけもない。

「まぁ人間も原子からできているのだから当然と言えば当然だけれど」

そう言われると何となく頷ける。

「だから原子の集合も人間の集団と同じなわけね。正確無比に見える分子配列も人間と同じように不揃《ふぞろ》いで、取りとめがないの。だから一時の気まぐれで自《みずか》ら命を絶つこともあって、今回はそうね、分子の集団自殺みたいなものかしら」

煙に巻かれたような気がするのは気のせいか。しかしそれも仕方ない。何しろ相手が福山《ふくやま》昏《くらん》の手になるもの、常人の理解の範疇《はんちゅう》に収まるものではない。

とはいえ、そんな話は英知にとっても初耳だった。

「不安定な金属ってそれはどんな？　そんな危なっかしい素材でできたものに俺たちは座ってるわけですか」

チェア・オブ・シックスがすべてそうなら、鳥子が座るあの椅子だってそうだ。そして思い出す。母、福山昏がいつも座っていたあのロッキングチェアも。

「そうよ？　あなたが使っている2ndチェアも同じ。特にあれは全てのパーツにその素材が使われているわね。まぁ本当に暴発するものかどうか確証はないけれど。というより英知、珍しいこともあるわ。あなたがそんなことも知らないなんて」

「……俺だって知らないことくらいあります」

カチンときた。

「その無知な俺は思ってしまうんですけどね、それじゃ他のチェアも集団自殺する危険があるわけですよね。今日のフェスには十万人近くの人間が集まります。それなら、大事をとって今からでも中止にした方がいいんじゃないですか？」

苛立《いらだ》ち任《まか》せに言ってぞっとした。

椅子それ自体が爆発物だとすれば、巨大なダイナマイトと同じだ。それが大挙する人波の中で炸裂《さくれつ》すれば、未曾有《みぞう》の大惨事になる。中止は当然の措置《そち》だと思えた。

しかし鳥子のルビーのような瞳は動揺もなく、逆に英知を鋭く射抜いた。

「何を言っているの英知？」

珍しく険の含まれた声。それもそのはず。

フェスの成功という自分が胸を張って掲《かか》げたマニフェストをみすみす反故《ほご》にするなど、頑固でプライドの高い彼女がするわけがない。

「しかたのない子」

神が人を蔑《さげす》むように、あるいは憐憫《れんびん》を垂《た》れるように、切れ長の目を細めた。

「この学園の中の事象《じしょう》はあまねく私の監視下にあるわ。現状この学園内に十年祭の開催を妨《さまた》げるような不穏分子《ふおんぶんし》なんて一切ない。そう、何も問題ないわ」

何も問題ない。やはりそう言われると反論できなくなってしまう。隣の単細胞はサクラのようにうんうん頷《うなず》いてばかりだし、これ以上何を言っても無駄なようだ。

「そう言えば英知。潜入調査はどうだったの？」

「え？」

突然別の話題を振られて一瞬戸惑いながら、英知は両手を横に広げて答えを返す。

「空振り。大空振りですよ。三人とも別のものを探してましたけど、そのどれも学園長とは関係のない下らないものばかりです」

「あら。そう」

「そうですよ。まったくろくでもない連中ばかりで、これじゃ先が思いやられ――」

「それじゃあもういいわ、英知」

「え？」と、言葉の途中で虚《きょ》を突かれた英知は口をぽっかり開けた。

「潜入調査はもういいわ。脈なしと、そう結論が出たのよね」

「ええ、そうですけど……」

「なら、もうおそうじ部を辞《や》めて結構よ。調査は終了でいいわ」

返答できない英知。わかりました。これでせいせいしますよ。そんな気楽で溜飲《りゅういん》の下がるはずの言葉が出てこない。それどころか頷くことさえできなかった。

そうしている間に――けたたましい鐘《かね》の音が鳴り響いた。

音で窓がびりびり震える。音源は間近で、これは吸血城の大鐘だとわかる。

待はうさぎのように縮《ちぢ》こまり、英知は窓の外を見た。どこからか楽隊が奏《かな》でる威勢のいいファンファーレが聞こえ、それを合図にどっと歓声が上がった。

続けざま、スピーカーから軽快な音楽とともに女性のアナウンスが流れる。

――〝10th Anniversary Shooting Star festival〟、開幕です！

簡潔な挨拶と来園の御礼、そして園内での注意事項が続き。

耳をつんざくほどの爆発音を響かせて大きな花火が一発上がった。

待ちに待った、学園十年祭が幕を開けた。

☆

「もう来ないんじゃないの？」

大きな〝welcome!〟の飾り文字が躍る正門の特設アーチの横、屹立《きつりつ》する巨人像のざらついた石肌に背を預けたなつきが呟《つぶや》いた。

「そうですね……もう約束の時間から三〇分以上過ぎてます」

匠《たくみ》がその横で、校舎の時計塔を見やって言った。時間は十時十五分。

そうこう言っている間に、続々と来園客が正門からなだれ込んでくる。手にチラシの束を持って来園客を待ち構えていた骸骨《がいこつ》や狼男《おおかみおとこ》の着ぐるみたちは、予想を超える人出に化け猫の手も借りたい様子で大わらわだった。

「どうします？　部長」

匠に指示を仰《あお》がれて、しばらく黙りこくっていた小花《ちか》は渋々口を開く。

「うん――。遅いね福山《ふくやま》くん」

おそうじ部の三人はそれぞれ竹箒《たけぼうき》を手に携《たずさ》え、腰のベルトに取り付けられるお手製の麻のごみ袋をぶら下げ、すでに準備万端の体《てい》だった。

「もしかして――愛想《あいそ》を尽かされた……とか」

なつきがぽつりと呟《つぶや》いた。細い指先が心許《こころもと》なげに巨人の石肌を叩く。それは小花も危惧《きぐ》していたことだった。樹海の中で英知から受けた説教を思い起こす。

「うん――」

ぼんやりと答えにならない答えを返しつつ、でも小花は信じたかった。

「小花、待ちたい気持ちもわかるけど、ずっとここで待ってるわけにはいかないでしょ？　これだけの人出だし、たぶんあちこちでごみが出るわよ。早く始めないと手に負えなくなるかも」

なつきが冷静な意見を呈したが、反面その瞳はためらいがちに伏せられている。

「うん――そうだね」

相変わらず前に進まない返事をしつつ、小花はじっと考える。やがて。

「よしっ！」

決意をして、手にした竹箒をバトンのように片手でくるりと回し、柄の底を地面にこん！と突いた。その二の腕で〝CLEAN CAST〟と書かれた腕章《わんしょう》が揺れた。

「私たちだけでも先に始めようか！　きっと福山くんは用事があって時間には来れなかったんだよ。うん、福山くん、いつも忙しそうにしてるし」

自分に言い聞かせるように小花はうんうんと頷いた。二人も合わせて頷いた。

「じゃあ今日一日おそうじ頑張ろう。みんなが気持ちよくこの日を過ごせるように。みんなが無事に思い出と再会できるように。――でも私たちは裏方じゃない。フェスを彩る出演者の一人としてここにいるんだ！」

三人は小さな円陣を組んで視線を交わし、掛け声を上げた。

☆

開園からの一時間で、早くも入場者数は一万人を超えた。異例の人出で、園内のアトラクションや各部が用意した出店やコーナー、どこも人だかりができていた。もはや賑《にぎ》わうというより、騒動に近い様相だった。

――集合時間はとうに過ぎてるな……。

行き場を失《な》くした英知は一人、遊歩道の脇《わき》に立つ時計を横目で見やった。

道の向こうから、黄色のビブスを着用した二人組が走ってきて真剣に言葉を交わしながら駆け抜けていった。あれは教師や事務職員が中心になったフェス本部の運営委員だ。行く先を見やると、取っ組み合いの喧嘩《けんか》だった。けたたましい笛の音がそれを咎《とが》め、黄色いビブスの一人が摑《つか》み合う二人の男の間に割って入り、もう一人はトランシーバーに向かって早口に何やらまくし立てていた。

こんな大規模イベントだ。人出も予想を超えている。当然あちこちでトラブルや不測の事態も起こるだろう。せわしなく働く黄色いビブスを見やりつつ、英知はその場を後にした。

太陽は天頂近くまで昇っている。英知は幽霊マンションへ足を向けた。

いつもの学舎《まなびや》には一際《ひときわ》長い行列ができていた。けだるげな最後尾の客が〝待ち時間　二時間〟の立て札を持たされて浮かない顔をしていた。黒の遮光《しゃこう》カーテンが窓を覆《おお》った校舎の中では悲鳴が飛び交い、かつての姿を取り戻した幽霊マンションはここぞとばかりに十年来溜《た》めこんだ怨念《おんねん》を解放していた。

英知はそんな楽しい地獄の入り口には目もくれず、中庭へ足を向けた。

席次を確認するつもりだった。つい足が遠のいてしまっていたが、現実から目を背《そむ》けるわけにもいかない。おそうじ部に関《かか》わったことで、このところの福山英知株は大暴落していた。おそうじ部に入部したというだけで悲観視。それに誤解された越前《えちぜん》なつきとの関係。好感を持たれる要素は皆無《かいむ》だった。

つい足取りは重くなる。

恐れていた。英知はこのおどろおどろしい古洋館の幽霊沙汰《ざた》よりももっと、電光掲示板に表示された数字に怯《おび》えていた。

――結果は最悪だった。

英知は自動販売機でお茶を買い、学園西側にある購買近くのベンチへたどり着くと、全身を投げ出すように腰を下ろした。

電光掲示板に映し出された映像が脳裏にこびりついて離れない。

117thチェア　福山英知　750

〝その他大勢〟がひしめく三桁《けた》台。まさか。信じられなかった。覚悟はしていたが、いざその事実を目《ま》のあたりにすると、めまいがして地面に崩れ落ちた。

この大事な日に。

山ほど集まった人の前であの悲惨な順位が繰り返し表示されると思うとぞっとした。空前の挫折感《ざせつかん》。もう2ndチェアには戻れないかもしれない。こんな体の芯がへし折れるような絶望は初めてで、腰が抜けたように何もする気が起きない。

何だかんだといって、英知はどこか神宮寺鳥子を特別視していた。今になってわかる。あの女には敵《かな》わなくても仕方がないと神聖化し、どこか諦《あきら》めていたのだ。彼女に先んじられることは敗北にはノーカウントだった。

しかし彼女以外の相手にそんな特別ルールは適用されない。

それもこれもすべて、おそうじ部のせい。奴《やつ》らと関わりさえしなければこんなことにはならなかった。――もう二度と関わり合いになるものか。

購買では軽食のほか十年祭の記念グッズを販売しており、併設されている学食では内装を一新して遊園地当時の復刻《ふっこく》メニューを提供しているようだった。

昼時の学食は大賑わいで、それを見越して特設したテラス席まで満席だった。当時の懐かしいメニューを楽しむ初老の夫婦がいた。少しだけぎこちない会話。それでも自然とこぼれる笑顔が言葉はなくとも二人を繋ぎ、もしかしたら経年劣化《けいねんれっか》して冷めかけた関係を、当時の思い出に浸ることで取り戻し始めているのかもしれない。

その隣で遊園地時代を知らない高校生カップルが、学園に不似合いなアトラクションの数々に目を輝かせ、彼女が彼に「あれ乗ろう」とせかし立てていた。

それぞれの楽しみ方があるんだろう。

じゃあ自分は？

ろくに祭りに参加もせず、何をしてる？　たった一人で。

――探そう。英知はベンチを立った。探そう。福山昏を。いつものように。仮に彼女を見つけたとして、この惨めな順位を何と説明するかはさておいて。

祭りで賑わう園内で、自分の居場所が徐々になくなっている気がした。足場が削り取られていく感覚。人波に飽和して自分が消えてしまいそうな感覚。英知が逃げるようにベンチを立つと、自然に、次の誰かが英知のいた席をすぐに埋めた。


遊歩道の並木に巻かれた電飾が灯《とも》り始めた。傾きかけの西陽《にしび》が英知の背筋の折れた不格好な影を伸ばす。結局英知は当てもなく遊歩道を歩き、そこでまた、どこへ行っても逃げ場はない現実を突きつけられる。今度は精神的に堪《こた》えた。

通り過ぎるひと組の家族連れを見送った。父親と母親に両側から手を繋《つな》がれ、まるで月面歩行するように吊《つ》られて歩く五歳くらいの男の子がいた。

思い出した。

昔、父と二人でこの遊園地へ遊びに来たこと。六歳か七歳くらいの頃だった。

入園して一時間もたたないうちに、英知は父とはぐれてしまった。

「ここでちょっと待ってて」と、注意深く何度も言い残し、ジュースを買いに走った父は戻って泡を食っただろう。英知は父の言葉を聞かず、一人園内をとぼとぼ歩きだしていた。なぜかって決まっていた。

どこかに母が来ていないか探すために。

父と二人で家を出る時、母は相変わらず地下でだんまりを決め込んでいて、仕方なく父と二人きり家を出た。でも。でも、もしかしたら後から追いかけてきてるかも。だって、一人きりは淋しいし。遊園地は楽しいし。まだそんな人間臭さを母親に期待することが、当時の英知にはできていた。

結局、迷子になった。

人にもまれて、しゃがみ込んで、涙を落とした瞬間に考えた。

こんなにいっぱい人がいるのに、どうして自分は一人なんだろう――。

胸がひっそりとして、日差しの眩《まぶ》しい初夏にも拘《かかわ》らず身体が凍《こご》えた。

ひっきりなしに行き過ぎる、両親と手を繋いで歩く子どもが憎らしかった。

その笑顔をひん曲げてやりたかった。地獄に堕《お》ちればいいと思った。

その日の特別なお出かけに、英知はきれいにおめかしをしていた。どうしてだか家にお金はたくさんあって、服や持ち物に困ることはなかった。

でも、一人。こんなにきれいな格好をしてるのに、一人。

それが猛烈に恥ずかしくて、たまらなくなって、隠すように体を抱いた。

こんな服なんてなくていいから。

こんな立派な靴も帽子もなくていいから、ただ。

両手を繋いでほしかった——。

『——なんだよ英知。元気ないな？　さえずってやろうか？』

重い回想を軽はずみに引き裂いたのはオキナだった。

背後に浮かぶ能天気な小鳥を一瞥《いちべつ》すると、英知は無視してまた歩きだした。

『なぁーんだよ英知ぃ。ご機嫌斜めかよ。ほらミミズやろうか？　食いさしの』

英知は振り向きもせず、人混みを縫《ぬ》って歩き続ける。

不満げなオキナは羽で器用に腕組みし、思案の末また声をかける。

『なぁ、どこ行くんだよ？　——あぁ、そうか。今日もいつものあれか』

含みを持たす言い方に、英知は少しだけ気を引かれた。

『日課にしてるパラパラの練習か』

「しねぇよ!?」

つい反応してしまった。そのザマを見てオキナは勝ち誇って笑った。

「くそっ」

英知はわざと人混みを避け、植え込みの間を抜けて樹海沿いにあるトイレの陰へ入る。オキナも後からついてきて、指定席とばかりに英知の右肩にとまった。

『やっとらしさが戻ったな英知。いったいどうしたんだよ、ジメジメした顔しやがって。カビるぜ？』

「うるさいバカインコ。早くガラスに気づかずぶつかって死ねよ」

『俺はそんな凡ミスしねえよ！』

「心配するな。死んだって墓標くらい立ててやるよ。食いさしのプリッツで」

『棒のチョイスっ！　お前根に持つタイプだね⁉』

「わがまま言うなよ。じゃあ百歩譲ってアイスの棒でいいだろ。ベットベトの」

『ちゃんと洗って⁉』

「特別に当たりの棒にしてやるから。ガラスに大激突記念の大当たりだ」

『死んでる時点で大ハズレだけどね⁉』

人語を操る小鳥をからかいながら、英知はさっきまでのもやもやがいつの間にか晴れていることに気がついた。思えば出会いの時からそうだった。この鳥はやたら苛《いら》つく割になぜだか自分をほっとさせる。不思議と、どこか懐かしいような。

オキナは乱れた毛並みを器用に整え、英知の右肩で羽を収め真面目《まじめ》な顔をした。

『なぁ、いま小花たちみんなは園内の美化に大わらわだぜ。人が増えればごみも増える。これだけの人出だ、マナーのない連中も大勢紛《まぎ》れ込んでる。油断したら園内はごみだらけだ。それだってのにお前は一人で何やってんだよ』

「――もう俺は関係ねえよ」

冷たく言い放った英知に、オキナはむっとして言い返す。

『関係ねえってどういうことだよ？』

「こういうことだよ」

制服の内ポケットから、半分に折ったB5サイズの紙を取り出した。

『なんだよこれ……。退部届？』

「ああ、そうだよ。もう俺のサインもしてある。後は部長の承認サインをもらって、生徒会に提出するだけだ」

『お前、どういうつもりだ？』

「どういうつもりも、そのまんまの意味しかねえよ。生徒会長様からの依頼が終了したからな。俺がおそうじ部に入部したのは、生徒会長から依頼された潜入調査のためだったんだよ。学園の美化に協力したいだとかは嘘八百だ。笑っちまう。俺がそんな落ちこぼれの仕事を買って出るわけないだろ。そんなの、あいつらを騙《だま》すためのエクスキューズだ。結果は空振りだったにしろ調査が終了したってことだ」

英知は悪びれない平坦な口調を続けた。

「俺はあいつらを恨《うら》んでる。今俺は2ndチェアどころかトリプルディジットまで転げ落ちた。二学期が終われば降格決定だよ。それもこれもあいつらに関わったせいだ。この大事な日に、誰が見るかわからない掲示板に、あんな順位が……！」

くそっ！　とトイレのコンクリート壁を殴りつけると、拳が血で赤く染まった。

壁にもたれ、ずりずりと座り込んでいく英知を見下ろし、オキナは言った。

『それはあいつらに嘘ついてたってことか？』

「ああ。悪いかよ？」

英知は森の方角に視線を放り出し、投げやりに言った。

「善は急げだ。これから水川のところにこの退部届を持っていくか」

オキナの表情が険しくなった。

『お前、いつまで同じことを繰り返すつもりだよ』

「何？」

瞬時にオキナに視線を戻す。英知の顔には疑問の色が浮かんでいた。

『お前は昔から何も変わっちゃいねえ。——いまだに、狭い鳥かごの中だ』

「どういう……意味だよ？」

「お前自身が変わらなきゃ、未来は永遠に微笑まない」』

オキナはそれだけ言い残すと、見放したように英知に尾を向けた。

「おい！　オキナ！　どういうことだよ!?」

英知は慌てて立ち上がるが、オキナは西陽に眩《くら》む空の彼方へ消えていった。

☆

黄昏《たそがれ》。学園は茜色《あかねいろ》に染まり始めた。いつもはかすれたセピアに見える古びたアトラクションも、今日ばかりは夕陽を浴びて、血が通ったように赤みが差して見える。

夢の時間は着実に終わりに近づいている。だというのに、園内のムードは高まる一方で、約三時間後に迫ったスターライトパレードと流星雨を待ち焦《こ》がれる人々の熱気は、落陽とともに深まる山の冷え込みをものともしない。

誰かが誰かと手を繋《つな》ぎ、誰かが誰かと喜びを伝えあう。

そんな光景の中、一人俯《うつむ》き歩く英知は誰とも繋がらない。どこにも属さない。

手に持った退部届に小花のサインをもらえば、おそうじ部との関係は切れる。

もともと自分が創《つく》った学園相談部だって実質は一人部活だ。部員三名以上必要という生徒会規約をクリアするために、適当な生徒二人を呼んで部のポイントを分け前としてくれてやる代わりに名前だけ借りた。

クラスの出し物にも、部活があるからと参加を辞退した。

遊歩道が急にくねって曲がるクランクの端、穴がぽっかり空いたように暗い場所があった。園内を隈《くま》なく照らすために計算して配置されたはずの人工照明が見逃した盲点。逃げ場のような、あるいは逃げられない檻《おり》のような。

そこに英知は佇《たたず》んだ。途端に孤独に晒《さら》された。

何もかも遠くて、手が届かない気がした。夢の時間に浮かれる学園の中で、自分だけが部外者のようだった。だけどそれに慣れ切ってしまったせいで、どこか心地よささえも感じられた。

慣れてしまえば、そこがどんなに苛酷《かこく》な場所でも、安寧《あんねい》が生じる。本当は友達が欲しくて外の世界に憧《あこが》れる引きこもりも、自室の暗闇《くらやみ》に――それが普段は針のむしろのように感じられても、やはり安心する。血の匂《にお》いが漂う戦場だって、慣れればきっとそこで安定する心がある。だから人は一所《ひとところ》に留《とど》まって何かを為《な》すことができる。安寧の居場所は不確かで神出鬼没《しんしゅつきぼつ》だ。だから、安心できる場所は故郷や家庭ばかりとは限らない。逆にそこに馴染《なじ》むことができなければ、家庭だって牢獄《ろうごく》に変わる。

こういうのも逆説と言うのだろうか。安心のパラドックス。

英知は再びおそうじ部を目指した。

もし部室に小花がいれば、手にした退部届を差し出すつもりだった。

白い厚手のビニールシートに囲まれた半壊の迷路回廊を回り込み、目的のプレハブ小屋を目《ま》の当《あ》たりにした英知は、そこで呆然《ぼうぜん》と足を止めた。

「なんだ、これ？　どうして――」

無惨なものだった。惨状に目を剝《む》いた。

「どうして部室がこんなことに――？」

おそうじ部の部室が全壊していた。

無理やり剝《は》がされたような屋根のトタン。中から窓ガラスを砕いて突き出したモップの柄《え》。四隅を支える柱の一つは折られて建物全体が傾いていた。

何事かという疑問に襲われながら、英知はひしゃげて動かなくなった引き戸に手をかけ、苦労の末力任せに引き倒した。

部室の中も散々なものだった。

横倒しになった丸机に穴の開いた壁。オキナの鳥かごも地面に転がっている。唯一上等だった黒革のソファも切り刻まれて黄ばんだ中綿がはみ出していた。

「――これは一体どうしたんだ？」

英知は足元に向かって尋《たず》ねた。

一人、地面に座り込んだ小花が顔を上げた。重なって倒れ血反吐《ちへど》みたいに掃除用具を吐き出したロッカーの横で、屈んだまま割れたガラスを掃き集めていた。

「わかんない」ぽつりと、「来たらこうなってた」

呟いた。心ここにあらず。すぐに下を向いてまたガラスの破片を拾い始めた。

「横殴りの風ならぬタコ殴りの風でも吹いたか？」

よってたかってタコ殴りにされた――そんな印象だった。自然現象なわけもない。まるでサンドバッグにでもされたような。

答えない小花の様子を察して英知は小さく息を吐き、軽口をやめた。

「誰にやられた？」

弾《はじ》かれたように顔を上げた小花は、答えずただ悔しそうに唇《くちびる》を噛《か》んだ。

「誰かに恨《うら》みでも買ってたのか？」

ひどい惨状だが、迷路回廊のような爆発とは間違いなく違う。

これは人の手になるものだ。それも複数の。ただそうとすれば、どんな怨恨《えんこん》が裏にあるのか。ちょっとした悪戯《いたずら》や嫌がらせでは片づけられない執拗《しつよう》さが満身創痍《まんしんそうい》のこの部屋からは感じられた。確かにおそうじ部は少なからず学園生徒の恨みを買っていただろう。観覧車のゴンドラを炎上させたり、異臭騒ぎを起こした話も聞いていて、ろくでもないと思われていたのは確かだ。

しかしなぜこのタイミングで？

ここ最近のおそうじ部にさしたる不祥事はなかったはずだ。ずっと近くにいたからそれはわかる。被害者がいたとすればポイントを大幅に失った自分だけだ。

「私たち……何もしてないよ……？」

小花の淋しそうな声が冷えた床に反響した。彼女にも心当たりはないようだ。

するとﾠ入り口の方向から物音が聞こえた。

「何よこれ……？」

振り返るとなつきが呆然と立っていた。その横には匠の姿もあった。相変わらず地獄の深淵でも目の当たりにしたような顔をして立っていた。

「……っ、一体どうしたのよ小花っ⁉」

一瞬英知の存在に動揺した素振りを見せながらも、なつきはその横をすり抜けて小花に駆け寄り、匠も頼りない足取りでそれに続いた。反応を見れば、この二人も事情を知らないようだ。変貌《へんぼう》した部室の姿にただただショックを受けていた。

答えない小花の代わりに英知が応答した。

「誰かにやられたみたいだ」

「なんでよ!?　あたしたち何もしてないじゃないっ！」

「……俺に言うなよ」

ただなつきの叫びも当然だ。ここ最近のおそうじ部は殊勝なものだった。十年祭という一大イベントに備えて毎日遅くまで学園の美化に励んでいた。

自分たちのことは棚上げにしてまで。

「フェスの出し物も諦《あきら》めて……ずっとおそうじしてたんじゃない！　ポイント獲得のチャンスなのにそれも棒に振ったんじゃない！　今日だって朝からずっと……。みんなのために毎日がんばってたんじゃないっ！」

なつきの悲痛な叫びに煽《あお》られて、壁材の木片がぽろりと地面に落下した。

「――ひとまず部室を掃除しないと。あちこち修理も必要です」

直情的ななつきと違い、工学者らしく匠はまだ冷静さを保っているようだった。

「大丈夫だよ匠くん」

しかしそれにも増して冷静な声を出したのは小花だった。ちりとりで集めたガラスの破片を不燃物の袋に流し込みながら言うのだ。

「後でいいよ、部室のことは。ガラスだけは危ないから掃《は》き集めといたから。それより、おそうじ――しようよ！」

彼女が言ったのは部室の掃除のことじゃない。

「こんな事態なのに小花……何言ってるのよ？　部室がこんなになってるのに！」

正論と思えるなつきの言葉にも小花は首を振った。

「関係ないよ、なつきちゃん。私たちの仕事は部室をきれいにすることじゃないよ？　みんなのためにこの学園をきれいにすることだよ。だから——ね？」

嘘つけ。英知は舌打ちするのを抑《おさ》えられない。たとえここが元々寂《さび》れた用具倉庫でも。それでも自分たちの城はきれいにしようと飾り付けたレースのカーテンもギンガムチェックのテーブルクロスもズタズタじゃないか。

さっきからそれを意識して見ようとしていないじゃないか。

しかし小花の意思は頑《かたく》なだった。

「それについてるよ！　ほら見て」

そう言って足元に吐き出された竹箒《たけぼうき》や、はたきや、デッキブラシをかき抱いて、へたり込んだまま無邪気に笑った。

「私たちの相棒はみんな無事だよ。だからおそうじするのに何の問題もないよ！」

そんな純粋で強情な瞳に見つめられて、なつきと匠の二人もさすがに折れた。

「わかったわよ——小花」

「そうですね部長」

一蓮托生《いちれんたくしょう》の頷《うなず》きだった。

「……じゃあ、おそうじに戻ろうか小花？」

なつきの言葉を合図に、各自腰から提げるごみ袋を揺らし、竹箒を携《たずさ》えた。

扉が外れて開きっ放しの入り口から外へ出ると、目の前に風にたなびく長尺《ながじゃく》の白衣が見えた。

「やあ。おそうじ部諸君。そんな長物を携えて、一揆《いっき》でも起こすつもりか？」

皮肉たらしい声でそう言ったのは宇都宮《うつのみや》だった。

「それとも部室の弔《とむら》い合戦か？」

「弔い合戦？」

なつきがその言葉にいち早く反応した。

「あんた、何か知ってるの？」

責めるような声音《こわね》。頭は悪いが女の勘が働いたらしい。対する宇都宮はにやりと笑うだけだ。

「まさかあんたが……」

「いやいや、私じゃない。私じゃないが、知っていて止めなかったのは私だ」

「じゃあ――あたしたちの部室をこんなにした犯人を知ってるの？」

「知ってると言えば知ってる」

「はぐらかさないでよ！」

なつきは相手が先輩だろうと4thチェアだろうとお構いなしで大声を張り上げる。今にも殴《なぐ》りかからんばかりの勢いだ。

「あんたが知ってて止めなかったのは百歩譲って許してあげるから、誰がやったかくらいは答えなさいよ！」

「ふぅ、相変わらずズレてるな」

宇都宮は相手のペースに決して乗せられない。軽く頭を振って言った。

「別に私はきみらに許してもらおうなどと思っていない。だからそれはイーブンではない。まあしかしいいだろう。教えてやろう。私は献血《けんけつ》も趣味でね」

右手で注射のポーズをしてみせ。

「犯人は学園生徒全員だ。きみら以外の、ね」

英知を含め、おそうじ部の面々は絶句した。生徒全員。どういうことだ？

「昨日の迷路回廊の爆発騒ぎ。あの爆発を起こした嫌疑《けんぎ》がきみらにかかっている」

「ど、どういうことよ！」

「そのままの意味だよ。あの爆発は人的被害こそなかったが、大きな損害を出した。建物それ自体もそうだが、問題なのは建物の中にあったものだ。あのクラブハウスには各部肝煎《きもい》りの、フェスでの出品作があった」

英知が足元を見れば、爆発で吹き飛んだらしい板きれが転がっていた。足を使って器用にそれを裏返すと、色とりどりのペンキで書かれた『クレープ』という文字が躍っていて、その回りにテニスボールとラケットが描かれていた。これはきっと迷路回廊に居《きょ》を構えるテニス部が模擬店《もぎてん》で出す看板に使うはずだったものだ。

「それがどうして私たちの仕業《しわざ》なんて……」

当然心当たりなどない小花は、心外そうな面持《おもも》ちだ。

「きみらは爆発があったその時、揃って樹海にいたそうだね。まるで爆発から逃げるように。否《いな》、アリバイでも作るように」

「そんな、こと――」

「しかもきみらは出し物を何も用意していなかった。他の部は当然どこも用意をしていたのに。考えられないことだ。フェスでの評価は部の浮沈に大きく関わる。これを機に下剋上《げこくじょう》も可能なら没落も有り得る。それなのにきみらは――」

「べ、別にあたしたちはそれでいいと思ってやったのよ！　他の部の出し物をひがんだりなんかしないわよっ！」

なつきが宇都宮の言わんとするところを汲《く》み取って反論した。

「ひがむ、か。幼稚な表現だ。しかしまぁ概《おおむ》ねそういうことだ。きみらは自分たちがろくなものを出せないために出品を諦め、その代わりに、他の部の出し物を、あるいはフェスそれ自体を台無しにしようとしたんじゃないかと疑われたわけだ」

思いもしなかった罪状を告げられ、なつきはわなわなと震えていた。

「濡《ぬ》れ衣《ぎぬ》よっ！　あたしたちがそんなことするわけないじゃないっ！」

「それはわからない。日頃溜まった鬱屈《うっくつ》が爆発したのかもしれない。特に最近は福山英知が入部したのも不可解だと学園内では噂《うわさ》になっている」

英知の眼差しが鋭くなる。

「どういうことだ？」

「学園相談部部長に、復讐《ふくしゅう》計画の依頼をしたのかも、と」

「な――」

英知が口を開こうとしても、宇都宮は発言権を渡さない。

「ともかく。それを誰も疑おうとしなかったことが事実。その結果がこれだ」

宇都宮はホテルマンのように流麗《りゅうれい》な仕草で壊れたプレハブ小屋を片手で示した。

確かに宇都宮の言う通りだ。英知は口を開くのをやめた。今さら何を言っても仕方ない。宇都宮の言葉の真偽《しんぎ》はどうあれ、今目の前にあるものが事実。今回の自分の席次転落も、原因はその報復《ほうふく》だったのかもしれない。

迷路回廊の爆発により、そこに保管していた出品物を台無しにされた各部は、愕然《がくぜん》としただろう。原因はガス爆発だと伝えられたが、そんな理由にはきっと納得できなかったはずだ。どうにもならない憤《いきどお》りの矛先《ほこさき》をどこかへ向けたくなる気持ちもわかる。確かにフェスのちょうど前日に爆発が起こるなんてタイミングが良すぎる。中に人のいない瞬間に起こったのもまるで見計《みはか》らったかのようだ。その裏に何者かの恣意《しい》があることは容易に想像できる。というよりも、そう考えた方が自然だ。

学園内の人間を対象に、動機を勘繰《かんぐ》り、普段の素行を勘案すれば、おそうじ部が疑惑の線上に浮かんできても不思議はない。誰が言い出してどう輪が広がったのかは知らない。しかし怒りの矛先はおそうじ部へ向かい、結果このざまだ。

「まぁ、そういうことだ。それじゃ、私は部へ戻るよ。部員たちから話を聞いて、見物に来てみただけなんでね。ちなみに我が医術部の出し物は〝三分ドック〟という簡易人間ドックなんだがね、ＳＯＬに保管してあったから無事だったんだ」

この惨状も一顧《いっこ》だにしない様子で、宇都宮は揚々《ようよう》と「お大事に」と、それも忘れず付け加え、さっさと行ってしまった。

英知は改めてボロボロの部室を顧《かえり》みた。

確かに、人間が評価を競い人生の浮沈《ふちん》を賭《か》けるこの学園には、緊張の糸が張りつめていた。遊園地のアトラクションがどれだけ健気《けなげ》に明るい雰囲気《ふんいき》を演出しようとも、一触即発《いっしょくそくはつ》の不穏な空気は隠せないでいた。何かきっかけがあれば爆発する危険性は常に孕《はら》んでいて、いつかこうした事件は起こるはずだったのだ。

「……で、これからどうするんだ？」

宇都宮が去り、黙りこくった三人に向けて英知は言った。

「どうするって？」

答えたのは小花だ。

「これからだよ。掃除、するのか？　こんなことされても」

三人のちょうど真上あたりに外灯があって、まるでそれは舞台のスポットライトのように悲劇のヒロインたちを照らし出した。

「え？　何か関係あるかな？」

しかし小花はそう言った。あまりにさらりと。英知は耳を疑った。

すぐ向こうに聞こえる喧騒《けんそう》をものともしない透き通った声だった。

「部室がこんなことになったのと、学園をきれいにしなくちゃいけないことは関係ないじゃない！　だからおそうじはするよっ！」

言いながら、小花は残りの二人の様子を窺《うかが》う。

なつきも匠も、頑固で目的のぶれない部長にどこか達観《たっかん》したような面持《おもも》ちで、竹箒を握りしめ笑った。嬉しそうに微笑みを返した小花は英知にも視線を向けた。

「じゃあ、福山くんも！　ほら、一緒に行こ？」

英知は戸惑っていた。小花に強引に手を引かれるのにまかせて。

内ポケットに忍ばせた一枚の紙を差し出して終わりにするはずだったのに、どうしてか右手が動かなかった。


「ふぅ、ちょっと疲れたね」

夜空に星が瞬《またた》き始め、小花はそれを仰《あお》ぐように腰に手を当て伸びをした。

古いコーヒーカップのある広場には、ごみが散らかり放題だった。壊れた部室を後にして一時間ほど、芝生の上に転がる雑多なごみを、行き交う人を上手に避けながら拾い続ける。すっかり日暮れて、時節柄だいぶ肌寒いのに額《ひたい》にうっすら汗を浮かべて、それを腕で拭《ぬぐ》った。それを横目に、英知も同じように伸びをした。

「そうだな、これだけ広い学園だ。四人程度の人手じゃさすがに骨が折れるな」

すぐ目の届くところになつきと匠の二人もいて、懸命に腰を折っている。結局英知は何も言い出せないまま、三人の掃除につき合っていた。

小花はそうだね、と笑って頷いた。

「骨が折れるよね、脊椎《せきつい》中心に」

「お前は体のほとんどの機能を失うつもりか」

最近は考えるより先に反射的に突っ込めるまでになってしまった。

まあいい。くたびれたのは確かだ。英知は首を回して提案した。

「じゃあちょっと休憩するか」

「え……求刑？」

「どういう文脈で？」

逆に聞き返さざるを得ない。

「そのくらいの簡単な言葉、頼むから理解してくれよ」

「頼むから、自害してくれよ……？」

「お前今日ぐいぐい来るな!?」

もう言語野がおかしい。脊椎反射で突っ込んで、英知は小花の顔を見た。見逃さなかった。彼女の顔に一瞬翳《かげ》りが差したのを。気丈に振る舞い、今は笑って、それでごまかしたつもりらしいが、部室崩壊のショックは隠せないようだ。

いつにも増して発言が屈折しているのは、きっとそのせいだ。

「もう。どうして小花が頼まれるほど自害しなきゃいけないのよ？」

「そうですよ部長」

近寄ってきたなつきと匠の二人はそう言って励ますように笑ったが、言っている当の二人も瞳の輝きを失っていた。

四人が揃って掃除をするのは今夜が初めてだった。人が多くて物騒だからと小花は言ったが、それ以上に今夜は一緒が良かった。絆を確かめるように、おそうじ部の面々は互いに目の届く距離から決して離れようとしなかった。

小花が肩にたすき掛けした大きな鞄《かばん》からレジャーシートを取り出した。

「ベンチもコーヒーカップも空いてないから、適当にこの辺に座って休も？」

英知以外の三人は向かい合うようにして座り、英知は小花に促されてから、一人だけ半身になってシートの端に腰を下ろした。

四方を通り過ぎる学園生徒は、レジャーシートにこぢんまりと座った四人を、部室破壊の事情を知ってか知らずか、どこか白い目で見ていく。英知がちらりと視線を返すと、慌てて視線を逸《そ》らせて足早に立ち去っていく。

英知が不機嫌そうに鼻を鳴らすと、それきり誰もしゃべらなくなった。

昼間の喧騒の中ならいくらでもごまかせたものの、夜の訪れとともに穏やかになった空気の中では間が持たない。いたたまれなくなった英知が口を開いた。

「なぁ水川、お前はなんでここまでして掃除にこだわるんだ？」

大事な部室をあれほどボロボロにされても、それでもみんなのために掃除をしようなんて、やっぱり変だ。何か明確な理由がないと納得ができなかった。

「私は、おそうじに救われたから」

小花は体操座りで空を仰《あお》ぎ、ぽつりと言った。

「掃除に救われた？」

「うん。私は小さい頃からずっとずっと自分に自信が持てなくて、何もできなくて、前に宇都宮先輩に言われたのはその通りで、本当におそうじくらいしかできなくて。でも何もできないままは嫌だったから、せめて自分にできることをって、少しずつ学校とか家の回りとかのおそうじを始めたんだ。最初はすごく後ろ向きだった。でもね、やっているうちに次第に気分が前向きになってきたんだ。単純に何かをきれいにするのは気持ちがいいし、おそうじをするとみんなが喜んでくれるし。ねぇ知ってる？　人って、生きる中で頭や心の中にだんだんとごみを溜《た》めていくんだと思うの。みんなそれが重荷で邪魔で、いつも外へ出したいと願ってる」

英知を含めた三人は黙って耳を傾けた。

「私にとってのそれは、自分は何もできないっていう記憶や経験だったんだけど、それがいつも私の行動や考えを操って後ろ向きにさせてた。でもおそうじを通して私は少しずつ前向きになれて、それってその辺に落ちてるごみと一緒に、頭や心の中のごみもおそうじできたってことなんじゃないかって思うの」

小花はそう言うと、純粋に笑った。

英知はやっと納得ができた。小花は掃除を通して人の役に立ち、それで自信を取り戻した。彼女にとって掃除とは、人並みに前を向くために大切な恩人だった。

「でも、それだけじゃないんだ。私はおそうじを通して、元遊園地であるこの学園を守りたいの。大事な思い出が眠るこの場所を守りたい」

「大事な思い出って、何だ？」

「お母さんとの思い出。死んじゃったお母さんとの思い出」

英知の舌は痺《しび》れて何も言えなくなった。

「六歳の頃だったかな、お母さんが死んじゃったのは。うちは少し変わった家庭環境でね、両親とも再婚で、私はお母さんの連れ子、そしてお父さんはお姉ちゃんを連れてきた。再婚のきっかけは親同士の繋がりからだったみたいなんだけど、お父さんは世襲で継いだ大会社の社長さんで、お母さんはお父さんの会社よりだいぶ小さな会社だけどその社長令嬢だったの」

小花は、自分の家庭をそんなふうに言うのはおこがましいけど、と苦笑した。

「問題はね、その連れ子同士に越えられない隔《へだ》たりがあったってこと。や、別に仲が悪かったってことじゃなくてね、そういうことじゃなくて才能とか、能力的な話なんだ。お姉ちゃんはね、本当に頭がよくて、運動もできて、その上きれいで、もう非の打ち所がない人だったの。その反面、私は全然ダメ。成績も良くなかったし、運動だって人並み以下。美人とは程遠いし、今だっておそうじ部のみんなに迷惑ばっかりかけてる」

小花の言葉になつきと匠の二人は首を振ったが、小花は複雑な表情でただ視線を返すだけだった。

「月とスッポンってまさにこのこと。人格的にも私よりずっと優れたお姉ちゃんは気にしないでって言ってくれたけど、そういう優しくて気立てのいいところをいとも簡単に見せられると、私は却《かえ》って落ち込んだ。どうしようもなく人間の差を見せつけられる気がして。才能ゼロの私がお姉ちゃんに少しでも近づくには、そういう人柄的な部分しかないって思ってたのに、そんな切り札まで奪われて、お姉ちゃんを憎んだりした。私は本当にダメで、性根も腐ってて、どうしようもなかった」

そんなことないよ小花、となつきが小花の手を握った。眉を寄せた情けない顔で、目が潤《うる》んで、気丈に振る舞う小花よりも彼女の方が泣きそうに見えた。

小花は小さくありがとうと目配せをし、話を続けた。

「そんな姉妹の格差を抱えた中で、お祖父《じい》ちゃん——お母さんのお父さんの会社が倒産しちゃって、両親の間にも大きな亀裂《きれつ》ができちゃった。親同士はそれなりに対等っていうことが私の中ではせめてもの救いだったのに、その生命線までぷっつり切れて、埋め合わせのできない落差が家族の真ん中に横たわることになった」

それがきっかけだったと小花は語った。

小花の母親は父の会社の倒産をきっかけに、上流家庭の専業主婦という特権を捨て、がむしゃらに働き始めた。早朝の新聞配達、昼間はスーパーのレジ打ち、深夜にはパチンコ屋の閉店清掃に出かけた。休みもほとんど取らなかったらしい。典型的な箱入り娘でアルバイト経験もなく、不慣れな仕事から来る心身の疲労と寝不足のせいで、自慢だった黒髪の艶《つや》や、年の割にきめ細やかだった肌も、見る影もなくなった。端正だった瞳の下には大きな隈《くま》が巣食った。しかし、新聞の新しい配達先を覚えるために深夜まで地図と睨《にら》めっこしたり、月末に受け取る給与明細の僅《わず》かな増減に一喜一憂《いっきいちゆう》する姿を誰が笑えただろう。

自慢だった母の優美な容貌《ようぼう》が削り取られていく様を、小花は一番近くで見ていた。

「父親の会社は問題なかったんだろ。じゃあなんでそんなに働く必要が？」

「うん、確かに経済的には問題なかったんだ。お母さんが働かなくたって、十分に家族四人は暮らしていけた。お母さんは言ってた。これは責任とか意地の問題なのよって。お母さんはただでさえ出来の悪い私が、家族の中で居心地が悪くならないように体を張って守ってくれてたんだ。全部父方におんぶにだっこで、そんな状況で私が引け目を感じないように」

英知は何も言えなかった。そんな気丈で慈愛《じあい》に満ちた母親がこの世にいるだなんて衝撃だった。小花は二、三度洟《はな》をすすり、長い息を吐いて続けた。

「私は何度もそんなことする必要ないって言ったんだけど、お母さんは一向に聞かなかった。大丈夫よって、お母さんがやりたいからやってるだけよって、小花は何も心配しなくていいんだよって、そんなことばっかり言ってた。お婆《ばあ》ちゃんみたいにしわがれた声で、化粧の仕方も忘れた顔で……」

話すうちに洟をすする頻度《ひんど》が増えていることに英知は気づいていた。後半にかけて上ずった声が涙声だということにも。

「死んだ理由は過労？　それとも病気か？」

　小花は首を振った。

「事故。お昼のパートに向かう途中だった。前日から熱があって、それでも夜の仕事は休まなくて、そのせいで全然熱は引かなくて、何度も休んでって言ったのに聞かなくて。強がりはいつも通りで、下手《へた》なごまかし笑いもいつも通りだったから、そのまま行かせちゃった。あそこで足を掴《つか》んででも引き止めてたら結果は違ってたって今でも思うよ。でもその時はダメだった。よくそんな時、嫌な予感がするとかって言うけど、そんなの欠片《かけら》も感じなかった。ちょうどその日は雨で、通勤用に中古で買った安い軽自動車で、一人で電柱に突っ込んだって。即死だったって」

　どうやらなつきと匠もこの話は初耳だったようだ。揃って口をぽかんと開けたせいで、匠の歯ブラシがぽとりと芝生の上に落ちた。

「昔、一度だけ家族全員でゴシックフォーレへ遊びに来たことがあって、本当に楽しくて、幸せで、それはとっても大事な思い出。だから朽《く》ちていくばかりだった当時のアトラクションや建物をきれいに保つことで、その思い出の場所を守りたいの。それが、私がここでおそうじにこだわるもう一つの理由」

　言い終わると、小花は健気《けなげ》に笑ってみせた。

　なつきはぽろぽろ涙をこぼして、小花の手を握った。自分の代わりに泣いてくれる親友が愛《いと》おしくて小花はその頭をなで、そんな二人の様子を匠は優しく見守った。

また沈黙が場を支配した。

なつきがやがて泣きやむ頃、その沈黙を再び破ったのは英知だった。

「知ってたか？　秋の夜空は一年で一番地味なんだ」

唐突な、とりとめのない話題だった。しかし何か話をせずにはいられなかった。星空を仰《あお》いだ英知を横目に見て、つられて三人も天を見上げた。

「あれ、見えるか。南の一番明るい星」

英知が低い南天を指差した。なつきは小花にすり寄って、二人揃って猫のように英知の指さす方向を目で追った。

「南のフォーマルハウトだよ。秋唯一の一等星」

「唯一？　一等星が一つしかないの？」

盾《たて》のように小花を間に挟んだ位置からなつきが聞いた。

「ああ。だから秋の星空は一番地味だ。そのフォーマルハウトだって、全天で二〇個ある一等星の中で一八番目の明るさでしかない。名前だって聞き慣れないだろ？」

三人はそれぞれに頷いた。

「例えば春には真珠のように輝くおとめ座のスピカが花形だ。夏にはベガ、デネブ、アルタイル――夏の大三角がある。冬だって賑《にぎ》やかで、オリオン座の赤いベテルギウス、全天一の明るさを誇るシリウス、他にもアルデバラン、ポルックスとか一等星を数えるのに事欠かない。だから今回のフェスもだ、いくら流星群が降るって言ったって、こんな地味な季節にわざわざや

ることもなかったのにな」

ついそんなひねくれたことを言ってしまう。

「それは知らなかったですね」

匠が落ちた歯ブラシを無造作に再びくわえ、もごもごと口を開いた。

「そう聞かなかったら気づかなかったかもしれませんね。だって、地味だと言ってもこの夜空は今にも吸い込まれそうなほど眼前に迫ってきています」

確かにそうだった。大パノラマで展開する星空は今にも落ちてきそうで、ずっと見上げていると足元が覚束《おぼつか》なくなって、頭がぼんやりして、まるで空を浮遊しているみたいな不思議な感覚に陥《おちい》る。「地味」だなんて言葉とは程遠い。

「ねぇ福山くん、秋の星座には何があるの？」

小花の声に振り向くと、すぐ真下から覗き込まれていてどきりとする。

「そうだな、有名なのは、アンドロメダ、カシオペア、ケフェウスとかかな」

英知は落ち着いて、それぞれを正確に指さしてみせた。

「黄道《こうどう》十二星座で言えば、やぎ座、おひつじ座、みずがめ座、あとはうお座がある。ちなみにこのうお座は双魚の方で、そのさらに南にある一匹魚のことじゃない」

「え？　うお座は二つあるの？」

「ああ。一般的に知られてる黄道十二星座のうお座は、あそこ、ペガススの大四辺形を挟むようにV字になってるのを言う。もう一つはみなみのうお座って呼ばれたりするんだけど、ちょうどフォーマルハウトを口にくわえてひっくり返った形をしてるあれだ」

「そうなんだ……」

　小花はぼんやり口を開けて英知の指先を追いながら、うんうんと頷く。

「その二つは何か関係があるの？」

「ああ、一説では親子じゃないかって言われてる。みなみのうお座が母親で、双魚のうお座が双子の子どもだって」

　小花は瞬きをやめ、唇をわずかに震わせた。

「神話では、神々がナイル河のほとりで宴《うたげ》をしていた時に百首の怪物テュフォンが現れて、愛と美の神アフロディーテが魚に変身して逃げた姿がみなみのうお座だって言われてる。そして双魚のうお座がその子ども。双魚のうお座は互いの尾をひもで結ばれてる。あれは怪物から散り散りに逃げる時に、母親がせめて自分の子どもたちだけでも離れ離れにならないようにって、必死で結んだ結果なんだ」

「それ、ほんと……？」

「さぁ、知らない。ただそういう説もあるってだけ」

　ついでに言うなら、その後みなみのうお座は自分が怪物の囮《おとり》になって、子どもたちを無事に逃がすことに成功した。その後母魚がどうなったのかは誰も知らない。

「でも多分そうだ。じゃなきゃあの二匹が結ばれてる理由がわからないし」

　英知は照れくさそうにそう言うと、途端、小花が明るい声を出した。

「面白いね、星の話。私あんまり聞いたことなかったから」

まるで夜空の星を宿したような潤んだ瞳で、笑顔を見せた。

「ねぇ、もっと教えて。福山くん」

「ん、あぁ、もっとって言われてもな……」

まごつきながらも、英知は要望に応《こた》えた。少し顔が火照《ほて》っている気がする。

頭の中の無数の引き出しを自在に開き、収められた膨大《ぼうだい》な知識を選《え》りすぐり、美しく織り成した。シェフが一皿を仕上げるように。音楽家が曲を奏《かな》でるように。

夜空に展開する神々のドラマ。一つ一つの星が演じるストーリー。

この瞬間にもどこかで新たな星が生まれていること。

今見える星のいくつかはすでに死に絶えていること。

英知の紡《つむ》ぐ言葉に、三人は耳を傾けていた。微笑み、哀しみ、緩やかに聞き惚れていた。

「やっぱり、すごいね。福山くん」

小花の呟きに、知らず夢中になっていた英知は我に返った。自分で話をしながら、意識がおぼろげになっていた。目が眩《くら》むような星空に抱かれて、地面も空も、自分も他人もなくなって、不思議な一体感に包まれていた。とても心地が良かった。

「何でも知ってて、ほんとにすごいと思う」

英知は慌てて気持ちを切り替える。何でも知ってるわけじゃない、なんて陳腐《ちんぷ》な否定が頭に浮かんだが、それよりも言いたいことがあった。

「〝トラッシュ・イーター〟って知ってるか？　この間の宇都宮って男が言ってた」

「〝博覧強記《はくらんきようき》のトラッシュ・イーター〟──でしょ？　有名だから、知ってるよ」

小花がそう言うと、他の二人も頷いた。それを確認して英知は話を続ける。

「異名がつくような奴にろくなのはいない」

同時に脳裏《のうり》に浮かぶのは、数えきれない異名を従えた天才科学者の背中。

「俺の頭の中はごみでいっぱいだ。目にしたもの、耳にしたもの、すべてを俺は記憶してしまう。便利な力だとか、ズルとかチートだとか好き勝手なことを言う奴らがいるけど、そんな上等なもんじゃない」

「どうして？　すごい力だと思うよ」

罪のない疑問を呈する小花に英知は首を振った。

「何でもかんでも覚えてしまうんだ。下らない、無価値な、物の数にも入らないものまで全部。確かにテストで高得点を獲《と》ったりするための有益な情報もあるけど、それ以上に不要な情報が我が物顔で俺の頭を占拠してる。星の話だってそうだ。そんな知識がどれだけたくさんあったところで、たいして役になんて立たない」

捨てられないごみばかり溜まっていくこの頭。見たいものだけ見れればいいのに、覚えたいものだけ覚えられればいいのに、そうじゃないものばかりが溜まっていく。

英知は本当にこの力が疎《うと》ましかった。

それなのにまた小花は言う。素敵だよ、と。

「素敵って何が……」

「素敵。そんなふうに星空を数えられるなんて素敵なことだよ」

優しいのに確信に満ちた口ぶりは、英知の反論を許さなかった。

「だって夜空には無数の星があって。だからこそ名も知らない星も無数にあって。そこにあるのに、必死に光を放ってるのに、誰にも気づかれずに一生を終える星もきっとあって。うまく言えないけど、福山くんがさっきみたいに名前を呼んでくれることで、救われる気がする。あの星たちはそれで救われてる気がする」

小花は夜空を見上げながら、歌うように言った。

英知は思い出していた。同じことを昔、父にも言われたことがある。

『せっかく与えられた価値ある力を悪く言ってはいけないよ』

まだ小学生の頃だっただろうか。度を超えた記憶の力をいつものように恨んだ自分に、いつも穏やかな父が珍しくたしなめるように言ったのを覚えている。

『英知くんはね、誰も気に留めず、忘れられるばかりのものまで、すべて記憶に留めることができる。これはとても優しい、優しい力だよ』

父の、それこそ優しい声で言われると、不思議とそんな気分になってくる。

『母さんは言っていたね。〝人の記憶に残らないものは存在しないのも同じ〟だって。誰にも見つけてもらえず、覚えてもらえないものは、僕たちの世界では存在しないことになっている。仮に確かに存在していたとしても、誰も知らなければそれはないのと同じだ。でも逆を言えばね、誰か一人でも知っていればそれは存在することができる。だからね、英知くん。英知くんが見たり聞いたりしたものは、どれも英知くんの中で生き続けることができるんだ』

それでも納得できない意固地な少年はむきになって反論した。

でも僕の頭の中にあるのはごみばかりだ――。

『ごみなんかじゃないよ』

父は首を振った。じゃあ何かと問えば、こう答えた。

『いのちだよ。生命。星のように輝く生命だ。忘れないで、英知くん。英知くんが目配せを怠《おこた》らなければ、救える生命がこの世界には無数にある。忘れないで。本当だよ。これは本当に素晴らしいことだよ』

そう言って、父はいつもの包みこむような笑顔を浮かべた。

父さん――と、英知は言った。

『父さんは間違ってるよ』

『何がだい？』

『母さんの言葉。あの人はこう言ったんだ。〝わたしの目に映らないものは存在しないのも同じ〟。そう言ったんだ』

『はは、英知くんの記憶力には敵《かな》わないな』

甲太郎は自分の額《ひたい》をぽんと叩《たた》いて、からからと笑った。

なぜだろう。父さんはあの母のことをいつまでも信じている。

それがなぜなのか、当時の英知には理解できなかったし、今だってそうだった。

不意に、背後から洟《はな》をすする音が聞こえた。

「ああ……見つけた。ぐすっ……こんなとこにいたのかぁ……福山ぁ……」

実は随分前からつかず離れず英知をスッポン尾行していたくせに白々《しらじら》しい台詞《せりふ》を吐いたのは森田待《もりたまち》だった。ついさっきまで見つからないよう離れた場所でうつ伏せで身を潜ませていたせいで、制服に細かい芝がついていた。

「お前、どうしてここに……ってか何でべそかいてんだよ」

「う、うるさいなぁっ！」

盗み聞きした話に感動してつい涙が……なんて、恥ずかしくて言えない。

福山のやつ、人をむやみに感動させてっ。当の英知を見れば、呆れたように半分口を開け、「また無謀《むぼう》な挑戦の類《たぐい》か」とでも言いたそうな顔をしている。

「また無謀な挑戦の類か」

「予想通りで腹立つなっっ！」

「ねぇ――なに？　誰なの？」

小花の肩越しになつきが鋭い目つきで尋ねた。一応同性でも初対面の男勝《おとこまさ》りな女相手に、警戒心が隠せない様子だ。

「あぁ、生徒会書記の森田って奴でな。事あるごとにしゃしゃり出てくる困り者だ」

「へぇ……」

なつきは緊張した面持ちで、品定めするように小柄な侍をじっと見つめる。

「本当に神出鬼没《しんしゅつきぼつ》でうざったい奴でな、そうだな、なるべく生き物で例えると——」

「枝毛かしらね」

「生き物でって言ったろっ!?　何なの、これ初対面だぞっ！」

思わぬところから飛び出した悪意ある比喩《ひゆ》に、侍はうろたえる。

「そう、枝毛みたいな奴だ」

「貴様も自分で決めたルールに責任を持てっっ！」

「あらかわいそう、頭脳という名のキューティクルが傷《いた》んでるのね」

「脈絡《みゃくらく》のない暴言をやめろっ！　傷んでるのはお前の頭だっっ！」

性別は女でも男勝りなせいか、侍はなつきの暴言の標的になっていた。

「まぁまぁ落ち着けよ。で、伝言ってなんだ？」

英知がたしなめつつ先を促すと、侍は気を取り直して答えた。

「鳥子《ちょうこ》ねえからの伝言だよ」

英知の表情が途端に変わった。素直な侍もつられて緊張した口調になる。

「あ、ああ。……その、学園長が来てるって」

英知の瞳に、得体の知れない光が宿ったように見えた。

「それ、本当か？」

片膝を立て、責めるような口調になる。何も悪くないのに待は弱腰になった。

「あ、ああ、本当だよ。タロットでそう啓示が出てるって……」

びくびくしながら待がそう言い終わるが早いか、英知は立ち上がった。

待は怯《おび》えるように肩を縮めたが、英知はそれを歯牙《しが》にもかけず背を向けた。

「お、おい、待てよ！　どこ行くつもりだ⁉　場所とかわかんないだろ⁉」

英知は耳を貸さない。素早く薄闇《うすやみ》の向こうに視線を飛ばす。

その尋常じゃない様子を読み取って、小花も心配そうに立ち上がった。

「福山くん？　どうしたの？　ねぇ、福や――きゃっ」

言おうとした途端、駆け出した英知と肩がぶつかり、その場に尻餅《しりもち》をつく。

同時にカサッと二枚の紙が地面に落ちたが誰も気づかなかった。

「小花っ、大丈夫？」

すぐになつきが屈んで小花に寄り添い、きっと英知を睨みつける。

英知は二人を見下ろし何か言おうとしたが、口をつぐんだ。すぐに脇目も振らず駆けだし、止める間もなく人混みの向こうへ消えていった。

「な、何？　どうしたのあれ？」

なつきは茫然《ぼうぜん》と、暗がりに消えた英知の背中を見送った。

「ま、まぁいろいろあるんだよ」

「いろいろって何よ？」

なつきの瞳が鋭く光った。強い詰問口調に待はついたじろいでしまう。しまった。英知の突飛な行動について、事情通の自分が一人残されたらこうなるに決まっている。おそうじ部の連中は福山英知がスパイとして潜入していたことも、その目的が学園長の行方《ゆくえ》であることも知らない。

「あなた何か知ってるんでしょ？」

「い、いや、別におれは……」

あからさまにあたふた。三人の視線にさらされ、あえなく待は俯《うつむ》いた。

下手なことを言えば英知にどやされるだろうし、鳥子からお仕置きを受けるかもしれない。潜入調査は三人だけしか知らない秘密の指令だったのだ。

「あっ――！」

そんな中、突然小花が短い声を上げ、慌てて地面に屈み、一枚の紙を拾い上げた。

「どうしたの小花？」

小花の手元の紙をなつきが覗き込もうとする。

「うっ、ううん、何でも……ない……ってあれ？」

小花はなつきの視線を避けつつごまかそうとするが、ちらりと書かれた内容を見ると表情が一変した。眉根をぎゅっと寄せ、「何これ？」と首を傾げた。

「だから何なのよ小花？」

今度は隠さず、紙をなつきに開いて見せた。

「これって……」

唖然《あぜん》とするなつきと小花。それは、英知のサイン済みの退部届だった。匠も小花となつきの背後に回り込み、文面を見て表情を緊張させた。

「これは……」

突然の、英知の無言の別離宣言。それを目の当《まあ》たりにした三人の疑問の向く先は、自《おの》ずと待へ。本人もそれを予想してまた頭を下げた。いやな汗がこんこんと湧き出るが、待は口を真一《まいち》文字《もんじ》に結んだ。そう簡単に口は割れないもん……。

小花が一歩踏み出し、亀のように縮こまる待の目の前に、英知が置き去った退部届を少し遠慮がちに突きつけた。

「これって、福山くんはうちの部を辞めたいってこと……だよね。どうして？ 待ちゃん、何か理由を知っているなら教えてくれませんか？」

「あ……いや、その、理由か……」

ついしどろもどろになる。嘘をつけない性質らしい。しかし自分が勝手に事実を明かすわけにもいかない。小花の真っすぐな視線と、持ち前の義侠心《ぎきょうしん》や正義感の板挟みになって、金魚のように口をぱくぱくさせる。

小花は待が事情に通じていることを確信し、両手を合わせ、頭を下げた。

「お願い、待ちゃん。あなたにしか頼めないの」

「おれにしか？　な、なんで？」

「だって、待ちゃんは福山くんの唯一の親友でしょ？」

待の背中に衝撃が走った。親――友――だって――――？

〝親友〟という二文字熟語が耳の奥でこだまする。ありえないくらい何度も。

「あまり人と馴《な》れ合わない福山くんと唯一、日常的に会話を交わせる相手が待ちゃんなんだよね？　いつも一緒にいるって噂を聞くし……」

「いや、それは……」

いつも一緒にいるのは一方的に自分が押し掛けているだけだと言おうとしたが、ごくりと呑み込んだ。待の平らな胸は言い知れない高揚感に満ちていて、なぜだか顔を真っ赤にして、内股《うちまた》になった太腿《ふともも》の間でもじもじと手を動かし始めた。

「い、一応確認……しとくけど、〝親友〟、だっけ？　その、〝親友〟？　とかっていうのはいわゆる……その、例えば、一緒に登下校したり？　あとは何？　悩みごとを相談しあったり？　っていう、あ、あれのことか？」

おかしなことを言いだした。〝福山英知と親友〟という甘美《かんび》な響きに、待の頭はくらくらしていた。

「うん、そうだよ」と小花は頷いてみせる。

待の顔がぱっと華《はな》やいだ。まだ恋を知らないお子さまにとっては、〝親友〟という関係が、この世で人が結ぶ最も親しい間柄だった。

「べ、別におれは何とも思ってないけど、あいつがそういうふうに思ってるって言うんなら、まぁ、その、そういう感じになってやらんでもないというか……?」

「じゃあ、教えてくれる?」

「うん、わかった」

さっきまでの義俠心《ぎきょうしん》や正義感は嘘のように消えていた。

「じゃあ、福山くんは入学以来、ううん、お母さんがいなくなってからずっと、その背中を追い続けていたってこと?」

「ああ……そうだよ」

待はぶすっと口を尖《とが》らせた。つい口が滑って洗いざらい話してしまった。英知がおそうじ部に入部したわけは当然。英知の母親が稀代《きたい》の科学者福山昏であること。英知がその行方をずっと追い続けてきたこと。

学園においては一番近くで英知を見てきた、待なりの解釈を含めて話した。

勝手に口を割ったことに後悔の念はあったが、半面これで良かった気もしていた。いつも独《ひと》りのあいつのことを、他の誰かにも知ってほしかった。

「なぁ、あいつのこと、腹が立ったか?」

神妙な顔で尋ねると、三人は顔を見合わせ、数秒の後、代表して小花が答えた。

「ううん」と、首を振り柔らかい笑顔で。

「いいのか？　おれが言うのも何だけど、あいつはお前たちを騙《だま》してたんだぞ？」

「うん。いいよ。気にしてない」

そう言って首を振る小花の横では、気味の悪い歯ブラシ男が、同じように歯ブラシを振って同意を示していた。

「この一週間だけだったけど、福山くんは私たちの仲間だったから。一緒におそうじしてくれた大事な仲間だもん」

その小花の逆隣では、敵意剝《む》き出しの毒舌女《どくぜつおんな》が斜《しゃ》に構えて腕を組み、仏頂面《ぶっちょうづら》のまま小さく頷いた。その刹那《せつな》、薄く浮かんだはにかみ笑いを待は見逃さなかった。

むむ……？　瞬間、待の中に英知に対するものとは違うライバル心が芽吹いた。

なぜだかこの女はいずれ自分の行く手に立ちはだかる強大な敵になりそうな予感がした。視線に気づいたなつきと待はつい睨み合いになりかけるが……

「――ん？　これ、なんだ？」

ふと足元に気づいて待は地面に屈み込んだ。手に取ると二つ折りのＢ５サイズの紙で、英知の落とした退部届とちょうど同じ体裁《ていさい》をしていた。

「あっそれっ！」

小花が慌てて待に駆け寄りその紙に手を伸ばすが、触れるより前に待は書かれた内容を読み終えてしまった。

「これって……」

待は真剣な顔で眉を寄せ、書かれた文言をもう一度確認する。

「何かの冗談か？」

小花に視線を送ると、躊躇《ためら》いがちに首を振った。

気になったなつきと匠が待の背後に回り、文面を覗き込む。

「あ、これ、あたしのと――」

「僕のにそっくりです――」

二人と小花は、え？　と互いに目を見合わせた。

「まさか、なつきちゃんと匠くんも同じような手紙を……？」

二人は同時に頷いた。

「そうか、だから三人ともが――」

「おいちょっと！　どういうことだよ！　おれにも説明しろよ！」

三人だけで進む話に苛立《いらだ》って待が見上げて抗議する。嫌な予感がした。

何かの冗談と思いたいが、猛烈に嫌な予感がする。

「えっと……これは、私たちが探しものを始めるきっかけになった手紙で……。私は観覧車のゴンドラの中で見つけたけど、多分、三人ともバラバラの場所で拾ったせいで、お互い黙ったまま探しものを続けてて――」

おそうじ部三人がそれぞれ別の探しものを互いに秘密のまま進めたそのきっかけ。発祥《はっしょう》。元凶。それがこの手紙だという。

待は小刻みに震える指で、もう一度手紙の内容を確かめた。

学園長へ（1／3）
学園に〝六つの難〟を隠した。急ぎ探されたし。
それは神の鉄槌《てっつい》。汚《けが》れし学園を一掃する。
このこと他言するべからず。

手紙の最後には、〝Sirius〟と筆記体の署名があった。

「いったい……なんなんだよこの手紙はっ!?」

困惑の度が高まり、癇癪気味《かんしゃくぎみ》に待は手紙を打ち振る。それはパソコンで書かれた無表情な文章だった。宛名《あてな》の他は三行のみの簡潔な文章。

まるで三行半《みくだりはん》だ。学園長への三行半。

待の背中が急速に粟立《あわだ》った。これじゃまるで――。

最悪の想像が形を取り始める。

「――お前たち二人も似たようなのを持ってるのか？」

待の鋭い眼光を浴び、なつきと匠の二人はおずおずと手紙を差し出した。

「おそうじ中に、女子トイレの中で見つけたのよ……」

待はなつきから二つ折りの手紙を受け取り、荒々しい手つきで開いた。

学園長へ（2／3）
学園に〝六つの難〟を隠した。急ぎ探されたし。
タイムリミットは空に流星の瞬《またた》く夜の最高潮。学園の雄は灰燼《かいじん》に帰《き》す。
このこと他言するべからず。

同じ文章構成。本文の二行目だけが違っている。

待の胸中で鼓動の警報がけたたましく鳴り響く。冷えた汗が背中をなめた。

じゃあ次は。

「ＳＯＬの地下へ降りる階段の照明の裏に挟《はさ》まっていました」

待は匠に詰め寄り、言うより前に匠が差し出した手紙を奪い取った。

学園長へ（3／3）
学園に〝六つの難〟を隠した。急ぎ探されたし。
システムは各個に連携しており、六名の団結が鍵《かぎ》となる。
このこと他言するべからず。

〝Sirius〟の署名は三つともに共通していた。

おそうじ部の三人は身を寄せ合うようにして侍の様子を窺《うかが》っている。

「これ、お前たち――」

侍の中ではすでに三通の手紙の結論が導《みちび》かれている。即座に連想する――6thチェアの謎《なぞ》の爆発。小さな両手がわなわなと震えた。

間違いない。これがすべての発端だったんだ。

おそうじ部の三人はそれぞれにこの似通った手紙を拾い、探しものを始めた。馬鹿げた探しものを。それは正《まさ》しく茶番だった。

しかしそのせいで――いまこの学園は危機にさらされている。

第一発見者の巡り合わせが最悪だった。三人ともにおそうじ部員。なるほど、学園をくまなく掃除する三人がこれらの手紙を見つけたのは当然の結果だったかもしれない。しかしそのせいで。見当外れの勘違いをする三人がそれを一番に発見し、あまつさえその事実を馬鹿正直に各自の胸に囲ってしまったせいで。

おそうじ六種の神器？

男を女に変える魔法のアイロン？

六体合体巨大ロボ？

馬鹿な。そんなもの一つとしてありはしない。

どの探しものも大いなる勘違いだ。曲解も甚《はなは》だしい。侍は思わず叫んだ。

「これは学園に対するテロ予告状だっっ！」

第五章★鷲《わし》は鳩《はと》を孵《かえ》さない

待《まち》のスニーカーが地面を蹴《け》る焦《じ》れた足音が、楽しげな園内で浮いていた。

スカートのポケットから携帯電話を取り出し、一一〇番をプッシュ。繋《つな》がらない。当たり前だ。液晶の右上には無愛想《ぶあいそう》な表示。〝圏外〟。

「くそ、もうっ！」

悪態とともにまた携帯をスカートにねじ込む。今どき携帯が通じないなんて、かねてから不便だ不便だとぼやいていたが、これは洒落《しゃれ》にならない。勉学の場に携帯電話は必要ないなんて陳腐《ちんぷ》な建前、糞《くそ》くらえだ。実のところ専用アンテナの施設維持費をけちったせいで、こんな緊急事態だというのにろくな対処ができない。

待は人波を巧《たく》みにすり抜けつつ考える。

――学園に爆弾が仕掛けられてるんだ！　みんな早く逃げろ！

そう声高《こわだか》に叫ぼうか。しかしすぐにその浅はかな考えを放棄する。

それはついさっき失敗したばかりだ。人混みの真《ま》っ只中《ただなか》で、同じことを声高に叫んだが、何かのパフォーマンスと勘違《かんちが》いされただけだった。それでも怯《ひる》まず、何度も叫んだが、誰にも相手にされない。鼻で笑われ、冷めた視線を浴びるばかりで、これじゃまるで嘘《うそ》つきの狼少女《おおかみしょうじょ》だ。

これが生徒会長だったら。

あの鳥子《ちょうこ》ねえが一言そう言えば、きっとみんな信じたんだ。

なぜおれにはそれだけの説得力がない？

たかだか10th《テンス》チェアのおれなんかじゃ、ろくに人は耳を貸してくれない。

待はもやもやを振り払うように頭を振った。

とにかく、運営本部に行かないと。そうすれば外部と連絡は取れるし、分別ある大人が相応の対処をしてくれるはずだ。


時限爆弾がこの学園のどこかに仕掛けられている。

おそうじ部三人にとって、それは待以上に衝撃的な事実だった。

まさか自分たちの探しものの正体がそんな危険なものだったなんて。

冷静に考えればあり得ない曲解を犯した自分たちの愚《おろ》かさを責めたいが、どうしようもなかったのだ。どうしようもなくそんなものが欲しかったのだ。喉《のど》から手が出るほど、自《みずか》らの煩悶《はんもん》を一掃《いっそう》し、宿願を成就《じょうじゅ》できる魔法の道具が欲しかったのだ。

森田《もりた》待は物わかりの悪い三人に手紙の内容を解説してくれた。

〝神の鉄槌《てっつい》〟〝学園を一掃〟〝灰燼《かいじん》に帰《き》す〟

これらのキーワードから、学園に仕掛けられたのはおそらく爆弾。テロの常套《じょうとう》手段だ。

〝タイムリミットは、空に流星が瞬《またた》く夜の最高潮〟

この言葉からすれば、タイムリミットはおそらく今夜九時。空に流星が降り注ぎ、フェスの佳境《かきょう》に行われるパレードが始まる頃。

そして、問題は爆弾が仕掛けられた場所だ。

〝六つの難〟〝学園の雄〟

待が指摘をする前に、小花はその答えにピンときて、声を震わせた。

「チェア・オブ・シックス——」

間違いないと思った。この学園に復讐《ふくしゅう》しようと思うなら、その象徴《しょうちょう》である六つの玉座《ぎょくざ》を標的にするのは当然だ。待は考えた。前日に起きた6th《シックス》チェア爆発も、鳥子ねえは金属動揺だとか言ったけど、実はいつまでたってもテロ予告に気づかない犯人が業《ごう》を煮《に》やし、空席の6thチェアを利用して学園長を煽《あお》り立てたんじゃや？

そんな推理を三人に伝えると、全員が蒼《あお》ざめた。

今日一日校舎が使えないため、各生徒の椅子《いす》は外に運び出されている。それならと、パレードをゆっくり観《み》るため、予《あらかじ》めパレードのルート近くに椅子を置いて場所取りをしている生徒が多い。つまり、チェア・オブ・シックスも、爆発時刻にちょうど爆弾が仕掛けられた椅子に腰をかけている可能性が高いのだ。

しかも被害は周囲に及ぶ。人垣の真っ只中で炸裂《さくれつ》すれば被害は甚大《じんだい》だ。

小花が腕時計に視線を落とすと、七時四十五分。あと一時間と少し。

「どうしよう――」

体が震えた。不安げな声を漏《も》らし、震《ふる》えを止めようと自分の肩を抱いた。

なつきと匠《たくみ》の視線が小花《ちか》に集まる。当の小花は片手に竹箒《たけぼうき》を握ったまま、タイムリミットまで着実に時間を刻み続ける腕時計を呆然《ぼうぜん》と見つめている。

どうすればいいの？

生徒会書記で10thチェアの森田待が、信じられないような大声で周囲に危機を知らせたが、まったく聞き入れてもらえなかった。

三人もそれぞれ学園の危機を叫んだが、同様に効果なし。耳を貸してもらえないどころか、一部の学園生徒に至っては冷たい捨《す》て台詞《ぜりふ》さえ返してきた。

おそうじ部の言うことなんか信用できるか。爆破テロって、そりゃお前らがやったことだろ？　ふざけるのも大概《たいがい》にしろ――！

邪険《じゃけん》にされるばかり。腹を立て摑《つか》みかかってくる者さえいた。愕然《がくぜん》とした。おそうじ部の信頼性はまさに皆無で、普段から疎《うと》まれていることは知っていたが、ここまでとは。おそらく迷《めい》路回廊《ろかいろう》爆破疑惑の余波もあるのだろう。

しかし自分たちはふざけているわけじゃない。からかっているわけでもない。ただ救おうとしているのだ。この学園を、ここにいる人たちを。

なのに。小花はぐっと唇《くちびる》を嚙《か》んだ。

森田待は運営本部に向かってくれた。三通のテロ予告状を携《たずさ》えて。彼女が本部の運営委員や警備関係者に知らせてくれれば、きっとどうにかしてくれる。

ただ不安もある。匠が拾った手紙に書かれていた一文だ。

〝システムは各個に連携しており、六人の団結が鍵《かぎ》となる〟

これはおそらく危機回避の、爆破解除の方法を示している。しかしいまいち意味が不明だ。おそうじ部の面々も当然理解できなかったし、待を頼っても謎《なぞ》は解《と》けない。この方法がわからなければ、爆弾を見つけても解除ができない恐れがある。

小花は焦点の定まらない瞳で考え込んだ。

なつきと匠の二人も互いに視線を交わしながら黙り込んだ。

周囲には、学園に危機が迫っていることなど露知《つゆし》らない来場者の能天気な声が響いている。


運営本部に到着した待は立ち尽くした。

「なんで――、なんで誰もいないんだよ!?」辺り構わず叫んだ。

吸血城前には特設テントが張られていた。

いくつかある長机の一つにプラスチック製の表示プレートが置かれていた。呑気《のんき》な丸文字で〝ただいま席を外しています。少々お待ちください〟とある。ご丁寧《ていねい》にうさぎのイラストまで添えられていて、机の片隅には飲み残しのお茶と菓子袋。

「ふざけるなっ!」

この非常時に!　あまりの温度差に待は怒り任せにプレートを地面に叩きつけた。――いけない。待は目を閉じる。ここで冷静さを失っちゃダメだ。深呼吸を繰り返す。どうすればいい？　自分がどうにかしないと。対処法を考えなければ学園が惨事に見舞われる。いまこの事実に気づいているのはおそうじ部の三人と自分だけ。申し訳ないけどおそうじ部の連中が頼りになるとは思えない。そうなれば、学園が救えるか否《いな》かは、この自分の判断にかかっている。

　このおれの。森田待の。子どもだとか凡人だとか、繰り返し言われた。

喉《のど》が渇《かわ》いて、唾《つば》を飲み込むのにも時間がかかった。

　待は助けになりそうな大人の姿を探して、吸血城内の職員室へ向かったがそこも無人。唯一《ゆいいつ》外部と連絡が取れる固定電話を見つけて受話器を取るが、すぐに使えないとわかる。電話線が切断されていた。どの電話機もだ。怖かった。

　これは間違いなく異常な事態だ。人為《じんい》的に学園を混乱に陥《おとしい》れんとする黒い意志をまざまざと肌で感じた。テロの現実味が加速度的に高まる。

　――こうなれば、めったやたらに危険を騒ぎ立てようか？

　おれは馬鹿かっ。それは無意味だと何度考えたらわかる？

　――じゃあここで運営委員の帰りを待つ？

　それが、一番確実性が高いように思える。しかしいつまでたっても戻ってこなかったら？今日は予想を超える人出だ。あちこちでトラブルが頻発《ひんぱつ》していて、運営委員も園内を駆けずり回っているのかもしれない。

「じゃあどうする!?」

思わずまたポケットの中の携帯電話を摑んでしまう。すぐに無意味だと気づいて、自分の馬鹿さ加減に腹が立った。

「どうしたらいいんだよっ!?」

堂々巡りを始めた待の脳裏《のうり》に、ある男の顔が浮かんだ。福山英知《ふくやまえいち》。神宮寺鳥子《じんぐうじちょうこ》ではなく。無意識だった。なぜと考える余裕もない。待は再び駆けだした。


夜空に星が美しく瞬《またた》いている。

心安らぐ情景と裏腹に、内心穏やかでないのはおそうじ部の三人だ。

「小花──。どうしよう、どうしよう──」

なつきはさっきからずっと同じことしか言わず、汗ばんだ小花の手を握り続ける。

「うん、うん──」

心は焦《あせ》るのに行き先のない体は足踏みを繰り返し、小花は天を仰《あお》いだ。

その瞬間、一筋の光が目に飛び込んだ。

流れ星。群れにはぐれて一足早く流れたせっかちな星屑《ほしくず》。

すぐに消えた儚《はかな》い光と同じ方角に二つのうお座が見えて、どこからか勇気が出た。

「やることなんて、決まってるじゃない──」

気づくと呟いていた。自分でも驚くほど決然とした響きを持っていた。

「お────いっ！　いたいたっ！」

と、人混みの向こうから甲高《かんだか》い大声が聞こえた。

「あ、待ちゃん――！　どうだった？」

息せき切ってたどり着いた待は早口で事情を三人に説明した。すっと三人の表情が凍った。ように見えたが、小花一人だけは違っていた。

「おれは今から福山を探すから！　あいつを頼るのは腹が立つけど、背に腹は代えられない！――お前たちはどうする？」

「おそうじする」

小花は即答した。

「掃除？　この非常時に何言ってるんだ!?　そんな暇《ひま》があったらおれと一緒に福山を探せよ！」

待は信じられないといった顔でまくし立てる。なつきと匠も怪訝《けげん》な顔だ。

「ううん。福山くんは探さない」

「なんでっ!?」

「福山くんは今やらないといけない大事なことがあるもの」

待は複雑な表情を浮かべる。

「だからって……この非常時だぞ!?」

「うん、そう。だから私たちがおそうじするんだ。だって、それが私たちのお仕事だもん！」

自信に満ち溢《あふ》れた笑顔に、待の困惑の度は高まった。

一方、その笑顔に焚《た》きつけられ、なつきと匠の顔にも光明《こうみょう》が差した。

小花はもう一度笑った。次に決意を込めた眼差しを全員に送った。

「この大切な日を無茶苦茶にさせたりしない！　私たちにやれることをやるの！」

時なる英雄のように堂々と意気に燃えた。

いつの間にか待はその勇壮な姿に見とれていて。

くるりと箒《ほうき》を一回転。

足元でこつんっと、一際《ひときわ》小気味よく意思の強い音がした。

「私たちはおそうじ部！　学園の敵をおそうじするのよ！」

☆

かつてゴシック・ホラーをテーマとした遊園地だっただけに、照明は全体的に薄暗く、昼間ならまだしも、これでは人の顔が判別しづらい。

英知はゆっくり歩き身体《からだ》を回転させつつ、注意深く辺りを探った。

本当にいるのか？　……こんなこと、無駄じゃないのか？

冷静な自分が心の中で呼びかけるが、身体は一向に言うことを聞かない。両脚が勝手に動くのに任《まか》せながら考える。こんな時、普通なら嫌になるくらい思い出が回想するんだろうな。思い出とは当然、母親との思い出だ。

例えば、大好きだった手料理の味とか。カレー、卵焼き、何でもいい。

誕生日にはプレゼントをもらったり。

夕暮れ、くたびれるまで遊んで、迎えに来てくれた背中で眠る甘い記憶とか。

何一つない。

頭を巡《めぐ》る思い出なんて、何一つない。

完全無欠の記憶力を持つこの頭にその記憶が存在しないということは、現実にも存在しなかったということだ。救われない。

いや、実際は救われなかったわけでもない。

本来母親が果たすべきだった役割は、すべて充分以上に父が肩代わりをしてくれた。今は壊れてなくなったが、父が庭の木を利用してブランコを作ってくれたことがある。仕事が忙しい中無理をして、徹夜で作ってくれた。それが嬉《うれ》しくて、馬鹿みたいに何度もお礼を言いながら、父をつき合わせて毎日夜まで遊んだのを覚えている。きっとそういう父の身を削るような思いやりの連続で、自分は母と触れあえない淋しさを埋め合わせることができていたんだろう。

だけどなんで――。心が呟く。

だけどなんで、こういう時頭に浮かぶのは――。

会いたいと願うのは、そんな父の顔じゃなく母親の顔なんだ？

立ち止まり、頭を振る。その拍子《ひょうし》に思い出す。

ブランコに乗って、繰り返し繰り返し行きつ離れつする父の笑顔。その笑顔を、いつの間にか母の笑顔に置き換えて見ていたことを。

父にはすまないと思う。猛烈に謝りたい気持ちが込み上げる。

でも脳裏《のうり》には母の、あの出来損ないの笑顔が浮かぶのだ。

英知はいてもたってもいられなくなり、また駆けだした。

「とっ――！」

その途端、欠けた石畳《いしだたみ》の角に足を取られ、前のめりに倒れ込んだ。強く膝を打ちつけ、顔をしかめる。周囲の視線を避けて、英知は遊歩道を離れ、脇にある芝生の上へ逃げ込んだ。植え込みの脇に座り込み、ズボンの裾《すそ》をめくり上げた。

膝の皮膚《ひふ》が破れ、赤い血が染み出していた。

痛い。

血を拭《ふ》こうにもティッシュやハンカチは持ってない。絆創膏《ばんそうこう》なんて当然ない。どこかで傷口を洗い流そうと思っても、一番近いトイレまでは距離がある。

痛い。どうしてこんなに痛い？

鼻がツンとした。暗い。誰もいない。

追い打ちをかけるように冷たい夜風が首筋を凍らせた。

小さな頃、こんなことは何度もあった。他の、よくいる子どもと同じ程度に英知はやんちゃで、同様に生傷が絶えなかった。その度《たび》にどれだけ願っても、母は来てくれなかった。

『大丈夫？　傷見せて？　痛いね。痛いの痛いの飛んでいけしようね？』

『もう、おっちょこちょいなんだから……』

『ほらぁ、慌てて走るから！』

聞きたくて聞けなかった幻《まぼろし》の母の声が、耳の奥で聞こえる。

「っ――ひっ――――」

必死に抑えた甲斐《かい》もなく、嗚咽《おえつ》が漏れ出した。

目の端から熱い滴《しずく》がこぼれ落ちた。どうしようもなく顔が火照《ほて》った。きっと自分は真っ赤な顔をしている。恥ずかしくて惨《みじ》めで、英知は光の届かない植え込みの向こうまで体を引きずる。その最中《さなか》。

「英知くん？」

聞こえた声にはっとして、英知はぐしゃぐしゃの顔を上げた。

「大丈夫かい？　英知くん」

そこには昔から見慣れた、海のように深い優しさを湛《たた》えた心配そうな顔があった。

「父さん――」

突然の父の登場に戸惑い、英知は浮かされたように呟いた。

慌《あわ》ててブレザーの袖《そで》で目の辺りを拭《ぬぐ》った。

「父さん、ど、どうしてここに――？」

数日前、父からは今回の十年祭には行けないだろうと聞いていた。この夏の天候が不順だったせいで、その皺《しわ》寄せがきて忙しいんだと苦笑していた。

甲太郎は英知の様子に頓着《とんちゃく》せず、人出の多い広い園内を見渡した。

「この特別な日だからね。昔の英知くんとの思い出もあるから懐かしくなって、仕事を切り上げて来てみたんだ」

「そう……なんだ……」と、英知は無理をして笑顔を作ってみせるが、

「嘘だよ」

「え？」

続く父の意外な言葉に、また表情を強張《こわば》らせた。

「ごめん、嘘だよ。英知くんが気になったから見に来たんだ。父さんはね、英知くんに謝らなければいけないことがある」

淡い外灯の光を受ける父の横顔は、普段見せない真剣な顔つきに変わっていた。

「謝るって、何を――」

謝らなければいけないのは自分なのに？

「ずっと、英知くんに秘密にしていたことがある。どうしても今日、それを伝えなければいけないと思ってここへ来たんだ」

甲太郎は屈み込み、尻餅《しりもち》をついたままの英知の肩に手を置き、まっすぐ見つめた。

「母さんがきみに隠した秘密だ」

馬鹿みたいに口を開けた英知に、甲太郎は普段より重みを増した語り口で続けた。

「英知くんは母さんのことをまだ憎んでいるかい？」

英知は父に視線を向けないまま黙って頷いた。

「そうだね。その気持ちはわかるよ。なぜなら、そう英知くんが思うように母さんが仕向けた

からだ。そして父さんはその共犯者だった」

思考が止まる。さっきから停滞気味だったが、今回は完全に停止した。落ち着いて至極《しごく》単純な父の台詞《せりふ》を頭の中で反芻《はんすう》する。俺はあの女を憎んでる。憎んでるけど、それはあの女がわざとそうした？　そしてこの父がそれに加担した？

「なんで、そんなことを――」

英知はやっとのことで声を絞り出した。

「母さんは病気だった。それはとても珍しいものだった」

「……どんな？」

英知は無意識に背筋を伸ばした。父の真剣な眼差しから、英知はこの話が一言一句聞き漏らしてはならない重要な話であることを理解していた。

「〝クロニック・デジャヴ〟――。知っているかい？」

英知は眉間《みけん》に深い皺《しわ》を刻んだ。心臓をわし摑《づか》みにされる思いがした。

「さすがに知っているみたいだね。世界でも症例は指で数えるほどしかない」

「毎日、過去を繰り返す病気――」

英知は呆然とした頭で呟いた。

「そう。初めて見る景色なのに、どこかで見たような気がする、それがデジャヴだけど、クロニック・デジャヴというのは、その状態が常に続く。世界のすべてが既知になる。ループする無間《むげん》のトンネルを歩くように、毎日を繰り返すんだ。会う人すべてが知った顔。初めて目にする絶景もくすんで見える。母さんは死に物狂いでいくつも未知の発明、発見を成し遂《と》げたけど、そこで得られたはずだった新鮮さや達成感は予《あらかじ》め剝奪《はくだつ》されていた。過去から逃げるように未来へ手をかけても、触れた端から瓦礫《がれき》に変わっていく。終わらない昨日を繰り返して、いつまでたっても明日に辿《たど》りつけなくて、控え目に言っても彼女の毎日には絶望しかなかった」

英知は愕然《がくぜん》とした。まるで星が墜《お》ちてきたような衝撃。

そんな事実、知りもしないし、想像だにしなかった。母親が自分と同じ記憶障害に侵《おか》されていたなんて。それも、自分以上に深刻な。

一体どんな思いで毎日を過ごしたか、想像を絶する。

彼女が極度に過去を嫌悪《けんお》し、科学者として新発見に固執《こしつ》した理由も納得できる。その動機は野心でも乱心でも何でもなかった。

ただ彼女は新しい世界に触れたかっただけ。

皆が毎日するように、ただ明日を迎えたかっただけ。

「英知くん、きみはね、母さんにとって最後の希望だったんだ。絶望にまみれた人生に残された一筋の光だった」

少し離れた遊歩道は人で溢《あふ》れ、ざわめきが絶えない。しかし父の真摯《しんし》な声は何に邪魔されることもなく、クリアに英知の耳まで届いていた。

「俺が……希望？」

「ああ。少しだけ昔話をさせてもらってもいいかい？」

甲太郎は英知の横に寄り添い、同じように胡坐をかいた。

「僕と母さんは大学時代に知り合ってね。彼女の病気を知った僕は、どうしても彼女を守ってあげたくなった。母さんは変わり者で有名だったけど、僕も同じくらい変わった頑固者だった。いくら嫌がられても母さんの後を追って、そのうちに彼女も気を許してくれるようになった。誰もが彼女を敬遠して離れていく中で僕だけが違って、そこに思うところがあったんだろう」

両親の恋愛話なんて、普通ならきっと面映《おもは》ゆいようなむず痒《がゆ》いような気持ちになるだろう。しかし英知にとってのそれは、まるで架空の物語のように聞こえた。

「それが〝希望の兆《きざ》し〟だった。俗《ぞく》っぽく言ってしまえばそれは恋だったんだろうけど、母さんはその感覚に一筋の光明を見出した。大袈裟《おおげさ》な言い方をすれば、新世界を開く扉を見つけたんだ。僕らは大学を卒業してからも、母さんの病気を治す研究に没頭した。その結果、一つの可能性にすべてを託すことにした。それが英知くん、きみなんだ。二人で子を生《な》すこと、それが最後の希望だった」

英知はじっと父の言葉に耳を傾けていた。目を閉じれば瞼《まぶた》の裏に若い両親の姿。必死に病《やまい》と闘う母の姿。優しい父に恋した母の姿。これまで想像できなかった人間臭《くさ》い母の愛すべき姿が、少しずつ形をとり始める。

「愛した人との間に生まれる新たな息吹《いぶき》。ゼロから始まる明日の塊《かたまり》。僕たちは、母さんは、それにすべてを賭《か》けたんだ。そう、これはまさに賭けだった。生きるか死ぬかのと言っても過言じゃない。すぐに僕たちは結婚し、母さんは妊娠、ついに出産の日を迎えた。――しかし、その試みは失敗だった。初めて英知くんを抱いた時の母さんの色のない表情を覚えている。答えは一瞬でわかった」

いつの間にか、甲太郎の瞳には涙が浮かんでいた。

「愛したかった新たな命が、心から待ち望んだ希望の光が、すでに過去に浸食されていたんだ。出産前、母さんは言っていた。これで新しい日々を紡《つむ》いでいけるはずと。でもそんなきみまでが過去に捕まった。だから英知くん、母さんを責めないでやってほしい。母さんはきみが嫌いで離れたんじゃない。何より愛《いと》しいきみが灰色に染まってしまった姿を、見ているのが辛《つら》くなったんだ。愛せなくなるのが恐ろしかったんだ。だからそうなる前に――」

英知はわなわなと震えていた。

「どうして――どうしてそれを言わなかったんだよ!?」

大声を張り上げ、父を睨みつけた。こんなふうに父を責《せ》め苛《さいな》んだのは初めてだった。

「なんでそれを俺に言ってくれなかったんだよ!?」

「きみがまかり間違って、母さんを愛してしまわないように」

いつも朗《ほが》らかな父の重苦しい声に、英知は喉《のど》を詰まらせた。

「もう、英知くんと真正面から向き合うことはできないから。それができないなら、母さんは英知くんに嫌われたままでいようと決めたんだ。憎まれて、疎《うと》まれて、もう二度と会いたくないと思われようとしたんだ。それが、人一倍不器用だった母さんが、唯一きみにあげられる愛情だった」

「そんな——」

「それに、真正面から息子を愛せない自分など、嫌われて自然だと、母さんは言っていた。だから英知くんの完璧無比《かんぺきむひ》な記憶の貯蔵庫に、嫌悪される記憶だけを忍ばせた。人の記憶に関して研究を重ねた母さんと僕には、そんな芸当が可能だった。——でもね、どうやらその狙《ねら》いは外れてしまったようだ。やっぱり親子だね。母さんの思惑とは裏腹に、英知くんは母さんを求めてしまった。母さんには申し訳ないけど、僕はそのことがすごく嬉しい」

「嬉しいよ」と父はもう一度繰り返して、涙目で洟《はな》をすすった。

何も言えない英知は、いつもより小さく見える父の背中にそっと手を添えた。

感情が落ち着くと、父は英知の手に一回り大きな自分の手を重ね、顔を上げた。

「英知くん」と、赤い眦《まなじり》で英知の目を見つめる。

「何？」

「——いや」

甲太郎は首を振り、また俯くと、もう一度顔を上げ「何でもないよ」と微笑んだ。

しばらくの沈黙を挟み、英知はめくったズボンの裾《すそ》を直して立ち上がった。

「英知くん？」

潤んだ瞳で自分を見上げた父に微笑みを返した。

「ちょっとここで待ってて。また戻ってくるからさ」

「え？　——それはいいけど、いつまで？」

「そうだな、流星の雨が降る頃にはきっと」

笑みを残して、英知は人で溢《あふ》れる遊歩道に飛び込んでいった。


一人残された甲太郎は脱力して、しばらくすると、ゆっくりと懐《ふところ》から一枚の写真を取り出した。地下室に置かれた福山昏《くらん》の写真だった。

「僕は本当に、ダメな父親で——ダメな夫だ。ごめんね、母さん。約束を破ってしまった。——でも、きみは言わなかったけど、僕は知ってるよ」

深くて長い息を吐く。

「きみがわざわざこの捨てられた遊園地の上に学園を作った理由。それは、見えざる学園長として英知くんの成長を陰から見守るためだろう？　そしてもう一つ。ずっとこの遊園地に家族で一緒に来たかったからだよね——」

淋しげな瞳に古びたアトラクションのいくつかが映る。

「今日きみはここへ来てるのかな——。会いたいとは、言わないよ。それがせめてもの責任だ。僕が背負う我慢だ。でも、英知くんには本当のことを知ってほしかった。あんなに愛情深いきみが、たった一人の愛する息子に憎まれているなんて、許せないじゃないか？　怒ってもらって構わないよ。ただ……英知くんにはすまないことをした」

写真を持つ指に力が込もり、唇をきつく噛んだ。

「僕はこのことを英知くんに言うべきではなかったんだろう。きみが導きたかった方角を、彼が向かうべきだった軌道を、僕は見誤らせてしまったかもしれない」

　ごめん。ごめんね、英知くん——。

　甲太郎はうなだれて、何度もそう繰り返した。

☆

「ねぇ小花《ちか》！　この広い園内で本当にチェア・オブ・シックスを見つけられるの？」

「見つけるの！　だってこの学園を一番よく知ってるのは私たちでしょ！　毎日学園の隅々までおそうじしてることを思い出して！」

「そっか……。そうよね！」

「ええそうですよ。校舎前の大時計のネジのメーカーの外注している工場がどんなシフトで稼働しているかまで知っています」

「それを知ってるのは匠《たくみ》くんだけかも……」

　おそうじ部三人は並んで走り、パレード観覧に都合のいいポイントを探して回る。しかしなかなか学園の誇る六つの玉座《ぎょくざ》は見つけられない。

「もう仕方ないわ！　手分けして探しましょ！」

　埒《らち》が明かない、といったふうになつきが提案し、匠もそれに頷《うなず》いた。

「でもなつきちゃん、チェア・オブ・シックスはほとんどが男子で——」

「いい！　あたしだって闘う！　あたしだってできることはおそうじだけだし、小花が守りたい学園はあたしが守る！」

「なつきちゃん――」

「それじゃ、ここで三人別れましょう。目的のチェアを発見次第、できるだけ遠くに撤去すること」

「うん、わかった！　でもみんな、無理はしないで！」

頷き合い、三人は散り散りに走りだした。


越前《えちぜん》なつきは、決意に満ちていた。

自分はこれまで親友の小花に頼りきりだった。

いつもそばにいて男の接近から守ってくれたのは彼女だし、どこからも入部を断られて行き先を失った自分に、わざわざおそうじ部という受け皿を作って拾ってくれたのも彼女だった。

いつか借りを返さなきゃと思っていた。

人で溢《あふ》れる園内はどこを見回しても男だらけ。なつきは、嫌いなピーマンを我慢《がまん》して飲み込む子どものように、ぐっと歯を食いしばり、天敵の脇《わき》をすり抜ける。

――学園を救うんだもん！　絶対小花の助けになるんだからっ！

やがて目の前に体育館が見えた。

中に誰かがいる可能性は低いとは思いつつ、念のため、そろりと足を踏み入れる。

すぐに視線は舞台上に吸い寄せられた。

電灯が落とされ真っ暗な体育館で、ただ一点だけがぽっかりと明るんでいる。淡いブルーのスポットライト。その中に椅子に腰かけた人影があった。

「見つけたっっ！」

思わずなつきは叫んでその姿を指さした。

「――ん――誰かしら――？」

舞台上の人物はゆっくりと瞼を開き、入り口に立つなつきを見下ろした。

なつきは内心ほっとしていた。女の人だ……。息をつき、胸をなで下ろす。

そして自分の記憶が正しければ、あれは演劇部部長で5th《フィフス》チェアに座る、確か姫島《ひめじま》かおるという美人で有名な二年生だ。

なつきは舞台上へ駆け上がり、今置かれている状況を早口で説明した。

当然相手は眉唾《まゆつば》ものという顔をする。

「にわかには信じがたい話ね――」

「でも本当なんです！　だからその椅子を貸してください！」

「そうねぇ――」

姫島は色の淡い唇に指を当て、小首を傾《かし》げる。上品で女性的な仕草だった。生徒会長の美しさを妖艶《ようえん》と表現するなら、この人は清楚《せいそ》や可憐《かれん》という言葉が一番近い。

「いいわよ。貸してあげる」

「ほ、本当ですか！」

「でも、条件があるわ」

姫島はまさに舞台役者という華麗《かれい》な動きで椅子を立った。椅子は白と黒のツートンカラーで、虎《とら》の脚《あし》がつき、背もたれに象の鼻をあしらった、動物の継《つ》ぎ接《は》ぎじみた異様な椅子だった。彼女はすっとなつきに歩み寄り、耳元に顔を寄せた。

「少しだけ、あなたの身体を自由にさせてくれない？」

濡れた囁《ささや》きに、なつきは身体をびくりとさせた。見た目の上品さと裏腹に、獣《けもの》のように荒い息遣《いきづか》いが気になった。

あたしの身体を自由にってどういうこと？　まさか……そういう意味？　でもこの人、女の人なのに――。

怯《おび》え、戸惑うなつきは上目《うわめ》づかいで頭一つ分高い姫島の顔を見上げる。

その仕草が大層お気に召したようで、姫島は艶《つや》やかな唇で笑みの形を作った。

怖い。本能がそう告げる。でも、そうしないと、あの椅子が、この学園が――。

「わ、わかりました……。それで……いいです」

なつきは口元を引き締めて頷いた。

途端、姫島は態度を一変させた。鼻の穴が広がり口の端が不気味に上がった。

「ほ、ほんと……？　ほんとに？　なつきちゃん」

「え？」なつきは耳を疑った。

どうしてあたしの名前を知ってるの？　でもそれはいい。それよりも。

今の、声が低い——？

姫島は後ずさるなつきの腕をつかみ、また顔を接近させてくる。

「な、な、なつきちゃん……。ほ、ほんとにいいんだよね……？　ぼ、僕、ずっとなつきちゃんのファンだったんだ……」

「え、な、なにっ!?」

なつきは咄嗟《とっさ》に腕を振り払い、後ろへ距離を取った。やっぱり声が違う。さっきまでの女の声とはまるで違う。低くて、下卑《げび》た、最も嫌いな類《たぐい》の男の声。

「なんなの!?　あなた、姫島先輩と違うの!?」

姫島は顔の半分が異様につり上がった不気味な笑顔で首を振った。

「僕が、姫島かおるだよ」

「でもあなた男——」

「男だよ。ただ、役作りのトレーニングの一環《いっかん》で、普段は女性のふりをしてるだけさ。学園内にも僕が男だと知っているのは、演劇部内の一握りの人間しかいないよ」

姫島は長い髪と顎《あご》のあたりを摑むと、それを一気に剝《は》ぎ取った。

中から現れたのは、さっきまでの美女とは及びもつかない醜悪《しゅうあく》な顔つきの男だった。マスクの中で小さく畳《たた》まれていた顔はたるんだニキビ面《づら》で、脂《あぶら》っぽい汗で縮れた髪はあちこちで渦《うず》を巻いていた。

なつきは愕然《がくぜん》として、その場にぺたりと尻餅《しりもち》をついた。身体が動かない。ただただ震えて、雪山に放り出されたみたいに歯がかたかた鳴った。

「そんなことよりさ、僕はなつきちゃんのファンだって言ったでしょ？　それは本当なんだよ？　入学してきた時からずっと目をつけてた。ほら、見てみて」

姫島はそう言うと、さっきまで座っていた椅子へ戻り、誇らしげに振り返った。

「この5thチェアはね、特別な力があって、自分の見たい夢を自由に見せてくれるんだ。望む夢を望むままに。だからかな、獏《ばく》に似てる。ほら、これ」

ヘッドレストになっている象の鼻先から何かを取り出した。どうやら写真らしい。

「このヘッドレストに見たい夢に関する写真や絵を入れておくと、その夢を見せてくれるんだ。これ、全部、なつきちゃんの写真」

もう恐怖で動けなかった。ただ目を剝《む》いた。

それはなつきを隠し撮りした写真の数々だった。

学食で小花と談笑している写真。

廊下の隅で男の接近に怯《おび》えている写真。

「このセクシーなのが一番のお気に入りかな」

どこから撮《と》ったのか、更衣室で着替え中の写真まで。

太くて不格好な指が、写真の中の無防備な自分をいやらしくまさぐった。

気が遠くなった。呼吸も覚束《おぼつか》なくなり、ただ唯一動く眼球で、じりじりと近寄るけだものの姿を追うことしかできなかった。

「これで僕がなつきちゃんのファンだっていうことがわかったでしょ？　僕は毎日毎日、これでなつきちゃんの夢を見ていたんだよ？　まさかこんなふうに二人きりになれるなんて夢みたいだ……。じゃあ、条件通り、遠慮なく……」

けだものが接近してくるのに、すでに硬直した身体は言うことを聞かなかった。

過度な運動に耐性のない安達匠の両脚はすでに悲鳴を上げていた。

しかし走る速度は一向に落ちなかった。

機工学部をクビにされ、工学者失格の烙印《らくいん》を押された自分の腕を買い、おそうじ部に誘ってくれた小花への感謝の念もある。それに何より。

――この、夢の詰まった学園を絶対に守らなければ。

この異端の学園へ入学を決めたのは、遊園地時代の面影を残すアトラクションの数々があったからだ。どれもこれも人を喜ばせる夢のある機械で、それはまさに匠が作りたいものだった。

愛すべき機械たちは自分が守る――。

息も絶え絶えに、緑の広場へたどり着いた。ここはパレード終盤のコースで、人が集まるスペースが十分にある格好の場。ここならばチェア・オブ・シックスの誰かがいるかもしれない。

その狙いは見事に的中した。

コーヒーカップの前、こちらを背にして異形《いぎょう》の椅子に座るのは3rdチェア。

因縁の相手――機工学部第一ラボ局長、工藤《くどう》キリ。匠と同じ一年にして機工学部に六つあるラボの局長まで上り詰めた、数十年に一人と言われる逸材《いつざい》。

そして、匠を機工学部から追い出した張本人だった。

☆

英知は父のもとを離れ、再び人混みに揉《も》まれていた。

何も言わなかったが、父の願いを英知は理解した。父はこう言いたかったはずだ。

『母さんを過去の牢獄《ろうごく》から救い出してやってくれないか――』

優しい父ならそう望んだはずだ。ただ、それが果たして可能かどうかわからない。

でも放っておけない。

色褪《いろあ》せた毎日を無限に繰り返す気持ちはどんなだった？

人に疎《うと》まれながら、がむしゃらに新発見を追い求める日々はどんなだった？

結局どこにも光はないことを知った時の落胆はどんなだった？

ねぇ、目の前で錆《さ》び、朽《く》ちていくわが子を見てどう思った？

母が独りきりで抱え込んだ気持ちを知りたい。

英知は人混みを強引に掻《か》き分けて進む。どんな悪態を吐《つ》かれようが耳に届かない。

不意に靴の下にくしゃりとした感触。パックジュースの空箱で、踏んだ拍子《ひょうし》にささったままのストローから苺色《いちごいろ》の液体が飛び出した。視線を落とせば捨てられたごみがそこかしこにあって、しかし英知はそれらに見向きもしなかった。

――お――い――ま――てよ――――！

遠く背後から聞き慣れた声が聞こえたが、気にせず進んだ。前へ。前へ。

「やっと見つけた！　おい！　待てって言ってるだろ！　福山っ！」

耳の近くで甲高《かんだか》い怒鳴り声がして、間髪《かんはつ》をいれず片方の肩を摑まれた。

「触んなっ！　邪魔すんじゃねえよっ！」

英知は怒りに任せて森田待の手を振り払った。彼女はだくだくに汗をかいて息を切らし、肌に張りついたシャツのボタンを二つほど外していた。

「――何の用だよ。今はお前に構ってられない。じゃあな」

「待てって！」

「何だよ邪魔すんな！」

再び肩を摑まれ、また振り払う。人混みの真っ只中で二人は睨み合った。

「ちょっと来い！」

「……んだよ！　離せよ！」

待は抵抗する英知の腕を取り、強引に遊歩道の人混みから引っ張り出した。人が比較的まばらな場所を見つけそこで解放した。幽霊マンションの裏手辺りだった。

「いったい何の真似《まね》だよ！　ふざけんな！」

英知はいきり立って、駄々《だだ》をこねるように腕を振り乱す。

「どうしたんだよ福山……？　らしくない、子どもみたいだ」

これではいつもと立場が逆転だ。英知は顔を真っ赤にする。

「うるっせえよ！　お前、状況を考えろよ？　今はお前になんか構ってらんねえんだよ！」

「目を覚ませよ！　このバカ福山っ！」

待は力いっぱい右腕を振るい、英知の左頬を平手で張った。驚いた英知は左頬を押さえ、呆然と待を見つめた。待の右手は震えていた。人を叩いたことなんて生まれて初めてで、胸がどきどきしていた。

「状況を考えるのはお前だよ福山っ！　何でお前はいつもそうなんだよ！　いつもいつも、一つのことしか眼中になくて！　一人っきりで！　もっと回りに目を向けろよ！　お前が追いかけてるものも大事だろうけど、それと同じくらい大事なものが回りにいっぱいあるんだよ！」

「何なんだよ……意味わかんねえよ！　他の大事なものって何だよ！」

「もう、お前はほんっとにバカだなっ!?」

待はあどけない顔を歪《ゆが》めて、英知を上回る大声を張り上げた。騒ぎ立てる二人の周囲に人はいなくなっていた。

「仲間とか！　夢とか！　あと……こ、恋とか!?　いっぱいあるだろ!?　お前、今までそれ全部目を背《そむ》けてきただろ！　一個のことだけ夢中に追いかけて、他の大事なものを全部ふいにしてきただろ！　あぁもう！　恥ずかしいなっ！　こんなこと言わせるなぁっ！」

はぁはぁと息を切らす待を見ながら、英知は唖然《あぜん》としていた。こんなふうに誰かに上から説教をされることなんて今までなかった。

英知の脳裏にある台詞《せりふ》がリピートされた。

『お前は昔から何も変わっちゃいねえ。――いまだに、狭い鳥かごの中だ』

オキナの台詞だ。こうも言っていた。

『お前自身が変わらなきゃ、未来は永遠に微笑まない』

英知は空を見上げた。満天の星空。自分の部屋の中と同じ星空。あのプラネタリウムを作った幼い自分の気持ちが胸に込み上げる。

母さんはどこかへ行ってしまった――。

でもどこかにいるはず。きっとこの宇宙のどこかには――。

今思えば幼稚なアイデアだったと恥ずかしくなる。当時の英知は考えた。

この部屋に宇宙ごと閉じ込めれば、母さんとずっと一緒にいられる――。

それからプラネタリウムを一心不乱に作り上げた。

――ああ、そうか。英知は気づいて、吸い込まれそうな星空に向けて虚《うつ》ろに口を開けた。自分はずっと母親の背中を追い続けてきた。

森田の言う通りだ。他のすべてから目を背け続けてきた。

いろんなことを次々に覚えて、世界は広がる一方だと誤解していた。違う。反対だ。世界はずっと閉じたままだった。この学園で1stチェアを目指し、高い目標にまい進する幻想に安住していた。しかしそれはただ、母親に褒《ほ》められたかっただけ。よくできたね、と頭をなでてもらいたかっただけ。

——なんだ、俺は……。

英知は脱力して、空を仰《あお》いだまま立ち尽くした。周囲の騒音が遠い。

独りで生きているつもりだったけど、親離れさえできていなかった。

世界のほとんどを知ったつもりでいたけど、本当は。本当は。

小さな箱庭の中でまどろんでいただけだった――。

「――やま！　福山！　おい、福山っ！」

自称好敵手《ライバル》の鼻にかかったたけたたましい声に、英知ははっと我に返った。

「ぼやっとしてる場合じゃないんだ！　これを見てくれ！」

「何だ……？」

待から手渡されたのは三通の手紙だった。一通目に目を通した瞬間、英知の顔はさっと凍りついた。脳内の情報が次々に繋がり、その手紙の現実性を立証する。

「これは学園に対するテロ予告状だ！　すでにおそうじ部の三人がチェア・オブ・シックスを探しに走ってる！」

「あいつらが……？」

「ああ、正直おれはあの三人を見くびってた。あいつらは落ちこぼれでもなんでもない！　誰より勇気があって学園を愛してる奴らだ！　しかも母親を探すお前を気遣《きづか》って、助けを求めようとしなかった！」

待はつぶらな瞳を血走らせて叫び、次いで状況を英知に説明する。

チェア・オブ・シックスに爆弾が仕掛けられていること。

タイムリミットは今夜九時であること。

現状なぜだか運営委員が捕まらず、外線も通じず、警察も呼べないこと。

爆発を止める手立てはあるようだが、その方法がわからないこと。

「この〝Sirius〟ってのは？」

「わかったら苦労しないよっ！　犯人がそう名乗ってるってだけだろ⁉」

英知は顎《あご》に手を当て考え込んだ。〝Sirius〟――何かが引っかかる。

それに関わる何かを最近見かけた気がする。

英知は瞳を閉じた。脳内に眠る膨大《ぼうだい》な情報を意識的に掘り返す。瞼の裏で映像が明滅し、超高速のスライド写真のように次々移り変わる。

めまいがする。頭が痛い。

しかしぐっと耐えて、精神を集中する。何かがあったはずなんだ。

瞬間、フラッシュバックのように一つの映像を捉《とら》えた。

「そうか……。きっとあれが犯人の……」

「な、何かわかったのか⁉」

「ああ。すぐ近くだ。ついてこい！」

早足でさっさと歩きだした英知を、待が小さな歩幅で慌てて追いかける。一分ほどで到着したその場所は、校内の一角にあるごみ集積場だった。

「なんだ？　この不気味な落書き……？」

「このおかしな落書きは五日前からここにあって、日を追って書き足されてた」

待が渋面《じゅうめん》を作る横で、英知が解説を始めた。

「俺の考えでは、犯人はおそらく複数だ。きっとこれは犯行グループ間で作業の進捗《しんちょく》を知らせる掲示板の役目をしていたんだ」

「どういうこと？　……だ？」

「この絵にはいくつかの要素がある。例えばこれ。最初に描かれていた、星に向かって吠《ほ》える汚れた犬——〝dog star〟だ。そして、空を横切る天の川に似た星雲——〝ナイルの星〟。黒の背景に降り注ぐ光の粒があるだろ？　これは〝雪星〟だ」

ちんぷんかんぷんの待はただ首を傾げるばかりだ。英知の説明は続く。

〝青星〟——これは和名だ。

〝天狼《てんろう》〟——これは中国で呼ばれた名。

〝おおいぬの牙《きば》〟——ちょうどおおいぬ座の牙の位置にこの星があるからだ。

「わかるか？」

「わからないっ！」

「相変わらずお前は勉強不足だな。いいか、今俺が指摘したこの絵を構成する要素は、すべてシリウスの別名だ」

「シリウスって、この手紙の最後に記《しる》されてるサインの……」

「ああ。シリウスってのは、冬の大三角の一角を占める全天一の明るさを誇る星だ。まだ冬には早いこの時期、空の際《きわ》で見え隠れする位置にある。ちょうど、今回のテロを企《くわだ》てた犯人どもみたいに。おまけにシリウスって言葉の意味、知ってるか？」

「ど、どんな意味なんだ……？」

「ギリシャ語で――〝焼き尽くすもの〟」

「ってことは……」

「そう。これは犯人どもが使った共通の符牒《ふちょう》だ。六つの玉座の一つ一つに爆弾を仕掛け、それが済んだ合図としてここに絵を残していったってところじゃないか？　一般生徒に気づかれず、落書きの形をとって堂々と情報交換してたわけだ。馬鹿にしてやがる」

　本当に馬鹿にしてる。だから言うんだ。

「やっぱり異名がつく奴にろくなのはいない」


「くそっ！　こんなに堂々としてたのに、なんで気づかなかったんだ……！」

　待が悔しそうにスカートから伸びた浅黒い太腿《ふともも》を拳《こぶし》で殴りつけた。

「気づかなかったのは仕方ない。俺だってこの落書きの存在を知りながら気づけなかった。この落書きだけじゃ誰だって気づかない」

　英知は注意深く周囲に視線を飛ばした。

「ん？　どうしたんだ？　福山？」

「こんな挑戦的な方法で情報交換するような犯人だ。よっぽど自信があるのか、ただこちらをナメてるのか、あるいは敢《あ》えてそういう危なげな方法を選択したのかわからないけど、とにかくそういう奴らは徹頭徹尾《てっとうてつび》行動の傾向が変わらないもんだ」

信じがたい速度で、次々と周囲を行く人々の顔を瞳に捉《とら》えていく。

「まさか……」

「不注意な奴らはいつだって不注意ってことだ。犯人は現場に戻るとも言うし――」

そこまで口にして、英知の瞳が一点を捉《とら》えた。

「あいつっ！」

「お、おい福山？　犯人の顔知ってるのか!?」

一目散《いちもくさん》に駆けだした英知の後を待は困惑気味に追いかけた。

「あんた！　ちょっと待て！」

英知が肩を摑んで振り向かせたのは、くすんだ水色の作業服を着た男だった。

「え？」

男は訝《いぶか》しげに、作業服と同じ色の帽子のつばを手で持ちながら振り返った。遅れて到着した待の目には、その男に怪しいところなど一つも感じられなかった。

「何か用ですか？　ちょっと急ぎの作業があるんですが……」

作業服の男は英知に向き直って、少し迷惑そうな顔をした。

「忙しい？」

「ええ、そうなんです。忙しくて。すいませんね」

形だけの会釈《えしやく》をしてまた立ち去ろうとする男の背に、英知は声をかけた。

「そうか、忙しいよな、つい数日前は学生のふりをしてたしな」

男の足が止まった。

「……何のことですか？」

ゆっくり振り返り何でもないような笑みを浮かべたが、その笑顔は待の目から見ても引《ひ》き攣《つ》っているのがわかった。英知は男の顔を指さした。

「五日前。ごみのポイ捨てをしたのを見たぜ。裏のグラウンドでだ。その時は髪をまだらな金髪に染めてた。今は黒髪の短髪にしてごまかしてるみたいだが」

「な……！」

男の顔から余裕が消え失せた。「まさか」と顔に書いてあった。

「俺の前で顔を二度見せたのが運の尽きだ。ここ最近の俺は目にした顔を一人残さず記憶してる。服装や髪の色を変えたって一緒だ。その世を恨むようなひねくれた顔だけは変えられない」

男は心の内に焦《あせ》りを隠しながら、早口で弁解を試《こころ》みる。

「……それが何か？　普段はここの学生なんで制服ですけど、今日はちょっと作業を任されてるんでこの格好なだけで……。髪の色を変えたのも偶然ですよ」

「嘘だ。あんたはこの学園の生徒じゃない」

　英知は即座に断じた。

「というのは語弊《ごへい》があるか。正確に言えば、あんたはかつてこの学園の生徒だったが、三年前に卒業してる」

　男は目を剝《む》いた。

「何で知ってるかって？　この間、図書室で過去十年分の卒業アルバムを見たからな。この学園に在籍した生徒、教師、事務員、すべての顔を俺は記憶してる」

　瞳の焦点を失った男に負けないくらい、待も驚きを隠せなかった。

　学園創設以来の関係者の顔を全員覚えてるのか――？

「それに、そのズボンの裾《すそ》についたペンキ。それ、落書きの犬を描いたスプレーと同じ色だろ」

　英知が指さした先には、うっすらかかったスプレーペンキの跡。

「制服を着て学園に潜入したのは、たぶん昼間に何かしらの工作が必要だったからだ。業者は夜の時間しか園内に入ることは許可されなかったからな」

「……くそがっ……！」

　急転、男は英知を睨みつけ、自棄気味《やけぎみ》にかぶった帽子を地面に叩きつけた。そして作業服のズボンの尻ポケットからナイフを取り出し、目を血走らせた。

　それに対して英知は平然と。

「やるか？　いいけど。ちなみに俺は柔道三段、剣道三段、空手四段だ。ああ、ちなみに最近ローコンバットも習得して、特にナイフ戦は得意中の得意だ」

「ベタなふかしみたいに聞こえるけど、これ全部本当だぞ」

横で待《まち》が囁《ささや》いた。男の顔がさっと青ざめた。

ベタに輪をかけて、英知が指の骨をぼきぼきと鳴らした。

「時間がない。いろいろと教えてもらうからな」


時刻は午後八時十五分を過ぎたところ。タイムリミットまであと約四十五分。

作業着姿のテロ犯の一人は、殴《なぐ》って気絶させ、縛《しば》り上げて空《から》の運営本部に転がしておいた。本部に誰かが戻ってくればこの事態に気づいてくれるだろう。予告状三通を添えて、〝テロリスト一号〟と書いた紙を男の背中に貼り付けた。一刻も早く運営委員や警察が事態に気づいて動きだしてくれることを願いたい。

しかし、それは結局間に合わないかもしれない。

作業着の男の話では、犯行グループの各メンバーが園内の各所でいざこざを起こし、運営委員をてんてこまいにさせているらしい。唯一外部と連絡を取れる外線電話も彼らが切ってしまった。それなりに工作活動を働いているらしい。

念のため、職員室を覗いたが相変わらず無人で、生徒会長室ももぬけの殻《から》だった。

英知と待は運営本部前で対策を打ち合わせた。

「やっぱりタイムリミットは九時だった。九時ジャストだ」

待は張りつめた顔で言った。犯人から情報を聞き出し、事態は好転しているはずだったが、押し迫るタイムリミットと、のしかかる責任の重さに押し潰されそうだった。

「なんでそんな深刻な顔してんだよ」

英知は下を向く待の頭をぱしんと叩いた。口を尖《とが》らせて待は顔を上げた。

「爆発の解除方法はわかった。大丈夫、きっとやれる。ただ六つの椅子を、いや、もう五つか。五つの椅子にタイムリミットの瞬間、誰かが座ってればいいだけだろ」

犯人の男が白状した爆発の解除方法は、爆弾を仕掛けられた椅子すべてに、今夜九時の時点で、一つ残らず誰かが着席していること。

〝システムは各個に連携しており、六人の団結が鍵となる〟

これが手紙の文面が示した意味だった。

『六人全員がお互いを信じあって、爆発の瞬間までその椅子に腰かけてなきゃいけないんだ！　お前らにできるか？　この解除方法は学園のシステムに対する挑戦なんだよ！　毎日の学園生活を絶え間ない競争にさらされたここの生徒に、そんな団結が存在するわけがない！　ここでは全員が敵なんだ！』

だって俺たちはずっとそうだった！　男は唾《つば》を飛ばして叫んだ。男を犯行に駆り立てた暗く痛ましい思いは、その叫びに集約されているような気がした。

犯行グループはやはり複数で、この学園に恨みを持つ人間がネット上で集《つど》い、お互い顔も知らない烏合《うごう》の衆《しゅう》が今回の黒幕だった。奇《く》しくも全員が学園の卒業生だった。熾烈《しれつ》な競争に敗れ、敗残者の烙印《らくいん》を押されたままその後の人生を這《は》うように生きた人間たち。学園生活で得られたものなど何もなく、友情にも愛情にも恵まれなかった。ただただこの学園のシステムを、それを作った学園長を恨んだ。

　犯行グループはネット上で打ち合わせを重ね、互いの素性《すじよう》を知らないまま犯行に及んだ。その方が足がつきにくいからと男は小賢《こざか》しいことを言ったが、何より顔を合わせて互いに自らの傷を知られるのが怖かったのだろう。

　ただ、見えざる学園長に直接予告状を突き付けることには苦慮した。どこにいるかもわからなければ、どこに手紙を届ければその目に触れるかもわからなかった。思案の末とった手段が、学園内のランダムな場所にバラバラに予告状を忍ばせることだった。まるで宝探しのように。

　つまり、学園長の〝神の目〟に期待したのだ。〝神の目〟なら学園内のことはことごとく把《は》握《あく》しているはずで、〝神の目〟を持つのは学園長一人だけ。

　その結果が三通に分けられた予告状であり、今回発見を遅らせた馬鹿げた行き違いを生んだ元凶だった。

「ともかく時間がない。森田、お前は園内を走り回って運営委員を探せ。椅子の方は俺に任せろ。行くぞ」

「……ごめん、福山」

　先立って動きだした英知の背後で、待は立ち止まったまま悄然《しようぜん》と俯《うつむ》いていた。

「……何がだ？　俺を殴ったことか？」

「それもそうだけど、その、おれはああ言ったけど、福山は福山で大切なものがあったんだろ。

いくら非常事態だからっていっても、無茶言って……ごめん」

言われて、英知の心には再び母の姿が浮かび上がる。

「……馬鹿野郎。自分の言動に責任持てよ」

「うん……でも……その……」

歯切れの悪い待に業《ごう》を煮《に》やし、英知はその頭をぐしぐしとかき混ぜた。

「そんな情けない顔してんじゃねえよ。――俺の好敵手《ライバル》なんだろ？」

思わぬ言葉を聞き、待はぱっと顔を上げた。鳩《はと》が豆鉄砲を食らったような顔を。

やがて興奮混じりに「ああ！」と頷くと、二人は並んで駆けだした。

「森田、運営委員から警察への連絡ルートは任せたからな！　急げよ！」

「お前こそだぞ！　時間内にチェア・オブ・シックスの残り四人から席を奪い取るんだ！　おそうじ部の三人と協力して一人一殺だぞ！　ノルマこなせよ！」

別れ際《ぎわ》、二人は拳をごつんとぶつけ合った。

☆

待《まち》と別れ、最初に英知《えいち》が向かうべき先は一つだった。

２ndチェア。現時点における、自分自身の椅子だ。

教室内の椅子はすべて校舎裏の大倉庫に押し込まれており、２ndチェアもそこにあった。大倉庫の建て付けの悪いサッシ扉を開くと、薄暗い中にも一脚だけ存在感の異なる椅子が視界に飛び込んだ。今にも飛び立ちそうな空翔《か》ける天馬《てんま》の威容。

「俺の、椅子――」

これほどの感慨《かんがい》を持ってこの椅子を眺めたのは初めてだった。母がその手で作った椅子だと、その事実を思うと、感慨は一段と深くなった。

個体と液体の狭間《はざま》をたゆたう素材。英知は思い出した。６thチェア爆発の原因が金属動揺だとか解説された時、鳥子にその素材の正体を聞いていたこと。〝水素合金〟。そんなものが地球上で実現できるか知らないが、魔術師はそれを成《な》し遂《と》げた。水素とは、この世で最も軽い元素。この宇宙のどこにでもある元素。元素記号〝H〟。H。英知。……思えば、彼女お気に入りのロッキングチェアもこの素材でできていた。まさかな。まさか。そんな感傷的な――。

いや、考えるな。今は。英知は頭を振り、再び現実に集中した。

天馬の椅子を、他の椅子に引っかかったりしないよう慎重《しんちょう》に外へ運び出す。

未知の材質で作られた椅子は、月光に照らされた瞬間、格別の光を放った。

『やっとその椅子と向き合う気になったか？』

背後から聞こえた声に振り向くと、憎たらしい顔をしたおしゃべりインコがいた。

「お前……俺に愛想《あいそ》尽かしたんじゃなかったのか？」

『そうだったか？』

素知らぬ顔で。相変わらずいい加減な奴だ。

『そんなことよりお前のその椅子、いい感じだな。今にも夜空を華麗に翔《か》けだしそうだ。まるでこの俺みたいにな』

「言ってろ」

英知は２ndチェアを見回し、何か特別な機能を発揮するための装置がないか確認した。他の上位席のことを考えれば、間違いなくこの椅子にも特殊な機能があるはず。椅子のあちこちを調べる英知は、背もたれの後ろにある天馬の羽に目を留めた。手探りで構造を理解すると、両の羽を、円を描くように横へ開いた。

すると。

羽が開いたのを合図に、椅子全体が眩《まばゆ》い光を放った。星の光や外灯の光を反射しているのではなく、それ自体が発光している。幻想的な輝き。

椅子の各部が生き物のように蠢《うごめ》きだし、全体が変形していく――。

「これは――」

英知が唖然としている間に出来上がったのは、サーフボードに似た、両側に白くふくよかな羽を備えたフライングボードだった。

『ほら、俺の言った通りだろ？　今にもこの夜空を翔け回りたくてうずうずしてるように見えるぜ。ほら、英知』

オキナが視線と羽で、その白銀のフライングボードに乗れと促す。そうされずとも英知は誘われるように、鮮やかな変身を遂げた椅子に乗った。

途端、天の川が清流のような涼やかな音を立て、ボードが浮き上がった。

「っと――」

落ちないように、慌てて両手でバランスをとる。ゆっくり、高さが地上五メートルほどまで浮き上がる頃になると、英知は平衡《へいこう》維持のコツを大方掴んでいた。

「これが――２ndチェアにかけられた魔法――」

『さぁ行くぜ英知。すでにあいつらは闘ってる。俺が案内するからついてこい』

オキナが羽を翻《ひるがえ》し、案内役を買って出た。

２ndチェアの航行速度は体感で目算する限り時速八〇kmを超えていた。にも拘《かかわ》らず、英知を先導するオキナはその速度をものともせず先行を続けていた。普通のインコでは考えられない飛行速度だ。しかしながら人語を操っている時点で、飛ぶ速さなどを論じても意味がないかと英知は考えた。

『ほとんどみんな目的の椅子にはたどり着いてるが、どうやら苦戦してるみたいだ。チェア・オブ・シックスは変わり者の集団だ。事情がどうあれ、そう簡単に自分の椅子を渡しちゃくれない。英知、まずお前がすべきはその手助けだ』

「ああ」

『一人目のところに着くぜ』

オキナは平行飛行から次第に降下を始めた。

向かった先は暗がりに沈む体育館だった。ちょうど一つだけ開いていた入り口を見つけ、そこからオキナが飛び込み、続いて英知が滑り込んだ。

異常な事態であることは一瞬で分かった。真っ暗な体育館の中で、舞台上の一点のみぽっかりと照らし出す淡いブルーのスポットライト。その中で蠢《うごめ》く影があった。

その正体は、獣《けもの》のように背を丸めた清潔とはほど遠い風体《ふうてい》の男で、その男が荷物のように肩に担いだものに目をやると――

「越前《えちぜん》――？　おい、越前っ！」

干《ほ》された布団《ふとん》のように男の肩に担がれていたのは、間違いなく越前なつきだった。気を失っているのかいつもの硬直なのか、ぴくりともしない。

英知はボードを器用に操り、舞台袖に向かって歩く男の目の前に滑り込んだ。腰のひねりでボードを反転させ空中でブレーキをかけると、軽やかに飛び降りた。主を失ったボードはゆっくり地面へ着陸した。

「お前、そいつをどうするつもりだ？」

男は動揺もせず、にたりと醜悪《しゅうあく》な笑みを浮かべた。

「どうするってそれは僕の自由だよ。彼女とそういう取引をしたからね？」

英知は背負われたなつきの顔を横から覗き見た。まるで百鬼夜行《ひやつきやこう》に遭遇《そうぐう》したような、暴走列車が目前三センチに迫ったような、精神崩壊一歩手前の蒼白な顔だった。

英知の胸がきりりと痛み、どこからか熱い怒りが込み上げた。

「……とてもそんなふうには見えないけどな？」

精一杯抑《おさ》えをきかせて台詞を吐いた。

「そんなことはないよ。確かに彼女は約束をした。僕の椅子を譲る代わりに、身体を自由にさせてくれるってね」

「どう見たってそれを承知した顔じゃねえだろうがっ！」

男がまったく悪びれずのうのうと言ってのけるので、英知は逆上した。

「嫌がってんのは誰が見たって明らかだろ？　そいつは男が苦手なんだよ！　お前もそのことは知ってんじゃねえのか!?　それでも強引に欲望を満たそうとするのかよ!?　それでお前の心は痛まねえのかよ!?」

「痛まないねぇ」

男は人差し指を立て左右に揺らし、ちっちと舌を鳴らした。

「いいかい？　芝居というのはね、自分の心の動きをありのままに感じることが真髄《しんずい》と思われがちだけど、実はそうじゃない。本当はね、自分の心を徹底的に切り離し、他人事《ひとごと》のように客観視することが芝居の極意であり本質なんだよ。だからね、僕は自分の中の一切の感情を意識的に切り離して、捨て去ることができるんだ」

下卑《げび》た容姿にも拘《かかわ》らず、男の放つ台詞には迫力があった。

「それにきみ、きみは2ndチェアの福山英知だよね？　どうしてきみが彼女のことをそんなに気に掛けるんだい？　もともと無関係でしょう？」

男はにやにや笑いを浮かべる。

「きみは一体彼女とどんな関係なの？」

「——仲間だよ」

反射的にそう答えていた。

「そいつは俺の仲間だ。だから勝手に手を出すな」

「へぇ」と、男は挑戦的な笑みを浮かべるが英知は拘泥《こうでい》しない。

「悪いけど、まどろっこしいことはなしで」

右拳を握りしめ、その腹立たしい顔面めがけて突進した。

「いいよ。やるなら来なよ。知ってるかい？　本格的な芝居というのはとてつもなく体力を使うんだ。腹式発声はもとより、舞台上では指先まで神経を使った大きな動きが必要。だから僕は毎日のトレーニングを欠かさな——ほがぁぁっ!?」

講釈を述べるぶ厚い唇とその上の団子《だんご》っ鼻《ぱな》のちょうど中間を、英知の拳があっという間に打ち抜いた。

「——何だ、トレーニングって能書きを垂《た》れるトレーニングか？」

男は豚のように下品な声を上げ、数メートル後ろまで転がり飛んだ。挑戦的な態度だった割には、そのまま白眼を剝《む》いて動かなくなった。

英知はいきおい宙に投げ出されたなつきを横抱きの体勢で受け止めた。

「おい！　越前！　大丈夫か!?　おい！」

しばらくそうして大声を上げ身体を揺らしたが、やがて根本的なことに気づいた。

「あぁそうか、俺が触ってたらこいつ、硬直したままか……」

冷静な思考を取り戻し、なつきを舞台の床の上に静かに寝かせた。

「おい！　オキナ！　どこ行った、おい！」

いつの間にか姿を消していたオキナを呼び出す。するとどこから現れたのか、ふらふらとオキナは英知の肩まで飛んできた。

『なんだ、英知？』

「なんだじゃねぇよ、どこ行ってた。お前、こいつの硬直が解けるまでそばにいてやってくれ。それとそこにある椅子、あれってチェア・オブ・シックスの一つか？」

舞台の中央にある椅子を指さして聞く。

『ああ、５thチェアだぜ』

「あと、あそこで転がってるあいつ、誰だったんだ？」

『お前、誰か知らずに殴り飛ばしたのか？』

「誰だかなんて関係ないだろ。腹が立ったから殴った。それだけだ」

それを聞き、オキナは嬉しそうに笑った。

「まぁいいや。ともかくお前、越前が気づいたら、事情を話してそこの椅子に座って時間まで待つように言ってくれ」

『わかった、お安い御用だ。お前は？』

「次のところへ行く。どこへ行ったらいい？」

『そうだな、じゃあ次は裏の広場、コーヒーカップの近辺へ飛んでくれ』

英知は了解、と頷きボードに飛び乗ると、手慣れた動作で浮き上がり、すぐに入ってきた入り口から抜け出ていった。

残されたオキナは一息ついて、傍《かたわ》らで眠るなつきに語りかけた。

『――なぁなつき。お前、実はもう動けるんだろ?』

「………」

なつきはうそ寝がばれた子どものように、バツが悪そうに唇を尖《とが》らせながらゆっくり起き上がった。

『お前にとってあいつは特別なんだな』

なつきは真っ赤な顔で、こくんと頷いた。

『多分英知の奴は知らないだろうが、硬直してる時のお前は意識があるんだもんな。勿論《もちろん》今のやりとりも一部始終見聞きしてたし、この前の更衣室事件の時もそうだった』

なつきはさらに顔を紅潮させてまた頷いた。

『でもおかしな話だ。お前の硬直癖って、ただの極度の緊張だろ? 緊張したら身体が強張《こわば》るのは誰だってそうで、お前はそれが極端だっただけ。でも、他の誰より緊張する相手である英知には、抱っこされても平気なんてな』

敏感になりすぎて、「英知」の名を聞くだけでなつきは茹《ゆ》でタコのようになる。

『ま、いい兆《きざ》しだよな』

そう言ってなつきの頭にオキナがとまると、「……うん」と少女は少し笑った。

☆

ガシャン——。ガシャン——。

こんな工作機械のような音を規則的なリズムで奏《かな》でるのは、どこの設備でもアトラクションでもなく、一脚の椅子だった。ターミネーターでも近づいてくるかのような緊張感とともに、痩身《そうしん》の男を乗せた不気味な形状の椅子は安達匠のもとへ歩み寄った。その椅子は蜘蛛《くも》を思わせる形で、節《ふし》ばった長い八本の脚の上に、フォークリフトにあるようないかにも座り心地の悪そうな座席がついている。

そこに腰かけた男も負けないくらいに不気味だった。ミクロ単位で設計し精密加工されたように整然とした顔の造形、顔から爪先まで一点の曇《くも》りもない白い肌。まるでそれは技術の粋《すい》を集めて人間に見せかけたマネキンのようだった。

「久しぶりですね工藤くん」

男というか椅子が、自分の目の前で停止すると、匠は声をかけた。

「お願いがあります。その椅子を僕に預けてもらえませんか？」

直球を投じるが、工藤キリの石膏《せっこう》じみた顔面は反応を示さない。

「その椅子に爆弾が仕掛けられているんです。……危険なんです！　信じてください！　そこをどいてくれないと大変なことになります！」

無反応を貫《つらぬ》く相手に、さすがの匠も焦りで声を荒らげると、

「この欠陥品が──」

不意打ちで喉元に鋭利なナイフを突きつけられるような台詞が飛び出した。

「性懲《しょうこ》りもなくひずんどる。故障したその眼は」

なまりがあるが、血の通わない無味乾燥とした口ぶりだった。無表情はそのままで、切れ長の目だけを剣呑《けんのん》に光らせた。

「この椅子に爆弾なんて馬鹿げとる。そないな嘘でこの椅子をかすめとって憂《う》さ晴《ば》らしをしようとは、あさましい意趣返《いしゅがえ》しや」

「嘘なんかじゃありません！　そんな、復讐じみたことだって考えたこともない！」

「そやな、嘘というのは違う。ただ認識回路に欠陥があるだけや。言うてたもんな、この学園に残されたアトラクションも」

工藤は親指でぞんざいに背後のコーヒーカップを指さした。

「すでに死んどる言うてるのに、否《いな》、否と。その偏屈眼鏡には当たり前の事実すら映らへん。その生死について意見を違《たが》えて部を追われたのも忘れて、飽きもせずまた世迷言《よまいごと》をのたまうとは。しかも言うに事欠いてや、この椅子に爆弾などと」

一度口を開くと雄弁な工藤は手厳しく吐き捨てた。

匠が言葉を失いかけた時、頭上で耳慣れた声がした。

「おい！　だから服の中潜り込むなって！」

振り仰ぐと、夜空を背景に浮かぶのは、奇妙な輝きを放つ羽つきのボードに乗った英知だった。制服のブレザーをはためかせ、吸いつくように地面に降り立った。

「シャツに入られるとゴワゴワして気持ち悪いんだよ！　早く出てこい！」

着陸も束《つか》の間《ま》、英知はシャツの胸元をはだけ、中を覗き込んで文句を言っている。

『馬鹿、我慢しろよ！　隠れてるのがバレちまうだろっ⁉』

すでにシャツの中で隠れてるのがバレバレなのはオキナだとすぐにわかる。

「英知くん、どうして……」

「お、よう、安達。ちょっと様子を見に――痛っ、爪立てんな！」

英知は片手を上げて挨拶《あいさつ》しつつ、すぐにシャツの中のオキナと口論を再開する。

聞き慣れた二つの声を耳にして、匠は勇気づけられたような、ほっとした気持ちになった。息を吐いてもう一度、毅然《きぜん》と工藤に向き直った。

「工藤くん。もう一度言います。その椅子は危険ですから、どいてください」

「その鳥――」

しかし工藤の興味はすでに匠にはなかった。爬虫類《はちゆうるい》じみた視線は英知へ、というより英知の胸元に潜むオキナに釘付《くぎづ》けだった。

「思わぬ幸運や。見つけたで」

その声を聞いたオキナはシャツの中で震え上がった。

『ほら気づかれたじゃねえか！　言ったろ、あいつやばいんだって！』

オキナの動揺も納得がいく。工藤の瞳が、お気に召すまま蹂躙《じゅうりん》し放題のモルモットを見るように無慈悲《むじひ》で、無機質なものに変わった。口調も合成音声のようだ。

「直《ただ》ちに捕獲の上、解剖処理に入る」

『ほらぁ！　あいつは俺を研究材料にしようといつも追いかけてくるんだよ！』

「じゃあさっさと越前のとこに戻れよ。わざわざ後から追っかけてきたくせに」

『匠のことが心配だったんだよっ！』

英知が溜息をつくのも束《つか》の間《ま》、工藤を乗せた蜘蛛のような椅子が飛びかかってきた。

『ひょぉっ危ねぇっ！』

英知はそれを後方に飛んでかわし、同時にオキナは英知のシャツの中に隠れた。

着地した椅子の上で工藤が無感情に言った。

「生体溶解液準備完了。経口投与し、内臓諸器官は溶解の上肛門《こうもん》から排泄《はいせつ》を促す」

骨ばった右手には手のひら大のスポイトがあり、中の液体が憐《あわ》れな獲物《えもの》を誘うようにぬめぬめと凶悪な光を放っていた。

オキナが悲鳴を上げる。確かに、この蜘蛛男《くもおとこ》は本気でやばそうだ。

「あいつは確か、３rdチェアだな」

『あぁそうだ！　工藤キリ！　機工学部第一ラボの局長で、匠の因縁《いんねん》の相手だ！』

機工学部は学園最大規模を誇る部だ。部員数二百を超える大所帯なので、そこからさらに一から五までのラボと呼ばれる小組織に分かれているらしい。各ラボにはそれぞれ特徴があり、第一ラボは人工生物をつくる専門だとオキナは説明した。

そうこうしている間に、椅子の八本足が高速で蠢《うごめ》き、再び英知に迫った。やむなく英知が腰を矯《た》めて迎え撃とうとすると、その間に匠が割り込んだ。

「やめてください工藤くん。オキナは僕の仲間です」

「……邪魔立て無用や。そこの〝鳥類もどき〟を渡しいや」

「そうはいきません」

匠が断固たる拒否を示し、二人は睨み合った。

「それは不思議なインコや。人語を操るだけの頭脳がその小さな頭蓋《ずがい》の中に収まっとるとは信じがたい。それだけやない。まだまだ未知の可能性をそれには感じる。洗いざらい調べてみれば、必ず新たな発見があるはずなんや」

「オキナは渡せません」

両手を広げ、匠はきっぱりと撥《は》ねつける。

再び睨み合い。工藤は瞳を閉じしばし考えると、「ええで、わかった」と言った。

「それなら交換条件にしよ。この椅子が欲しいんやろ？　それなら渡してもええ。その代わりインコをくれ」

匠の顔が困惑の色に染まり、すぐに反論する。

「そんなっ……ダメですっ！」

「ダメとか……自分は相変わらずひずんどるな。そんな一方的な要求が通るわけないやろ。いつの時代でもギブアンドテイクが基本や」

「いやいや、ちょっと待てよ」

たまらず英知が口を挟んだ。

「一方的な要求ってのも随分だな。椅子をどいてくれって言ってるのはわがままじゃなくて、ただ危険だと知らせてるだけだぞ？　しかもお前のためを思ってだ」

「何や自分、福山やったな。相変わらずひずんどるな」

英知の眉がぴくりと上がる。

「俺がひずんでるってどういうことだ？」

「そのままの意味や。まぁ人間誰しもひずみを抱えてるものやけど。俺かてそうや」

工藤が「ひずんでいる」のは、一目瞭然《いちもくりょうぜん》だ。あんな怪しげな椅子に座って不可解な演説を繰り広げる昆虫みたいな男が正常なわけがない。突っ込み所が多すぎる。

答えは明白なのに随分ともったいつけて、工藤は続けた。

「この俺が３rdチェアやなんて」

「そこかよ」

やっぱりチェア・オブ・シックスは変人のエゴイスト揃いのようだ。

「お前がズレてんのはわかったよ。でも俺がそうだと言うのは理解できない」

「気がつけへんのか？　まったく、自分自身も理解できてへんとは、２ndチェアも知れたものや」

やれやれといった様子で首を振るので、英知の腹の虫が騒ぎだす。

「じゃあお前は自分のことをすべて知ってんのか？　例えばその無駄に長い髪の毛が何本あるか知ってるのかよ？」

ついカッとなって子どもじみたことを口走ってしまった。そんなことを把握《はあく》している奴なんていないはずがない。だというのに工藤は平然と答えた。

「九八〇五六本やな」

「……何？」

「せやから九八〇五六本や。あぁ、今一本抜けた」

そう言うと工藤は視野に入っていないはずの自分の左肩に手をやり、肩まで届く長さの髪の毛を一本、正確につまみ上げた。

「これで九八〇五五本。俺は自分のことは何でも知っとる。何でもや」

今度は無造作に髪を一束掴むと、それを勢いよく引き抜いた。ぶちぶちと生々しい音が鼓膜《こまく》を震わせて、英知は顔を顰《しか》めた。

「この束が五五本。これでちょうど九八〇〇〇本になった。キリがよくて気持ちがええな。ちなみに、この五五本の毛髪で縄をなった時、支えられる重量の限界は六一〇八gになる。面白い、俺の頭部の重量とほぼ同じや。試してみよか」

そう言うと、椅子の座部から巨大なギロチンバサミを取り出した。銀色に光る刀身は鋭利を極めていて、大木でも一断《ひとた》ちにできそうだ。人の首ならなおさら。

人の首？

工藤はおもむろに細くて青白い血管の浮いた自分の首筋に刃を当てた。まさか。瞳に冗談味がない。というか据《す》わっている。まるで人形の首でも切ってみるような何気なさで、ハサミの柄に両手で力を込めようとしている。本気だ。

「お、おいやめろ！　何する気だ！」

誰もそんな実験望んでいない。無意味なスプラッタショーを食い止めるために、英知は慌てて工藤に駆け寄った。

『こら英知！　近づくなっ！』

唐突にオキナの絶叫。工藤の細面《ほそおもて》に二つ浮かんだ瞳が上弦の三日月のようになり、不気味に光った。それに気づいた英知は咄嗟に後ろへ飛び退る。すると、ハサミの凶悪な刃がカマキリのように英知の胸元を横なぎにかすめた。

胸元を見ればシャツが真っすぐ横に裂けていた。慌てて胸に手を当ててみると、幸いにも出血はないようだった。その代わり――オキナがいない。

「バカインコ！」

英知が叫んだその時、すでにオキナは工藤の掌中《しょうちゅう》にあった。いつの間に。

『英知ぃっ！　匠ぃっ！』

工藤の手の中でもがくオキナの悲痛な声を聞き、匠もオキナの名を呼び返す。

青ざめる二人と一羽を見て、工藤は満足そうに薄い唇を下弦《かげん》に曲げた。

ハメられた――。自分が操縦されていたことに気づき、英知のポーカーフェイスが憤怒《ふんぬ》と苦渋《くじゅう》で綻《ほころ》びを見せる。斬首《ざんしゅ》の構えは英知をおびき寄せるためのポーズだったのだ。しかし。やけに真に迫っていた。

そのことも気になるが、それ以上に目下の問題は、

「英知くん！　オキナを取り返さないとっ！」

匠の言う通りだった。オキナを取り返そうと飛びかかるが、八本の脚が器用に動き、工藤は鼻息一つでそれをかわした。匠はオキナを奪い返そうと飛びかかるが、二の舞に終わる。

「うずうずするで。一刻も早くこの鳥もどきを研究したいわ。もう失礼するで」

よだれが出そうな顔でオキナをねめつけると、工藤はいてもたってもいられない様子で、蜘蛛《くも》の椅子で大きく跳躍し一気に距離を取った。

『え、英知っ、匠っ！　助けてくれっ！』

「待て！」と二人は追いすがる。

しかし跳躍しながら進む工藤の椅子は見た目よりずっと俊敏《しゅんびん》で、人が走る速度ではとても追いつけない。助けを求めるオキナの声も遠ざかっていく。

「くそ！　俺の椅子を使って追うぞ！」

「待ってください！」

フライングボードに向け踵《きびす》を返した英知を匠が制した。

「何だ？　急がないとあいつが……」

「僕が追います」

「お前が？　いや、それより俺が行った方が……」

何しろ相手はあの３rdチェアだ。しかも暫定席次《ざんていせきじ》では英知を抜いて２ndチェアの座にある。

しかし匠は頑として首を振った。

「いえ、僕なら彼の行く先は大体見当がつきます。それよりも英知くんは他のみんなのところへ行ってあげてください。きっとみんなも苦戦しているはずです。だからここは僕が、必ず……信じてください」

匠の双眸《そうぼう》に強い意志が宿る。英知はそこに男の意地のようなものを見てとった。

逡巡《しゅんじゅん》の後、

「わかった。ここは任せる」

匠の肩に一度手を置き頷くと、椅子に駆け寄り飛び乗った。

「他の問題児どもは俺に任せとけ」

飛び去ろうとする直前、匠の顔を見ると不安そうな影が差しているのに気づいた。口ではどう言っても本心では自信がないのだ。

「安達」と、最後に声をかけた。

「お前は自分の癖をコンプレックスに思ってるだろうけど、それはお前の個性だと俺は思う。だから自信を持てよ。マイナスにばかり思い込むことはない」

「しかし――マイナスなのは確かです。だから僕はみんなに迷惑ばかり――」

「ならマイナスが足りないんだ。マイナスにマイナスをかけたらプラスになる。穴があるならさらに掘れ。間違って埋めようものなら、出来上がるのは只の凡人だ」

不安げに揺れていた匠の瞳が力強さを取り戻した気がした。

「みんなを頼みます！」

匠はそう言うとすぐに駆けだし、英知もそれを見送り別の方向へ進路を取った。

☆

「えーん……なんで見つかんないの……？」

切れ切れな呼吸の狭間《はざま》に、小花は一人泣きごとを漏《も》らした。

「実はもうすでにみんな相手を見つけてて、言いだしっぺの私だけが見つけられてないのかも……」

つい先刻の勇ましい姿はどこへやら、おそうじ部部長の心にともったなけなしの希望の灯は早くも消えかかっていた。

「ごめんねみんな……ふがいない部長で……えぐっ……。ごめんなさい神様……えぐっ……酸素の無駄遣《むだづか》いをしてごめんなさい……ふぇ……」

一時はおさまった悲観の虫がまた身じろぎを始める頃。

「あっ……あれっ！」

涙で滲《にじ》んだ視界の先に待ち望んだ姿が見えた。

古い観覧車のすぐ足元、グラウンドを照らす外灯のおこぼれに預かる薄暗い場所に、異形《いぎょう》の椅子に腰かけた人影を捉《とら》えた。

「あの人……間違いないっ！　急がなきゃっ！」

再びともる希望の灯。小花は一心不乱に駆けだした。

☆

英知は輝く白銀の板を操り、人だかりの頭上を滑走する。

悲鳴に似た驚きの声や何かのアトラクションと勘違いした歓声を置き去りに、縦横無尽《じゅうおうむじん》に翔《か》け回る。無用な騒ぎは御免《ごめん》なので、できれば人目につかない高所を飛びたいところだが、こうも薄暗いと、なるべく地面に近くないと人の顔がわからない。実際は限界まで低く飛んでもぼんやりとしか判別できない悪条件だ。

あのでかい鞄《かばん》だけでもわかれば――。

一瞬の油断だった。視線が下方に釘付けで前方への注意が疎《おろそ》かになったせいで、すぐ目前に迫ったモミの木にギリギリまで気がつかなかった。

「や、ばっ……っ！」

スピードに乗ったボードは急には止まれない。サーフボードで波を切る要領でスピンを切ったが、避《よ》けきれず英知は入り組んだ枝の中へ突っ込んだ。

バキボキと何本もの枝を叩き折り、巻かれた電飾を搦《から》め捕《と》り、それらの破片と一緒に地面に投げ出された英知は、打ちつけた腰のあたりを押さえながら半身を起こした。乗っていたボードは数メートル先でひっくり返っている。

「痛《い》って……、ミスったな……」

転がったボードがどこも損傷していないのを見て少しほっとしていると、

「あれ？　ふ、福山くん？」

背後から声がして振り返ると、必死の形相《ぎょうそう》をした水川小花がいた。

「すごい音がしたから来てみたんだけど……こ、転んだの？　大丈夫？」

「いや、大丈夫。それより水川、見つかってよかった。お前、チェア・オブ・シックスの誰かを見つけたか？」

小花はすまなそうに俯《うつむ》いて首を振った。

「さっき一人見つけて追いかけてきたんだけど、見失っちゃった」

「そうか――」

英知は体の痛みを押し、すっくと立ち上がった。

「じゃあ俺と一緒に来い。二人くらいボードに乗れるはずだ。ちなみに他の連中はもう相手を見つけて対応してるから、残る椅子は二つだ。ちっ、オキナの奴さえいればな、相手の居場所がわかったかもしれないのに――」

「ねぇ、ちょっと待って福山くん。……いいの？　……その、お母さんは……？」

小花が英知の手首を掴んで、遠慮がちに瞳の中を覗き込んだ。

英知はからりと笑って、摑まれた手首を逆に握り返した。

「そんな不確かなことより、今目の前にあることだろ」

そのまま小花の手を引く。

「う、うん、そうだね」

小花も笑って手を引かれ、途中ぽつりと、「ありがとう」と呟いた。

二人は裏返ったボードに戻って表に返すと、英知が先に上に乗り、おずおずと小花がその背後に乗り込んだ。半身になった英知の腕がそっと小花の腰を抱いた。英知は自分の胸が高鳴るのがわかる。

「わっ……こ、これ、飛んでる……？」

「驚くだろ？　俺も驚いた。まさか椅子が空を飛ぶなんてな。ちゃんと摑まってろ」

初めての二人乗り、さすがに浮上する際は不安定だったが、意外に勘のいい小花のバランス感覚のおかげですぐに安定を得られた。

「残るは一番と四番の椅子だ。時間がないから急ぐぞ」

「うん！」

ボードは徐々に加速し、清冽《せいれつ》な音を振りまいて闇《やみ》を切り裂いた。

「まずはＳＯＬへ行こう。あそこは医術部の部室があるからな、宇都宮《うつのみや》がいる可能性が高い」

前方をまっすぐ見据えたままの英知の後ろで、少しだけ小花が表情を強張らせた。

振り返らずとも、英知はそれを察した。

「──宇都宮の相手は俺がしようか」

「え？」

「あんな厭味《いやみ》ったらしい男だ。相手をするのもいい気分じゃないだろ？」

「──ううん」

少しだけ考えて、小花は髪を横に揺らした。

「あの人とは私が話をするよ」

「……大丈夫か？」

「大丈夫だよ。福山くんにはきっと、福山くんにしかできないもっと大事な役割があると思うから、そっちをお願いしないと！」

悪戯《いたずら》っぽく小花は笑った。英知がこうして心配してくれるだけで勇気をもらえた気がした。

英知も安心して頷いてみせた。

「わかった任せとけ。じゃ、少し飛ばすぞ」

「はいっ」

小花の返事を合図にボードは加速した。小花は慌てて英知の腰にしがみつき、首を振って前髪を直した。流星が一つ、また光って消えた。小花の胸の鼓動が次第に高鳴る。面白いように闇を裂く天馬のボードに乗っていると、自分がまるで流星の一つになったようだった。

目の前にある、思ったより大きな背中に、小花は火照《ほて》った頬《ほお》をそっと寄せた。

「こんなときに不謹慎《ふきんしん》だけど」

やがて、躍るように髪をなびかせながら小花が口を開いた。

「気持ちがいいね」

走り続けて火照った体に、秋の夜風が全身を撫でるのが心地よかった。

「ねえ、もう少し高く飛べる？」

「──あぁ」

背にいる小花を気遣いつつ後方に体重を乗せノーズを持ち上げると、ボードは星に向かって上昇を始めた。

「わぁ──」と、小花は感嘆の声を漏らした。

「きれいだね」

遥か眼下に見える寂《さび》れた遊園地は、黒い森の額縁《がくぶち》と色とりどりにライトアップされたアトラクションとの対比で幻想的な光景を描いていた。

「これだけ高くから見ると、この遊園地が捨てられたものだなんて思えないね。すごくきれいで──まるであの時と同じ」

「思い出すか？」

「うん──。お母さんと一緒だったあの頃は本当に楽しかったなぁ。まだ短い人生だけど、あの時が今までで最高に幸せだった」

「そうか──」

観覧車がこぶし大に見える頃、英知は上昇を止めて空中で平衡《へいこう》を保った。

「ごめんね？　こんなこと言っちゃって。福山くんだって同じなのに」

申し訳なさそうに俯《うつむ》いた小花に、いいよと、英知は首を振った。

「俺とお前は違うよ。俺の方がまだましだ。俺の母親はまだ生きてるかもしれなくて、今まさにこの学園のどこかにいるかもしれないんだから」

小花はそう言う英知の顔を覗こうと見上げたが、暗くてよくわからなかった。

「そう――だね。じゃあ――」

何か言おうとしたものの、小花は頭を大きな手でくしゃっと押さえられた。

「守ろうな。この場所を守ろう。お前と同じように、この場所に大事な思い出を預けてる奴はたくさんいる。それをつまらない逆恨《さかうら》みで台無しにされてたまるか」

――な？　と呼びかけてこちらを向いたので、今度は明るい笑顔が見てとれた。

小花は安心してうんと頷き、微笑んだ。胸が熱く、熱くなった。

「じゃ、道草はここまでにするか。ここからちょうど真下が目的のＳＯＬだ」


ボードが地面に着陸するや否や、二人はＳＯＬの入り口に向かって駆けだした。

「医術部の部室は確か二階だ。そこで三分ドックだか何だかのイベントをしてると宇都宮が言ってた」

二人は螺旋《らせん》階段を無心で駆け上がる。もう時間も遅く、パレードの時間が近いせいか、館内に人の姿はまばらだった。四方が白く塗られた二階の廊下を走り、肩で息をしつつ〝医術部〟と彫られた金属プレートの前に立つ。床や壁と同じく白い磨《す》りガラスの重い扉を一息に引いた。

部屋の中は空《から》だった。

人一人いない。機材もすっかり片づけられた後で、白いカーテンに遮《さえぎ》られた五つのベッドを囲むように置かれた様々な医療機器も電源が落とされていた。

「もう終わっちゃったんだね……」

寒々とした部屋で小花は残念そうに呟いた。

隣に部員の休憩室らしい雑然とした部屋があり、そちらも覗いてみるが誰もいない。

「おい、あの扉何だ？」

英知が雑然とした部屋の片隅に、さらに奥へ続く扉を見つけた。

「倉庫か何かか？　でもこの扉……」

「すごく厳重な扉だね……」

カードキーやボタンプッシュ式の暗証番号キーなど、合計三つもある扉の鍵を小花がまじまじと見つめた。これだけ厳重に管理されているとなると、中にはよほど重要なものがあるのだろうと想像させられる。

「倉庫とかかな？　それとも、中に誰かいたりして――」

小花がこんこんと、冷え冷えとした硬い扉をノックしてみる。反応はない。

「金庫とか、そういう類《たぐい》のものかもな」

「――かなぁ」

二人は顔を見合わせる。中に誰もいないなら、ここにこだわる必要はない。

しかし、どうしてだか気になって仕方がない。

「あれ、なんか機械の音が聞こえる——」

「ほんとか？」

小花に倣《なら》って英知も壁に耳を当てると、確かに機械の低い唸《うな》り声が聞こえた。サーバルームのような雰囲気だ。

こんこん。

また小花がノックをしてみる。——中から物音はしない。

「ここは諦《あきら》めるか」

「……そうだね」

息をついて二人が扉に背を向け歩きだすと、背後でガチャリと重たい音がした。

「プライベートルームの前でやかましくしないでくれるかな？」

扉の枠《わく》に寄りかかって腕を組み、不機嫌な顔を見せたのは宇都宮だった。

宇都宮に促され中へ入ると、そこにあったのは本格的なモニタールームだった。つまり、監視部屋だ。

「な、何、この部屋？」

中央に大型のコンソール。その正面にマジックミラーの窓があり、左右に複数のディスプレイが配置されている。その一つ一つに学園内の要所が映し出されていた。

コンソール前には、人一人がすっぽり入る大きさの椅子があった。球体をかまくらのようにくり抜いた形の椅子で、外側には何本も模様のような線がランダムに引かれていた。きっとこれが４thチェアだ。

それを目にした途端、小花は表情を厳しくさせて、英知の背中をとん、と押した。

「行って。福山くん。ここは私にまかせて」

「水川――」

決意を込めた眼差しを受け、英知は笑顔を返した。

「わかった。――頼むな」

英知は扉の脇にいる宇都宮を通りすがりざま一瞥《いちべつ》して、至近距離で視線を交わした。そのままモニタールームをあとにした英知は表の扉から出ていった。

「今日はお守《も》りがいなくて平気なのか？」

英知の背中を見送り、宇都宮が意地の悪い台詞を吐《は》く。小花は動じなかった。

「この部屋は何なんですか？」

「逆質問か」

呆れたような薄笑いを浮かべ、両手を広げ、天に向けた。

「まぁいい。見てしまったのならしょうがない、教えようか。ここは見ての通り学園内を監視できるモニタールームだよ。この部屋にいれば、学園で何が起きているか手に取るようにわかる。いわばこれは〝神の目〟だ」

　宇都宮は硬い靴の底でコツコツ音を立てながらコンソールに近づくと、椅子の天蓋《てんがい》に触れた。途端、模様のように見えたランダムな線が楕円形《だえんけい》に開き、小花は思わず息を呑んだ。線に見えていたのは目玉だった。血走った九つの眼球が蠢《うごめ》いていた。

　うろたえながらも小花は質問を続けた。

「ど、どうして監視なんか……」

「なぜかって決まっている。情報を駆使して上位席を狙うためだよ」

　宇都宮が一つのスイッチを押すと、モニターの一つに、ＳＯＬのエントランスを駆け抜ける英知の姿が映し出された。

「この学園の熾烈《しれつ》な席取りゲームを制するのに一番重要なのは情報だよ。私は学園四位の席次にあるが、そこまでのし上がった原動力はココだ」

　人差し指でこめかみのあたりをつんとさした。

「智略《ちりゃく》さ。上位を狙うには、馬鹿正直に勉強をしたり、貢献《こうけん》活動をしたり、ましてや他人に媚《こ》びる必要などない。情報を操るだけでいい。このモニタールームを使えば、手に取るように園内の様子がわかる。加えて学園に何人も放った密告者から収集した情報が先日披露《ひろう》したカルテに詰まっているというわけだ。毛細血管のごとく、私はこの学園に情報の網を張っている。そうそう、福山英知の最新の席次を知っているか？　ついにトリプルディジットまで転げ落ちた」

「え……福山くんが？」

「あれはきみらおそうじ部なんかに入部をしたあの男の短慮《たんりょ》そのものも原因だが、裏で私の策略が働いていた」

宇都宮は慣れた仕草でコンソール前の椅子に腰かけ、尊大《そんだい》に脚を組んだ。

九つの瞳にじりりと見つめられて、小花は気が休まらない。

「おそうじ部入部の吉報《きっぽう》――彼にとっては何よりの凶報《きょうほう》だが、それを知った私はすぐさま人を使い学園中にその事実を触れ回らせた。影響はすぐに出たな。それに越前なつきとのロッカー騒動。あれも私がポイントで雇った密告者が現場に偶然居合わせていて、それを新聞部にタレ込んだ結果だ。そうでなければあれほど早く情報は出回らない。そもそも私と新聞部は密接な取引関係にあって、新聞部自慢のスクープも、そのソースのほとんどは私だ。そして極めつけはおそうじ部の部室崩壊」

小花の表情が険しくなった。

「まさか気づいていなかったのか？　まったく鈍感《どんかん》なことだ。迷路回廊爆破の嫌疑《けんぎ》をきみらにかけたのは私だよ。その結果福山英知の株は大暴落、狙い通り席次を急落させた、というわけだ。おっと、少々のとばっちりは許してくれたまえ？」

「そんな、こと……！」

小花の歯ぎしりの音が部屋に響く。

「だからきみが今ここに来た理由も知っている」

「……え？」

「ずっとここで見ていたよ。きみらおそうじ部の面々がチェア・オブ・シックスを探して必死に奔走《ほんそう》する姿をね。ここへはこの椅子──4thチェアが目的で来たんだろう?」

「じゃあその椅子が危険だっていうことも……?」

「ああ分かっている。それにしても六つの玉座の爆破とは、まったく愉快だ」

「ゆ、愉快って……」

「愉快じゃないか。そのテロ予告が真実なら、犯人の思うようにやらせてやればいい。それだけ学園を恨《うら》んでいたんだろう。私にはね、不思議とその気持ちがわかる。それにこのテロが現実化すれば、最もダメージを受けるのは誰かな? おそらく学園に君臨する絶対女帝、生徒会長様だ。この十周年イベントは良きにつけ悪《あ》しきにつけ、全責任は彼女にある。そうすれば私の上からまた人が転げ落ちてくるな。入れ替わりで私は上位席へ。これを愉快と言わずして何と言う?」

宇都宮は喉を鳴らし、ご機嫌に笑った。小花は震える声で返した。

「何でそんなこと……。何で、何でそんなに上の席が欲しいんですか?」

「事情があるのさ。こんなイカレた学園に集まる連中なんて、みんな何かしら問題を抱えた奴ばかりだ。ご多分に漏れず私もそうさ。私の場合、ここで上位を目指す目的は、過去の屈辱《くつじょく》をすすぐことにある」

「屈辱って、何ですか?」

「私の兄も、ここの学生だった。私の家系は絵にかいたようなエリート一族でね。弁護士、医師、政治家、世間で言う勝ち組を次々に輩出《はいしゅつ》していて、私や兄も同様に華々しい人生を歩むことを期待されていた。ちょうど兄が高校に上がる時だ、この学園が出来て、当然入学を勧《すす》められる。しかしそれが失敗だったんだ。いくら家系が優《すぐ》れていたって、劣った個体もある。それが兄だった。兄は意気揚々《ようよう》この学園に乗り込んだが、熾烈な競争に敗れ、三年間辛酸《しんさん》をなめ続けた。結果、卒業を待たずして、失意の兄は行方《ゆくえ》不明になった。最低なオチだ」

モニターの無機質なノイズ音だけが聞こえる中、宇都宮が立ち上がった。

「私はその愚兄《ぐけい》が残した汚点をすすぐためにここへ来た。敢《あ》えて兄が創部した医術部に入り、兄が使った白衣を着て、屈辱を忘れないようにした。だから私は他人のことにかかずらっていられない。ただ上位を目指すのみだ」

小花は複雑な思いで話を聞き、気にかかったことを口にする。

「それでお兄さんは——？」

宇都宮は薄い瞼《まぶた》を閉じて首を振った。

「見つからない。そのまま見つからないでほしいね。どこかのごみ山でひっそりと野垂《のた》れ死《じ》んで、誰にも知られず一生を終えればいい」

「そんな——」

「だから私はきみらのような落ちこぼれが嫌いだ。恨めしい兄を想起させてやまない。本当はこうして話しているのも苦痛だ。早々に消えてほしい」

「嫌いだよ、落ちこぼれが」と、宇都宮は繰り返した。

——それは自分に向けた言葉でもあった。権謀術数《けんぼうじゅつすう》で血路を開き、できることはやり尽くし、ついに最終学年になった。結果、最高席次は現在の四番手。一年次はシングルディジットにもなれず、その後大声で言えないような姦計《かんけい》の数々を行使し、やっと今に至った。やはり兄弟、能力や才覚がないのは兄と同じだった。

その恵まれないスペックで、泥臭《どろくさ》くともここまで這《は》い上がってきたのだ。

しかしもう限界だった。

福山英知のおそうじ部入部はこれまでにない好機だった。二重三重に策を弄《ろう》し、確かに効果はあった。しかし不安が消えない。いつ巻き返され、再び頭上に居座られるかわからない。初めから心が負けている。所詮《しょせん》四席止まりの器《うつわ》の精神。

「ねぇ」と、小花がたまらず呟いた。

「どうして、そんな淋《さび》しげな顔をしているんですか?」

瞬間、背後で耳障《みみざわ》りな機械音がした。

振り返ると、そこには異形の椅子に腰かけた痩身《そうしん》の男がいた。

「きみは――一年の工藤《くどう》キリ――」

急転直下。言うが早いか、工藤は壮絶な勢いでコンソール前の宇都宮めがけて突っ込んできた。ウィリーをするように巨大な棘《とげ》のような椅子の脚が持ち上がり、宇都宮を貫《つらぬ》かんと突き下ろされる。

それを充分に避ける余裕はあった。しかし宇都宮は動かなかった。

——このまま貫かれてもいいかもな。

必ず学園で首席を獲《と》ると一族のうるさ方に大見栄《おおみえ》を切ったが、結局このざま。

このまま兄と同じように、繰り返される競争の輪廻《りんね》から退場しようか。

いずれにせよ九時までこの部屋で、爆弾を仕掛けられた椅子の横にいるつもりだった。

こんな終わり方も悪くない——。

「危ないっっ！」

そこを間一髪、小花が体当たりして、棒立ちの宇都宮は横に突き飛ばされた。難を逃れた宇都宮はモニター台に背中を打ちつけて呻《うめ》き声を上げ、衝撃的なシーンを目撃した。

勢い余って蜘蛛《くも》型の椅子から前方へ放り出された工藤が、マジックミラーの窓をぶち破り、木偶《でく》人形のように無惨に落下していった。階下で悲鳴が聞こえた。

宇都宮と小花は息を呑んで動きを止めたが、すぐに我に返り、割れた窓から下を覗き見た。

工藤はコンクリートの地面にへばりつき、割れた頭蓋《ずがい》の内をさらし、両脚はあさっての方向に折れ曲がり——。ただ、それは人間ではなかった。

「工藤の……クローン？　いや、アンドロイドか？」

なぜあんなものが——？　宇都宮が呆然と階下に視線を注いでいると、

「……ところで、大丈夫でしたか？」

小花が、おそらく工藤に少し切りつけられた腕を押さえつつ、宇都宮に尋ねた。

「……あ、ああ、別に、どこも怪我《けが》はない。そう言うきみこそ……」

「白衣は？」

「白衣？」

宇都宮は首を回し、白衣に破れなどがないかチェックする。

「大丈夫……みたいだが」

「よかった――」

小花が胸に手を当て、ほっと息を吐くので、宇都宮は眉根を寄せた。

「大事なお兄さんの思い出が破れたりしなくてよかった」

「大事な……思い出だと？」

「え？　だからいつもその白衣を着ていたんじゃないんですか？」

――ぽかんと口を開けた後――宇都宮は大口を開けて笑った。

「ははっ、笑わせる。やっぱりきみはおそうじ部の代表だ。話も通じない」

ひとしきり笑うと宇都宮は続けた。いつもと違う声のトーンに小花は気づいた。

「なぁ、聞かせてくれ。落ちこぼれのきみらがなぜそれほど朗《ほが》らかでいられるのか」

宇都宮は真摯《しんし》な眼差しを小花に向けた。小花はしばらくして答えた。

「別に朗らかなんかじゃありませんけど……。うん、でも、他のみんなはわからないけど……私は、きっとおそうじがあるから」

「掃除が……か？」

「はい。おそうじが私に自信をくれましたから。誰もやりたくない仕事だからこそ頑張ってそれをやるとみんなが喜んでくれて、それが私の自信になります。それに、おそうじを通して大切な友達にも出会えました」

　小花は一片の嘘もないまっさらな笑顔を見せた。

「私は、きみらは掃除だけが取り柄《とりえ》で、落ちこぼれだ、出来損ないだと散々言った。他の誰かにも言われたことがあるだろう」

「はい。でも、平気でした——だって部のみんながいたから」

　小花はにっこりと笑い、次に厳しい顔つきを見せた。

「だからみんなを悪く言われるのは許せませんでした」

　きっと強い眼差しに気圧《けお》されて、宇都宮は参ったをするように両手を上げた。

　眼を閉じ、小さく頷く。続けて腕時計を見た。

「時間は八時三十二分か。タイムリミットまで三十分を切ったな」

　何かを吹っ切るような長い溜息の後、どすんという音。

「あの……先輩？」

「何だね？」

「その、椅子……」

　宇都宮が4thチェアに深く腰掛け、悠然《ゆうぜん》と脚を組んでいた。

「どいてもらわないと……その、爆発しちゃう……」

「何をしているんだ？」

「え？」

「何をしているんだと聞いているんだ。きみは行きたまえ。そこのモニターで見ていたよ。〝学園の敵をおそうじする〟のが、きみらの仕事なんだろう？」

〝私たちはおそうじ部。学園の敵をおそうじするのよ！〟

宇都宮の脳裏に焼きついたモニターの映像。決して口にはしないが、声高らかに見栄を切る学園のお荷物部の代表の雄姿《ゆうし》に、宇都宮は思わず目を奪われてしまっていた。悔しいが、キマっていたのだ。

「でも、その椅子はあと三十分で――」

「これは私の椅子だ」

にやりと笑ってみせた。

「そうやすやすと他人を座らせるものか。きみ、身の程《ほど》を知りたまえ」

いつも通りに手厳しく言ったつもりだが、どう聞こえているかはわからなかった。

☆

英知は一直線に吸血城を目指した。生徒会長室は一度空《から》であることを確認済みだ。しかし他に当てもない。しらみ潰《つぶ》しに園内を探している暇もなかった。

すぐに到着すると、ボードに乗ったまま、生徒会長室のある三階の西側に回り込み、開いたカーテンから中を覗くが、やはり人影はなかった。

闇空に体を浮かべ、呼吸を整え、頭を冷静に保つ。靴の中で足がじりじり熱い。自分の深い呼吸音と時折強く吹く風切り音が英知の聴覚を支配した。

どこだ？　どこにいる？　最後の一人。神宮寺鳥子《じんぐうじちょうこ》──。

空には大きな満月が浮かんでいた。その聖《きよ》らかな光に引き寄せられるように、英知はゆっくりと天に向かった。

吸血城の屋上は、ゴシック調の尖塔《せんとう》と三角屋根で構成され、平らなのは建物の前部中央に位置する教室一つ分程度の広さのバルコニーのみで、

目的の人物はそこにいた。

豊かな月を背負い、豪壮な椅子に腰掛け、神宮寺鳥子はティーカップを傾けた。

空からすぐ目の前に着地した英知を見とめると、鳥子は「あら」と呟き、傍《かたわ》らのローテーブルにカップを置いた。

「こんばんは、英知。珍しいわね、空を飛んでくるなんて」

緊張感のない鳥子の挨拶《あいさつ》は英知の耳に入らなかった。

「こんなところで何をしてるんです？」

「何を？　宵《よい》のティータイムを楽しんでいるのよ？　紅茶を楽しむのはやっぱり薄いカップに限るわ。紅茶が空気を含んでおいしくなるし、何より美しいもの」

鳥子はもう一度お気に入りのティーカップを手に取り、唇に運んだ。

「そんな場合じゃないのは分かってるでしょう？」

「そうね英知。そんな場合じゃなかったわね。——お母様は見つかった？」

不意を突かれ、言葉が詰まった。忘れていたのにまた思い出して心がざわめく。でも今はそんな話をしている場合じゃない。

「今はいい。それよりもやるべきことがあるんですよ」

「ねぇ英知、背が少し伸びたかしら？　なんだか少し成長したような気がするわ」

鳥子は英知の身体というよりも瞳の奥をじっと見つめて言った。

「あなたが言うならそうかもしれません。あなたは何でもお見通しですから」

「そう？　そうかもね。だって私はそれを望んだから」

「あなたは今から先にあることを見通せる。新たな世界にいつでも踏み出せて、未来に閃《ひらめ》くことができる。過去の瓦礫《がれき》に埋もれるばかりの俺とは正反対だ」

それに、あの不遇の母とも。

「なぁ、すべてお見通しのあんただ、今回の爆破テロだって気づいてたんだろ？　……どうして黙ってた？」

鳥子は英知を見つめたまま口を開かなかった。英知は構わず続けた。

「6thチェアの爆発。金属動揺だなんて、あれは出鱈目《でたらめ》だな。本当はテロ犯の仕掛けた爆弾が一足早く炸裂《さくれつ》したのに、もっともらしい嘘で煙に巻いた。そしてあのタロットカード。どうして俺も気づかなかったんだろうな、〝Big Bang〟、あれはそのまま爆弾のこと、そして〝黒幕〟、あれこそテロ犯の存在を暗示してた。あんたにはすっかり騙《だま》されたよ」

迫る災厄《さいやく》と追う希望をすり替えるなんて、一杯喰《く》わされたなんてもんじゃない。まだ黙りこくったままの鳥子に「なぜだ？」と強い口調で問いかける。

「まさか、あんたもテロに関与してたのか？」

疑いたくなかった可能性をぶつけた。

鳥子は両手で持っていたカップをテーブルに置き、長い息を吐いた。

「そればかりは違うわ。──でも、罪の重さは同じかもしれないわね」

美しく整った顔に少しだけ陰影を落とした。

「確かに英知が言う通り、私は学園にテロの脅威《きょうい》が迫っていることを知りながら、それを看過《かんか》した。共犯と言えば共犯ね」

「どうして？　どうしてそんなことをした？」

信じられなかった。この目の上のたんこぶで、人の話を聞かなくて、自分にないものを持っている憎き生徒会長だが、一つだけ尊敬できることがあった。

学園を、学園の生徒を大切にすることだ。だからこそこれほど絶大な支持を得て、不動の1stチェアたりえているのだ。それなのに。

「学園の生徒はあんたのことを信頼してる。……これは裏切りだ。生徒の信頼を裏切って、あんたは学園を危機にさらした。いったいどうしてだ？」

「少しだけ話をしましょうか。英知、あなたにも関係がある話よ」

英知は時計塔の針の動きをちらりと気にしつつ、頷いた。

「私は幼少の頃、あなたのお母様と会ったことがあるわ。一緒にお父様ともね。子どもの頃から未熟ながらも噂《うわさ》になっていた、私の未来予測の力を調べに来たの。永遠に続く過去の牢獄《ろうごく》から脱却する手掛かりになるかもとお父様は熱っぽく語られたわ。結局私の力は彼女の役に立たなかったけれど、彼女は私に言ったの。自分の方がずっと辛《つら》い境遇なのに、私に言ってくれた。その時の私はとても沈んでいてね。大切な人を失って、失意の底にあったわ。未熟だった私は、その不幸な未来を予測できなかった。それさえ予測できていれば、大切な人の命は救えたのに、大事な時に役に立たない自分を呪《のろ》う毎日だった私に、お母様はこう言ったわ。

〝未来予測は簡単よ。どんな未来だって自分の力でそれを実現すればいいだけ〟

その言葉に心を奪われたわ。自分に――例えば福山昏《ふくやまくらん》のように――力さえあれば、もう大切なものを失わないで済むのか、と。でも、彼女はいったいどういう気持ちでそう言ったんでしょうね。何度も何度も血の滲《にじ》むような努力をして未来を作りだしたつもりで、結局すべて無駄に終わり続けて、その中であの言葉を私にくれた。深い愛を感じたわ。まるで自分の母親のような。私は彼女に惚《ほ》れ込んだ。彼女は私に生きる希望をくれたのよ。ねぇ英知。私が彼女に似ていると感じたことがあるでしょう？　当然よ。私はずっと彼女の真似《まね》をしていたもの」

英知は知られざる母の一面を知り、整理できない感情に包まれていた。

まさかあの母が神宮寺鳥子と面識があり、しかもその人生を救っていた？

しかしその事情と喫緊《きっきん》の問題とは話が別だ。

「それで、どうしてテロのことを黙ってた？」

逸《そ》れかけた話を軌道に戻すと、鳥子は薄い笑みを浮かべた。

「――さあね？」

「さあねって……ふざけてる場合かよ！　学園がどうなると思ってんだ⁉」

話を聞かないのもここまで来ると病気だ。これだけの緊急事態に、目の前の女はその細い髪の先ほども動じる気配なく、淡々と言ってのけた。

「人にはいろいろな事情があるの。まだ英知には分からないかもね」

完全に頭に血が上った。

「何だよ事情って！　この学園や、生徒や、今、園内に溢《あふ》れかえっている客の命よりも大事な事情があるっていうのかよ⁉　あんた間違ってるぞ！」

歯止めが利《き》かない。

「どんな事情があろうが間違ってる！　あんたはなぁ、この学園の母親なんだよ！　あんたが言うことを生徒は疑いもせず信じてる。あんたを頼りにしてて、何かあった時にはきっとどうにかしてくれるって信じてんだ！　それが1stチェアなんだよ！　なのに嘘をつくなよ！　生徒を危険にさらすなよ！　あんたは何があってもこの学園を守れよ！」

感情に任せてわめき散らかした。考えて出てきた言葉じゃない。

なのに。英知の絶叫が闇に吸い込まれても、神宮寺鳥子は無言のままだった。

「もういいよ！」

英知は激しい剣幕で叫び、ボードで空へ乗り出した。


吸血城に背を向けて滑空する最中、まるで家出みたいだと場違いなことを思う。

ともかく、ひとまずここはいい。気にかかるところへ向かおう。

まずはあいつのところ——そう考えるのとほぼ同時だった。

前方から見慣れた姿がこちらに向かって飛んできた。

『——英知ぃ————っ！』

「お、お前、オキナ！　無事だったのか!?」

互いに急停止を試《こころ》みて、しかし勢い余ってすれ違いそうになるオキナを英知が片手を伸ばして摑みとった。くるりと回転し、両手で胸の前へ引き寄せる。

『やっと見つけたぜ英知っ！』

「それはこっちの台詞だ！　お前どうしてここに？　安達はどうした？」

『すぐ下に来てる！』

言われて地上を見下ろすと、安達匠がこちらを見上げて両手を振っていた。

すぐに急降下をし、ボードから地面に降り立った。

「良かった英知くん。探していたんです」

「俺もだよ。でも安心した、こら頭乗んなっ——この、バカインコも、助かったみたいで。そ

れで、お前の座ってるその椅子――」

匠は八本足を持つ、蜘蛛型の椅子に腰かけていた。座席は上等な作りだった。

「ええ、３rdチェアです」

「本当か！　お前やったんだな！」

英知は両手をぱちんと打ち、快哉《かいさい》を叫んだ。

しかしそんな手柄を立てたというのに、当の匠は冴《さ》えない顔なのが気になった。

「ど、どうした？　何か問題でもあるのか……？」

「それが……実は大変なことになってしまって」


ついに、流星群が大規模な飛来を始めた。

沸き上がる歓声に、園内全体が揺れるようだった。誰もが足を止めて、遥《はる》か上空で繰り広げられる真夜中の天体ショーに夢中になっていた。

「今工藤くん本人はＳＯＬの地下で気を失って倒れています。オキナを無事助けられて、この椅子を奪い取れたまでは良かったんですが……」

「何だよ？　何の問題があるんだよ！」

『工藤が暴走しちまったんだ』

「工藤が？　暴走？　どういうことだ!?」

『工藤というか、その、偽《にせ》工藤だ』

「偽工藤？　何なんだよ、ちゃんと説明しろ！」

「オキナが偽工藤と言うのは、本物の工藤くんが造った彼自身のアンドロイドです。実は本物の工藤くんというのは、ＳＯＬの地下二階――僕の研究室のさらに下にある秘密の研究室にこもったまま普段は出てくることがありません。日頃、外で見かける工藤くんは、全て偽物です」

「な、何だって？　じゃあ、オキナを連れ去ったあいつも――？」

「はい。あれも偽物です」

「何だよそれ――そんなことあり得るのか？」

あれだけ精巧に人間に見せかけるとは並の技術力じゃない。

「でも何で自分は外に出ず、偽物ばかり――？　そうか、ポイントを効率的に稼ぐためか。単純に考えても、自分が複数いればその倍数分だけポイントが稼げる」

しかし匠は首を振った。

「確かにそれもあるでしょうが、もっと根本的な問題があったんです」

「どんな？」

「実は彼は極度の対人恐怖症で」

「え？　そ、そうなのか？」

さっき見た偽工藤からは想像もつかない。

「ええ。ノミの心臓を持つ、超のつく小心者で」

「いや、小心者っていうか、なんか自分の首切ろうみたいな大胆なことしてたけど」

「いえ、小さな虫も殺せないとびきりのビビリ症で」

「いや、あんな図太そうな物言いで——」

「めっぽうデリケートで」

「……流暢《りゅうちょう》な関西弁で——」

「吃音《きつおん》です」

「マジで！」

これはたまげた。そんなデリケートな男だったのか？

「そんな本物の彼の裏返しが、あのロボ工藤くんなんです。まるで自分自身の性格を嫌悪《けんお》するように、工藤くんは自分の身代わりに正反対の性格を植え付けました。学園のみんなは普段目にしている工藤くんが偽物だとは到底気づかないので、本物の工藤くんの性格を正反対に誤認していることになります。でも、僕はずっと前、いえ、初対面の時からそれに気づいていました」

匠が言うには、工藤本人は入学式にも顔を見せず人目を避けてＳＯＬの地下に閉じこもりきりなんだとか。たまに地下からむせび泣きが聞こえてきたりして、暗い部屋で一人きり、日がな一日震えていたんじゃないでしょうかとは匠の弁。

「なんでお前にはそれがわかったんだ？」

「耳を澄ませば機械の声がなんとなく聞こえますから」

そう言えば、以前それらしきことを言っていたような。全体像を見失う代わりに細部に集中すると、機械の声なんてものまで聞こえてきてしまうのか？

「今までは何となくでしかわからなかったんですが、きっかけは英知くんの、マイナスが足りないって言葉で、それをヒントにすべての感覚を遮断《しゃだん》し機械の声だけに耳を傾けました。すると聞こえたんです。今度ははっきりと。奪われたオキナを追って地下二階へ向かった僕は、扉の前で門番をしていた偽工藤くんの一人と対峙《たいじ》し、声を聞きました。〝ご主人と友達に〟と。涙ながらの哀《かな》しげな声でした」

「それで、お前は本物の工藤を目の前に、そのことを――？」

「ええ。言いました。英知くんと別れてすぐＳＯＬの地下二階へ向かって」

「何て言ったんだ？」

「友達いないんですか？　と」

「……他には？」

「まさか一人も？　嘘じゃなくて？　と」

「……えーと、それ、本人の目の前で言ったのか？」

「ええ。あまりにも認めようとしないので、やむをえず合計十八回ほど」

「お前は鬼か⁉」

よりによってそんな傷をえぐるような言い方しなくても。

「そうしたら突然工藤くんがわ――っとなってしまって……。収拾がつかなくなって、地下二階の研究所内にいた数十人にも及ぶロボ工藤くんが暴走を始めて」

英知は呆れて、頭をかきかき言ってやった。

「お前にもう一つ大切な言葉を教えてやる」

「何ですか？」

「デリカシー」

その後は暴走した偽工藤が次々に地上へ飛び出し、今に至るという。本物の工藤は暴れ回った末に昏倒《こんとう》し、それを機に3rdチェアは匠が奪ってきたらしい。

「今のロボ工藤くんは工藤くんの本能そのままに行動するようです。まずは憎い相手を襲います。この学園内で憎い相手、つまり自分より席次が上の人間です」

「ってことは……」

二席の俺、そして首席の神宮寺鳥子。場合によって順位の拮抗《きっこう》する宇都宮も。

英知が自分以外の二人の顔を順に思い浮かべた時、

『危ねえ、英知っ！』

夜の帳《とばり》を裂《さ》くようなオキナの声で、英知は背後からの攻撃を横に転がってかわした。もといた場所に鋭利な蜘蛛の脚《あし》が突き立った。

偽工藤だった。僅《わず》かばかりはあった人間味もかなぐり捨てて、真っ赤な眼が印象的で、見るからに異常な、まさにバーサク状態。

英知の立ち上がりざま、尖《とが》った脚《あし》が横なぎにかかり、あわてて英知はしゃがんでかわす。息もつかせず襲いくる袈裟《けさ》切りを右に左にかわしつつ、隙を見て椅子の上の偽工藤の側頭部に回し蹴りを浴びせた。

ガインっ、と鈍《にぶ》い音。

相手はびくともしないのに、英知の脚は痛みで痺《しび》れた。

「おい！　こいつ硬いぞ！　どうすりゃいいんだ！」

次々繰り出される必殺を期した攻撃をいなしながら、匠に尋ねる。

「指令中枢《ちゅうすう》を守る頭部は特殊な合金でできているので攻撃しても無駄です！」

「じゃあボディならいいのか!?」

「ボディは逆に柔軟ですが、その分衝撃を吸収します！　そもそもです、彼らには痛覚もなく、打撃技はあまり効果がありません！　有効なのは、そう、そのロボ工藤くんは本物の工藤くんの素《す》の性質を持ち合わせています！　なので――」

匠の言葉をかき消すように、突然爆発音が上がった。

英知も匠もオキナも、驚いて音の方向を見ると、近くにあった屋台でポン菓子ができあがるのが見えた。菓子の出来上がりの音だったらしい。

迂闊《うかつ》にも敵から視線を外した英知が冷や汗とともに偽工藤を振り返ると、何やら様子がおかしい。わなわなと震えて硬直していた。赤い瞳の焦点も合っていない。

「な、なんだ……？」

恐る恐る近づいて様子を探っていると、匠が説明した。

「そのロボ工藤くんは本能に忠実で、つまり超がつくほどの小心者なんです。だからきっと、さっきのような大きい音がすれば驚いて動けなくなってしまうんです！」

「そうか、それならこいつらが襲ってきても、撃退する手段はあるってことか」

瞬時に英知の頭に一つのアイデアが浮かぶ。

すると渡りに船、遠くから手を振って、こちらへ走ってくる小花《ちか》の姿が見えた。

大きな鞄がばたばたと揺れ、腕には誰が手当てしたのか、やけに神経質に巻かれた包帯があった。

「水川！　良かった！　会いたかった！」

「あ、会いたかっ……って……え、えと、う、うん、私……も！」

やけに赤い顔をする小花の呼吸が落ち着くのを待って、英知が経緯《いきさつ》を話した。

「そっか、そんなことが――。じゃあ観覧車の前で見かけた工藤くんは偽物だったんだ。それに宇都宮先輩を襲ったのも偽物の工藤くん――」

小花によれば、さっきの英知と同じような状況が宇都宮と二人の時にあり、運よく難を逃れたという。宇都宮は自分の椅子に座ってモニタールームに一人残り、小花に仲間のもとへ行くことを促したと聞き、英知は少しだけ彼のことを見直した。

「宇都宮先輩は大丈夫なはずだよ。嫌な予感がするって言って、あの厳重な扉に鍵をかけてモニタールームに閉じこもってるから」

「そうか。となれば、あとは生徒会長一人か。くそっ、爆発まで時間もないのに面倒事が増えやがる」

時計塔を見れば、八時四十八分。残り十二分、考えている暇も惜しい。

「安達とオキナは念のため宇都宮のところへ行ってくれ！　一人にしておくのは心配だ！」

匠とオキナは同時に頷き、オキナの先導で走りだす。

去り際、匠が済まなそうな顔を向けるので、英知は「気にするな」と叫んだ。

そう、気にする必要はない。

安達匠は自分の仕事をした。見事に椅子を奪い取った。それでいい。副産物として重大な失態を演じたっていい。そんなの今さら驚かないし、何より。

掃除に信念も技術もない俺の、おそうじ部における仕事はきっとこれなんだ。おそうじ部のトラブルスイープ。英知は確かな自分の居場所を見つけた気がした。

「そっちは任せたからな！」

拳を突き出して意思を送ると、匠は吹っ切れた顔で前を向き、オキナを追って椅子の跳躍を自在に操りその場を去っていった。

「水川は俺と来てくれ！」


「またロボットの工藤くんが襲ってきたらどうするの？　手はあるの？」

フライングボードに乗り込む直前、小花が不安を口にした。

「ああ、手はある。お前が来てくれたからな」

「わ、私が？」

「鞄の中。確か酢《す》と重曹《じゅうそう》——入ってたよな？」

「う、うん。汚れがよく落ちるから洗剤代わりに。これ。……でもどうするの？」

「あと、そのごみ袋の中からペットボトル」

「ペットボトル？」

小花は頭の周りに疑問符をいっぱいに浮かべ、腰のごみ袋から空《から》のペットボトルを一本取り出し、英知はそれを受け取るとフタを開け、中に酢と重曹を適量注いだ。

「これを思いっきり振る。見てろ」

ボトルにふたをして激しく腕を振る英知の視線は、硬直状態の偽工藤に注がれた。ぎぎぎと関節の音を軋《きし》ませながら徐々に活動を再開する偽工藤に向けて、中身が泡だらけではちきれそうに膨《ふく》れたペットボトルを思い切り投げつけた。すると。

ぼんっ！　と、けたたましい爆発音を響かせてペットボトルが弾け飛んだ。

偽工藤はその音と衝撃で目を回し、再び活動停止に陥《おちい》り横倒しになった。

吹き飛んで足元まで転がってきたペットボトルを小花は驚きの目で眺めた。

「これ……どうなってるの？」

「ペットボトル爆弾。子どもが実験でやるレベルの化学だよ。酢と重曹を混ぜると二酸化炭素が発生して、その増加に耐え切れずボトルが弾け飛ぶ。ごみと掃除の道具でできる簡易爆弾だ。——俺たちおそうじ部にぴったりだろ？」

にやりと笑う英知に、小花は満面の笑みで「うんっ！」と返事した。

——やっぱりすごい——福山くんってすごいっ！

「じゃあ行くぞ。ゴールは吸血城の屋上だ。偽工藤を排除しつつ、1stチェアを奪いとる」

フライングボードは再び夜空へ舞い上がった。英知と小花は協力して、飛行しながらペットボトル爆弾をいくつも作り、小花が鞄の中にそれをしまった。

吸血城までは遠くない。二分もせずに到着したが、これから先はそうもいかなそうだった。吸血城の周囲には数えきれないほどの偽工藤が群がっていた。

「なに、これ……」

異様な光景に小花は蒼ざめ、英知の腰にぎゅっとしがみついた。

「まるでゾンビの群れだな……。パニックムービーもいいとこだ」

英知は小花の身体を支えてやった。

「しっかり掴まってろ。あいつらの相手はしてられない。たぶん生徒会長は屋上だ、無視して上行くぞ」

「う、うん」

一人ならノーズを急角度に上げ一気に上昇するところだが、後ろに小花がいてはそうもいかない。危険がない程度の速力で、ボードの傾斜を調整する。

その振り切れない速度と、外壁の近くを飛んだことが失敗だった。三階の廊下の窓。まさか建物の中にまで奴らが溢《あふ》れているとは考えもつかなかった。

「福山くんっ！」

「な、なんだっ!?」

　ガラス窓が割れる耳障りな音ともに、窓の向こうから偽工藤が一体飛びかかって来た。咄嗟にかわそうと試みるが、避けきれず偽工藤はボードにぶらさがった。

振り落とそうとボードを小刻みに揺らすが、うまくいかない。信じられない握力でボードのエッジを摑み、重い機械の身体でぶらさがる偽工藤。悲鳴とともに小花が遮二無二《しゃにむに》その手を踏みつけるが効果なく、それどころか、逆に足首を摑まれた。

「い……やっ！　離してっ！」

「水川！」

英知は小花の身体を抱きかかえながら、小花の足首を摑む頑強な手を蹴り続けた。

「くそっ、落ちろっ！」

一度思い切り踏みつけてやろうと力をため、全力でかかとを落とすと、すかっと空気を蹴る感覚。空振りだ。バランスを崩したのはそれで意表を突かれたからだけじゃない。今度は小花の代わりに英知の足首が摑まれたのだ。

「福山くんっっ！」

「く——そっ……！」

もう抗《あらが》えなかった。

あえなく英知は空中に投げ出された。必死に伸ばした小花の手も届かなかった。

地上には押し合い圧《へ》し合いする偽工藤の人垣が待っている。この三階の高さからあの馬鹿みたいに硬い頭の上に落下すれば、怪我では済まない。身体をひねってせめて着地の体勢を整えようとするが、足首を掴まれたままじゃ自由もきかない。

やばい——。死さえ覚悟した。

地上まで四メートル——三メートル——二メートル——。

あの硬い頭部を避けられさえすれば、逆に身体《からだ》をクッションにできるのに——！

もうだめかと瞳を閉じた。その時。

「——くやまくん————っ！」

英知の下の偽工藤の群れに向かって、体当たりする影があった。

ドミノ倒しをするように、偽工藤たちが倒れていく。

頑強な頭部の連なりも当然もろともとなり、英知の体は柔軟な偽工藤の体軀《たいく》の重なりの上に受け止められる形になる。人体がぶつかる鈍い音と硬質の金属がぶつかる甲高《かんだか》い音がないまぜになり、英知たちは地面に投げ出された。

「くっ——痛って……！」

英知が呻《うめ》き声を上げた。身体のあちこちは痛むが、命はもちろんあるし手足も動く。匠の言う通り、偽工藤のボディの衝撃吸収力は伊達《だて》じゃないと思いつつ、どうにか起き上がろうとするその下で、

「いっ——た————」

うつ伏せの体勢で、消え入りそうな声を出したのはなつきだった。

「え、越前《えちぜん》!?」

英知はすぐに身体をなつきの上からどけ、彼女を仰向けにして抱き起こした。

「大丈夫か!? なんでお前こんな――」

「――助けて、もらったから、お返ししなきゃと思って……」

「お返しなんてお前そんな――」

二人を囲む偽工藤の群れは、その周囲の一帯だけ動きを止めていた。一人の人間と一体の同類が三階の高さから落下してきた衝撃に、ノミの心臓は耐え切れなかったようだ。そのおかげでちょうど二人を囲む丸い壁がぐるりとでき上がっていた。

英知は偽工藤の人垣の隙間から、離れた場所に置かれた椅子を見つけた。5th《フィフス》チェアだ。まさかあの重い椅子をここまで引きずってきたのか？

なつきは顔を歪《ゆが》め、呻《うめ》いて身をよじらせた。肩と腰を押さえていて、どうやら英知の落下に巻き込まれてしまったようだ。小さくて、華奢《きゃしゃ》な身体。

「おい越前！ 越前！ 大丈夫か!?」

英知は必死に声をかける。周囲に目もくれず。自分の首を狩らんと躍起の殺人機械どもが周囲で蠢《うごめ》くのも忘れて、それをかろうじて防いでいた壁の硬直がすでに解けていることも気づかずに。

仲間の安否《あんぴ》以外眼中にない少年の、無防備な背中に忍び寄る殺人機械の手。

すると、なつきの瞳がきっと見開かれた。すぅと息を吸う音がして。

「小花と──福山くんをいじめるなぁぁ────────────っっ！」

渾身《こんしん》の雄叫《おたけ》びが穏やかな夜気を震わせた。

予想外の展開に目を白黒させる英知。二人を取り囲む偽工藤たちも同じく仰天《ぎょうてん》、活動を一時停止した。するとすかさず、

「なつきちゃんっ、よくがんばったよ！」

英知は上空の小花を振り仰いだ。

「くらえぇぇぇ────────！」

頭上からペットボトルの雨が降り注いだ。ぱんぱんに膨れたペットボトル。

「二人とも伏せてっ！」

小花の言う通り、英知がなつきに覆いかぶさり地面に伏せるとその周囲で、偽工藤に着弾したペットボトルが次々破裂音を轟《とどろ》かせ、野放図《のほうず》に吹き飛んだ。

地上に密集した偽工藤たちは一体残らず凍りつき、バランスを崩して倒れる個体があると、そこからドミノ倒しが始まってけたたましい音を立てた。

「やったぁっ！」

頭上で小花がガッツポーズを決め、ゆらゆら揺れるボードにしがみついて地上へ降下し、英知に手を伸ばした。

「あ、ああ」と、英知が心配げな視線を腕の中のなつきに送ると、当のなつきは英知とではなく小花と視線を交わし、満足そうに頷き合った。英知に向き直る。

「行ってきて福山くん。私はまた５thチェアに座らなきゃ」

「でもお前身体が――」

「大丈夫！」

なつきは這《は》って５thチェアにたどり着き、肘掛《ひじか》けにすがりついて両足を伸ばし、腰掛けた。

「ほら、大丈夫」と、見るからに無理をして笑顔を見せるので英知は気が気でないが、

「福山くん！　時間がないよ！」

小花が急《せ》かして手を伸ばすので、英知はぐっと耐えて頷きを返した。

「じゃあちょっとそこで椅子に座って休んでろ！　ひとまず爆発を止めてくる！」

英知は小花の手を取り不安定なボードにしがみつき、格闘の末両足で立ち上がる。

小花を片手で支えつつ、今度は安全に外壁から距離を取って屋上へ向かった。

その姿を見送ったなつきは満足そうに笑ったが、冷静に周囲を見渡し愕然《がくぜん》とした。

男……男、男、男、男男男男男男男男男男男………………。

相手は機械とわかっていても。なつきも負けじと硬直した。


「くそっ！　もっと速くっ！」

気がはやるせいか、ボードの上昇するスピードが遅くてやきもきする。

「ねぇ、何か変じゃない？」

おかしいのは速度だけではなかった。ぐらぐらと、ボードが不安定すぎる。動きを制御しようと、英知がむきになって足を踏ん張っても言うことを聞かない。空中ででたらめに跳ね回って、じゃじゃ馬どころの騒ぎじゃない。

英知は足元を見て明確な異状を察した。両翼についた天馬の羽が片方ない。おそらく窓から飛びついてきた偽工藤の一人がもぎとってしまったのだ。

「きゃぁっ！」

「危ないっ！」

小花が足を滑らせ、落下しそうになるところを英知が片手で腰を抱き止めた。

「はやくっ——ボードに摑まれっ」

「う、うんっ」

英知に引き上げられ、小花は両手でボードにぶらさがった。もはやボードは人が乗れる姿勢を取れず、二人は滝のぼりする巨大な鯉《こい》にしがみつく様相で、激しく振られながらも必死に上空を目指す。

「落ちるなよ水川！　ともかくどんな状態でも屋上まで行ければ——！」

相変わらずボードは安定を失って、少しも進まずその場で踊り狂ってみたかと思えば、急上昇、急停止を繰り返したり、まったく思い通りにならない。

「くそっ！　言うこと聞けよ！　さっさと上に行け、このバカ椅子っっ！」

まるで英知の罵声《ばせい》に逆上するかのようだった。ボードは突如《とつじょ》ロケットエンジンを噴射したかのごとく急上昇を開始し、あっという間に屋上の高さを飛び越えた。しかし、

「ちょっ、おい！　止まれっ！」

我を失ったように上昇が止まらず、二人は無我夢中でボードを押さえ込み、やっとのことでブレーキをかけた。

「ちくしょう——これじゃ——」

あまりに高すぎた。屋上をはるかに越えて、目標だったバルコニーは二人の十メートルほど下にあった。

「でも少しずつなら降下するよ！　なんとか下へ押し込んで——！」

二人は並んで四つん這《ば》いになり、まだまだ暴れる気満々のボードを押さえつけつつ、少しずつノーズを下げて降下を試みる。

急がないと。

なぜならバルコニーの上にはやはり神宮寺鳥子がいて、1stチェアが同じ場所にあって、それを取り囲むように偽工藤の群れが押し寄せていたからだ。

鳥子は殺気立った偽工藤の波に追いやられ、貯水槽の上へ逃れようとはしごを上っていた。パニックになっている様子はないが、いつになく真剣な表情で、椅子の爆発とはまた別の危機が迫っていることは承知しているようだった。

早く――屋上へ――。

思いと裏腹に、ボードは意地を張ったように頑として下降を拒み、二人が力を振り絞っても
やっと少しずつしか屋上へは近づけない。

「もう少し――もう少し近づけば――」

まだ飛び降りるには高すぎる。屋上までは約六メートル。

「あっ――！」

隣で小花が短い声を上げた。視線をたどると、貯水槽のはしごの中途で鳥子が留まっていた。

偽工藤の一人に足首を掴まれ、それを必死に振り払おうとしていた。

「会ちょ――！」

英知が叫ぼうとした瞬間だった。小花がそれをかき消す大声を張り上げた。

「お姉ちゃんっっ！」

え？　――お姉ちゃん？

力の限り叫ぶ小花の横で、英知は目をまん丸にした。

「お姉ちゃん、早く上へ逃げてっっ！」

「お姉ちゃんって――」

「私のお姉ちゃんっっ！」

小花は懸命《けんめい》に指さして訴えた。いてもたってもいられず体をぴょこぴょこ上下させる。なん
と。英知以上に気が急《せ》いていたのは義姉《あね》を慮《おもんぱか》る小花の方だった。

「なんだよ――そうだったのか――」

似てない姉妹もいたもんだと思い、いや、そっくりかと英知は思い直した。

否《いな》。そんなことより。英知は思いつき、

「ペットボトル爆弾は？　まだあるか？　あれをぶつければ――」

小花はぶるぶると首を振った。どうやらさっき使いきってしまったらしい。

こうなれば、直接この手で止めに行くしかない。それに。

「時間――」

英知は再び時計塔を確認する。八時五十九分。あと一分もない！

小花も同様に時計塔を見やり、待ったなしの状況を共有した。そして。

片膝を立て、前屈みになった。

「お前、どうするつもりだ!?」

英知は小花の手首をぐっと摑んだ。

「飛び降りる！」

「馬鹿言うな！」

まだ高さは五メートルほどある。そんなの無茶だ。小花の視線は一直線、姉のもとへ注がれていた。椅子の爆発も気になるが、今はそれよりも姉の安全確保が最優先のように見えた。この手を離せばすぐにでも飛び出しかねない勢いだ。

「離して！　福山くん！」

「無理だって！　大怪我するぞ!?」

この高さから飛び降りれば骨折では済まない。か弱い女の身体《からだ》ではなおさらだ。普通の人間ではどうにもならない高さだ。そう、普通の人間では。

「代わりに俺が飛び降りる！」

「えっ――」

英知は前傾姿勢を取り、勇壮な言葉と裏腹に震える足を必死に押さえた。

「ダメだよ、危ないよ！」

「お前が言うなよ。ただ、その鞄、貸しといてくれ。念のために」

戸惑う小花の肩から鞄を剝《は》ぎ取り、同じように袈裟《けさ》掛《が》けにした。迂闊《うかつ》な英知はその鞄が今までと決定的に違っていることに気づかなかった。

さておき、英知の心は決まった。無理に余裕のある笑みを浮かべる。

「大丈夫だ。俺は何でもできるからな、飛び降り二段の免状も持ってる」

「そんなの嘘っっ！」

小花の悲鳴に近い声を置き去りに。

「福山くんっ！」

止めようとする小花の手を振りほどいて。

流星が無節操に降り注ぐ下、英知は空中へ身を躍らせた。

落ちているのか止まっているのか分からなかった。

夜の闇《やみ》がそうさせるのか、それとも恐怖に薄れる意識がそうさせるのか。

１stチェアに向けて英知の身体は急降下する。

ぶつかればただじゃ済まないな。本能が諦《あきら》め混じりの感想を意識に上らせる。

こうなれば日頃から鍛《きた》えたこの身体を頼みにするしかなかった。１stチェアのクッションにも期待をかける。１stチェアに向かって飛び降りたのは、一石二鳥《いっせきにちょう》の賭《か》けだった。着地と同時に椅子を確保できるし、あわよくばその未体験のクッションでダメージを受けずに済むかもとの、淡い希望的観測からだった。

帝王の椅子なんだろ——人一人の命くらい守ってくれよ——？

冷たい夜風が真下から肌を切り裂き続け、
どがっ——

と、鈍《にぶ》く生々しい衝撃音が渇《かわ》いた空気を震わせた。

痛みはなかった。本来は激痛、鈍痛《どんつう》が全身を駆け巡ったはずだが、一瞬で気を失った人間にそんなことはわからなかった。

英知が意識を手放す直前、グリフォンの椅子の手から珠《たま》が零《こぼ》れ落ちて、地面で割れる音を聞いた。厳粛《げんしゅく》で、神秘的で、刹那《せつな》的な響きだった。

空ではおびただしい数の流星が、黒を背景に銀色の線条を残して燃え尽きていく。

幻想的な風景。園内の誰もが、夢見心地でそれを見上げていた。

——やっと運営委員を捕まえた森田待《もりたまち》は必死に吸血城を目指しながら。
——吸血城の真下、越前《えちぜん》なつきは5thチェアの上で。
——異形《いぎょう》の施設SOLより、宇都宮圭《うつのみやけい》は4thチェアに腰掛け、割れた窓越しに。
——SOL入り口前では、安達匠《あだちたくみ》が機械人形の軍勢を3rdチェアで食い止めつつ。
誰か一人でも椅子から立ち上がれば無条件で爆発する危険。死に至る脅威《きょうい》。
誰もが立ち竦《すく》むであろうその脅威を、しかし一人として恐れていなかった。
仲間への信頼がそれを凌駕《りょうが》していた。
——水川小花《みずかわちか》は最も天国に近い場所で2ndチェアに乗り。
——福山英知《ふくやまえいち》は1stチェアの上で浅く寝息を立てた。
カチ——カチ————カチ。大時計の時を刻む音。
午後九時ジャスト。
時計がタイムリミットの訪れを告げた。静寂《せいじゃく》。
爆発は起こらなかった。

テロ犯の思惑は、学内一の落ちこぼれ集団の、奇跡の団結の前に打ち砕かれた。
もしかしたら、犯行グループはこの結果にほっとしたかもしれない。未遂《みすい》に終わって罪が軽くなるから？　それもある。しかしそれよりも、この学園内において、これほどの団結が実現することが証明されたから。暗い夜空を煌々《こうこう》とした流星がすすぐように、彼らの心も少しは洗われたかもしれない。

こうして一つの危難《きなん》は去ったが、まだ終わっていない。

小心者の工学者が放った機械人形の群れはなおも上位席者を襲い続けていた。

「お姉ちゃんっ！　福山くんっ！」

夜空をのたうつ白銀のボードの上で、小花は必死に声を嗄《か》らした。

鳥子はうまく偽工藤を振り切り、貯水槽の上に逃れることに成功していた。しかし敵は下から休むことなく迫ってきて、安心するのはまだ先だった。

１stチェアの上でしなだれかかるように気絶している英知にも魔の手は迫る。

「福山くん！　目を覚ましてっ！」

小花が懸命に振り絞った声が、微《かす》かにその耳に届いた。

「――っ――う――」

英知が起こした脳震盪《のうしんとう》は幸い軽度で、一度消失した意識は回復し、英知は椅子の肘掛《ひじか》けに腕をついて起き上がろうとする。

ふと、大地が揺れている気配がした。まるで鼓動のように。

夜空を彩る流星雨に歓喜する声のせいか。確かに地面が揺れていた。

地響きが聞こえる。おかげで英知は完全に目を覚ました。

ふらつく頭で何とか偽工藤の攻撃を回避し、続けざま横目で鳥子のひとまずの安全を確認し、次に上空に残した小花の――危機を目《ま》の当たりにした。

「水川っ!?」

搭乗者が一人きりになったせいでますます制御がきかなくなったボードに、小花の小さな身体はおもちゃのように振り回されていた。

「ふ……くやま……くんっ」

必死の形相《ぎょうそう》で小花はボードにしがみつくが、すでに限界を超えているようだ。

「持ちこたえろ水川！」

「も……ダメぇ……っ！」

「くそっっ！　――じゃあこっちに落ちてこい！　俺が受け止めてやるから！」

「む……無理だよ……この高さじゃ、福山くんも怪我《けが》しちゃう……！」

「いいからっっ！」

しかし頑固な小花はまだ空中で粘《ねば》っている。また地響きが聞こえた。

「そうだ！」

英知は肩に提《さ》げた小花の鞄を思い出した。そうだ、この時のために借りてきたんだ。毛布やロープ、覚えている、確かにあった。ロープを投げ渡してボードを引き下ろすこともできるし、毛布を使って落ちてきた小花の体を受け止めることもできる。急いで鞄を腹の前に回し、ジッパーを一息に開け、英知は愕然《がくぜん》とした。

「何で――」

唇が震えた。

「何でないんだ!?」

大きな鞄の中には、少しの掃除用具や洗剤類以外、あったはずの緊急避難用の備品はまったく姿を消していた。

「どうして緊急用品が入ってないんだ!?」

「だって……」と、ただならぬ英知の怒声に小花はびくついて。

「だって、おそうじ部に福山くんが来てくれて、頼もしかったから……! もう、そんなにいっぱい持ち歩かなくても大丈夫だと思ったんだもん……! だから……」

涙声だった。

英知ははっとした。そうだ。この鞄は水川小花の悲観主義の産物だった。ぱんぱんに膨れた鞄の大きさは、そのまま彼女の抱えた不安の大きさそのものだった。

なつきの話によれば、昔の小花は今よりも悲観の度が強く、大きな膨れた鞄を持つどころか全身に防護装備まで施《ほどこ》していたという。その重装備が少しずつ軽くなり、今では鞄一つになったのは、おそらく仲間の支えを得たからだ。なつきや匠と仲間になることで、その頼もしさと引き換えに重い鎧《よろい》を脱ぎ捨ててきたのだ。

そしてついにそれらを必要としなくなった鞄は。

仲間を信じることでやっと自由になれた心の証《あかし》で。

誰がそれを責められる?

ついに力尽きた小花が、2ndチェアから振り落とされた。

よりによって、英知の手の届かない柵の向こうへ。

「水川ぁぁぁあっっっっ！」

柵まで駆け寄り精一杯手を伸ばすが、到底届かない。もしロープでもあれば――。

ずしん――また地響きが聞こえた。

いや、それよりも。眼前に山のように巨大な陰影《いんえい》が突如現れた。

それを目の当《まあ》たりにして、英知は唖然《あぜん》と口を開けた。そして呟く。

「アンティ――ゴーン――――？」

そこにいたのは隻腕《せきわん》の巨人だった。吸血城のすぐ真横に佇立《ちょりつ》し、屋上からはちょうど肩から上が見えている。

なんでここに――？　正門に立ってるはずじゃ――

正門を見やると、そこにあったはずの巨人の姿はない。

柵から身を乗り出して下を覗くと、石像の巨大な片手が水を掬《すく》うように椀状《わんじょう》になり、その中に小花を受け止めていた。彼女はそこでぺたんと座り、目を点にしていた。

英知はその場にへたり込んだ。

わけがわからない。わけがわからないけど、助かったみたいだ。

不動の巨人アンティゴーンが目前に現れた驚きに、偽工藤たちは雁首《がんくび》を揃えて固まっていた。

その衝撃は英知にもわかる。自分だって固まりかけた。

テロ発覚から今の今まで、溜まりに溜まった大きな息を吐き出した瞬間だった。


この日最後の奇跡が起きた。


薄暗かった園内が眩《まばゆ》いばかりの輝きを放った。

地鳴りのように、古ぼけた大型の機械が一斉に軋《きし》む音が聞こえた。耳が痛い。

園内が一際《ひときわ》ざわめいた。

空には変わらず流れ星の大飛来が美しい光の尾を描いている。

はじめに息を吹き返したのは、比較的小規模なアトラクション――コーヒーカップやメリーゴーラウンドだった。きらびやかなライトアップを受け、軽やかな音楽を奏《かな》で、ゆっくりと回転運動を始めた。

続けて、勿体《もったい》つけるように観覧車がぎしぎしと音を立てた。

歓声と言うより、息を呑《の》む声が雪崩《なだれ》のように湧《わ》き起こる。

感嘆《かんたん》の声。万雷《ばんらい》の拍手。突如息を吹き返した遊園地を、人々は万感の思いを込めて見つめた。

「わぁ――――」小花のうっとりしたような吐息が下から聞こえた。

遊園地の鼓動が聞こえる。躍動している。

ゴシックフォーレはかつての輝きを取り戻した。

名ばかりの復活じゃない。まさに息を吹き返したのだ。

あぁ、と英知は思った。

これが1stチェアに隠された魔法——。

君主の命《めい》を長年待ち続け、やっとのことでお預けを解かれたアトラクションたちは揚々《ようよう》と、久々に体を動かす喜びを謳歌《おうか》していた。

身震いがした。こんな素敵な魔法を、あの母は最後の最後に用意していた。

母さん——。

ぶり返す病《やまい》のように、母のことがまた頭を支配した。

英知は大の字に倒れ込んだ。大パノラマの雄大な夜空のキャンバスに、出鱈目《でたらめ》な落書きを残す流星雨。美しい。本当に美しくて、涙が出そうだった。

部屋に囲った箱庭の小宇宙とは比べ物にならない。幻想的で、圧倒的で、えも言われぬ感動が湧き上がるのに、なのに。一番に伝えたい人がいない。

「母さん——」

どこからかオーケストラの演奏が鳴り響いた。

今にも踊りだしたくなる軽快な音楽に乗せて、明滅する色とりどりの電球で着飾った大型の山車《だし》がお目見えした。山車は次々と現れ、どれも森の動物や空想上の怪物を模したもので、それに乗り、それを囲み、思い思いの衣装をまとった学園生徒が愛嬌《あいきょう》を振りまきつつ踊りを披露《ひろう》した。

スターライトパレードが始まったようだ。

歓声が大地を揺らした。一夜の夢のクライマックスに、来場者のテンションは天井知らずだった。山が丸ごと震えるような出鱈目な盛り上がりだった。

一緒に見たいな——。

夜空を仰ぐ英知の視界が滲《にじ》んだ。脳震盪の名残《なごり》か、緊張の糸が切れたせいか。星空に呑み込まれるように、意識がぼんやりと薄れていく。

そうだな。もしいま母さんと一緒なら。

どんな順番で園内を回ろうか話し合って。空いてるアトラクションを見つけたら急に計画を変更したりして。進まない行列に愛想《あいそ》を尽かせてみたり。ああ、いけない。父さんが一人きりだ。約束通り早く迎えに行かなきゃ——。


無人の吸血城の木製階段に、一つの足音が響いていた。

神宮寺鳥子は一人、吸血城の階段を降り、途中一つの窓の前で立ち止まって、そこから見える佳境《かきょう》を迎えた十年祭を見下ろした。

「きれいね」と呟き、手に持ったハンカチを広げると、中から割れたティーカップの破片がのぞいた。

「お気に入りだったのに残念。薄いカップは美しいけれど、壊れやすいのが難点ね」

窓枠に肘を突き、頬杖をした。

「儚《はかな》いわね。美しいものほど儚くて、あっという間に手から滑り落ちる――」

台詞《せりふ》の後、いつも毅然《きぜん》としたその双眸《そうぼう》に憂《うれ》いが帯びた。

ゆっくり頬杖を解くと、鳥子は再び凜《りん》とした姿勢を整えた。

「こんな光景、かつて誰も見たことがないでしょうね」

視線は学園の全景に注がれていた。

「一度息絶えたものは二度と蘇《よみがえ》らないわ。死んだ人間も生き返らない。それが自然の摂理《せつり》。一度瓦礫《がれき》の山になり果てた遊園地がこんなに眩《まばゆ》く蘇るなんて本来あり得ないこと。過去の常識を飛び越えた、かつて誰も見たことがない景色。その頭上に数えきれない星屑《ほしくず》が降るなんて、これは神様のサービスかしら」

一息つき。

「そして、今この学園で最も未来に似た眩い輝きを放っているのは誰かしら？」

舞台は整えたわ――。あとどうするかは貴女《あなた》次第――。

鳥子は夜空に微笑《ほほえ》み、呟いた。

「これは恩返しよ？　魔術師さん――」

英知の意識がついに薄れていく。

甘い幻想にまだ浸《ひた》っていたいという未練の糸が間もなく切れる。ここで気を失えば、目覚めた時には、この特別な祭りは終わっているはずだ。

いやだ。

最後の力を振り絞って頭を地面から起こそうとする。すると、ぼやけた視界の中、アンティゴーンの右肩あたりに女性らしき人影が見えた。

――水川？　それとも、生徒会長か――？

思いながら、そのどちらとも違うことを本能は嗅《か》ぎ分けていた。

懐かしい匂《にお》いがした。フリージアの香り。その香りが突如記憶を呼び醒《さ》ました。脳の深奥《しんおう》に眠る消された記憶を。

初めて同じベッドで眠り、心の芯まで温《ぬく》もったこと。初めての買い物では、道中ずっと手を繋《つな》いではしゃいだこと。初めて料理を一緒に作った時は、包丁で少しだけ手を切って、絆創膏《ばんそうこう》を巻いてもらった。

初めての桜。初めての海。初めてのクリスマス。

一歳の誕生日にもらった、腹は白い毛で覆《おお》われ、背中は黄緑とモスグリーンに染められた小鳥のおもちゃ。

なんだ――。英知の顔からすべての憑《つ》きものが落ちた。

ちゃんと親子してたんじゃないか――。

どれも一回きりだけど、ちゃんと母親だったんじゃないか――。

満ち足りたせいか、園内に響き渡る音楽や歓声が次第に遠くなった。

それは突然だった。

――名を呼ばれた気がした。
――体を抱かれた気がした。
――何度もごめんね、と聞こえた気がした。
見えるわ――。途切れ途切れの涙声が聞こえた。

見えるわ――英知――あなたを透かして未来が見えるわ――

頬に、温かい滴《しずく》が落ちる感触。
……でも全部気がしただけ。
眠りの海に落ちていく英知に現実感は摑み取れなかった。
ただ、確かにすぐそばで、懐かしいフリージアの香りがしていた。
フリージアの花言葉――〝未来への期待〟。
英知の意識が消失した。

エピローグ

その知らせを聞いたのは、フェスの夜が明け、警察の事情聴取や現場検証を終えた、翌々日の撤収作業日だった。

神宮《じんぐう》寺《じ》鳥子《ちょうこ》の1st《ファースト》チェア陥落《かんらく》。

福山英知《ふくやまえいち》が神宮寺鳥子を抜いたらしい――。

学園内はその噂《うわさ》でもちきりだった。

噂を耳にした英知は、複雑な気持ちで、片づけ作業中の教室を飛び出した。廊下《ろうか》や通り過ぎる教室がどこも騒がしい。絶対女帝の王座陥落という驚天動地《きょうてんどうち》の番狂わせに、学園内は色めき立っているようだった。

下駄箱でもどかしげに靴を履《は》き替える最中、耳慣れた声を頭の上で聞いた。

『聞いたか英知？　順位変動のこと』

「頭乗んな」

払いのけようとすると、オキナは軽やかにそれをかわし肩に乗り直す。

英知は横目でその姿をまじまじと眺めた。

『何だよ?』

「何でもねえよ」

ぷいと顔を逸《そ》らした。

昔の記憶が蘇《よみがえ》った今ならわかった。初めてこいつを見て安心した理由が。まさか母からもらった最初で最後のプレゼントがこいつだったとは。

——でも、母さんは何のつもりでこいつを自分のもとによこしたんだろう。

後見人《こうけんにん》役として? お目付役として? 何にせよ、おそらく傍《そば》にいられない自分自身の身代わりとしてだろう。

黙ってこちらをじっと見つめる英知を、オキナは不思議そうに見返して言った。

『おかしな奴《やつ》だな? それよりも、1stチェア陥落の背景に何があったか知ってるか? 4th《フォース》チェアだった宇都宮《うつのみや》。あいつが関《かか》わってるらしい』

「宇都宮が? 何だ、またろくでもない奸計《かんけい》でも巡らせたか?」

『いや、そういうわけじゃない。ただ事実を公表しただけだ。新聞部を通じて、一連のテロ騒ぎのな。フェスの最中、学園が爆破テロの危機にさらされていたことは警察発表で知られてるが、他に、それを人知れず解決したのはおそうじ部の面々であり、事実を知りながら何もしなかったのは神宮寺鳥子だってこともな』

「……へぇ」

風に吹かれて昇降口から一枚の号外が舞い込んできた。拾い上げて記事を読むと、生徒会長の非道を糾弾《きゅうだん》する内容だった。どこから素材を持ってきたのか、写真つきでおそうじ部大活躍の模様も併載《へいさい》している。

学園に多数いた生徒会長信者は、その裏切りに相当失望しただろう。

ただ、後々冷静に考えた英知は、生徒会長のテロに対する沈黙が決して裏切りではなかったことを知っていた。なぜなら、未来予測ができる彼女には、学園にテロの危機が迫っていることと同様に、その危機が結局回避される未来も見えていたのだ。何のことはない、だから彼女自身は動かなかった。

とはいえ、まったく何も手を出さなかったというのも理解しがたい。

なぜ？　誰かに華《はな》を持たせたかったとか？　……まさかな。

ともかく、結局俺たちは絶対女帝の手のひらの上で泳がされてたってことだ。

『だからよ、それに関わったお前の株も一気に急上昇だぜ』

「……ふん」

気のないふりをしながらも、その話題が気にならないわけがない。

「それにしてもお前は何でも知ってるな」

『……ん？』

「随分《ずいぶん》と物知りだなぁって言ってんだよ。そういう情報に通じてるのもそうだし、チェア・オブ・シックスを探してた時なんか、お前はおそうじ部の連中がどこにいるか手に取るようにわかってるみたいだった」

『ま、まあな？　俺くらいになると、そうだな、うん、大体のことはわかるさ』

「〝神の目〟の正体、つまりは学園長の正体。お前なんだろ？」

『ん？　……んん!?』

英知が唐突《とうとつ》に真相を指摘すると、見るからにオキナは動揺した。

「〝神の目〟の正体については、おそらく人工衛星を利用してるんだろうってことは予想がついてた。俺の母親は宇宙開発に執心《しゅうしん》していた時期、主任技術者として衛星を作ったこともあった。それを私的に利用するためのプログラムを潜《ひそ》ませることくらい、あの人にとってはわけないはずだ。でも、例えば校舎の中とか、細かい部分までは衛星からの映像ではわからない。それを補完する何かがあるはずと考えてたが、それがお前だったんだ。おそらく衛星からの映像も受信しつつ、自分の目で細部は確認してたんだろ。お前は園内散策が趣味みたいだったからな」

オキナは何やらすっとぼけて、口笛を吹きだした。あれだけ堂々と学園内を把握《はあく》していてバレないわけがないっていうのに……まぁ勝手にしろ。

「それはいいか。からくりがわかれば、もう興味はないから」

正体が母親自身じゃないとわかれば、後はもうどうでもいい。

おそらくオキナも鳥子同様、〝神の目〟を以《もっ》てテロの事実には最初から気づいていて知らんぷりを決め込んでいたんだろうが、それも見逃してやる。

英知は上履《うわば》きを下駄箱にしまい、代わりにスニーカーを取り出し、地面に放る。雑にかかとを片方踏んだまま昇降口を出た。

『待てよ英知っ』とオキナは後からついてくるが、構わず急ぐ。

気が急《せ》いた。当然だ。喉《のど》から手が出るほど欲しかった1stチェアが手に入ったのだ。神宮寺鳥子には悪いが。

ついに夢が叶《かな》う――。はやるあまり、つい足がもつれて転びそうになる。

電光掲示板の前には黒山の人だかりだった。ざわめきが飛び交い、まだここだけ祭りが続いているような錯覚《さっかく》をする。

ちなみに、フェスの夜突如《とつじょ》動きだしたアトラクションの数々は再び眠りについた。おそらく1stチェアの機能で自由に操作ができるのだろうが、そうそういつも動いていたら風情《ふぜい》がない。またいつか、思い出したように動きだせばそれでいい。

人垣をかき分けようとすると、こちらに気づいた生徒が自然と道を開けてくれ、英知はなんだかモーゼの気分になった。

一歩、一歩、掲示板に向かって歩を進める。

新たな君主を尊《とうと》び、畏《おそ》れかしこまるように、人垣が割れていく。

自分自身の鼓動と呼吸音がやけに大きく聞こえた。落ち着いているつもりでも、相当緊張しているらしい。一歩、一歩、踏みしめるように前進し、立ち止まる。瞼《まぶた》を閉じて深呼吸、万感の思いを込めて掲示板を振り仰いだ。

2nd《セカンド》チェア　福山英知　　2、320

——あれ？

手の甲で両目をこすり、改めて見上げる。

〝2ndチェア〟

見直しても同じだった。2ndチェア。ん？　元に戻っただけじゃないか!?

じゃあ1stチェアは一体誰が——？

1stチェア　水川小花《みずかわちか》　　2、880

「嘘だろ——」英知は呆然《ぼうぜん》と立ち尽くした。

『あれ、お前知らなかったのか？　てっきり知ってるかと思ってたぜ』

肩にとまったオキナが呑気《のんき》に言い、神宮寺鳥子は第三席だぜ、と付け足した。

「知らねえよっっっ！」

英知の豹変《ひょうへん》ぶりに周囲がどよどよとざわめきだした。

何なんだよ、何なんだよ、せっかく一番になれると思ったのに——！

落胆、怒り、脱力感、そんな類《たぐい》の感情がないまぜになって、

「なぁんなんだよぉぉぉぉ————っ！」

英知の叫びが中庭にこだました。

電光掲示板前の中庭広場は、日が暮れる頃になると人影もまばらになった。

『なぁ英知ぃ、もう帰ろうぜ？』

英知はずっとそこに立ち尽くしたままだった。もう小一時間にもなる。

『一位が取れなくて残念なのはわかるけどよ。ほら、陽《ひ》が落ちて寒くなってきた』

「うるせえな。ロボのくせに何言ってんだ」

『ロボって言うな！』

「早く民家の柱時計の中に帰れよ」

『よりによって俺の職場そこ!?　だいぶオーバースペックだよ!?』

「あ、あの――」

不意に後ろから声がする。

『うるせえなっ！』

「ひゃいっ！　ご、ごめんなさいっ――」

オキナが勢い任せに怒鳴りつけると、そこには水川小花が立っていた。

『っと――小花か、す、すまん！』

しょぼんとした小花にオキナが平身低頭《へいしんていとう》謝ると、小花はおずおず顔を上げた。

「どうした水川？　そんな周りをきょろきょろ気にして」

「う、うん、なんか席次がすごいことになっちゃったみたいだから――」

なるほど。確かに学園きっての落ちこぼれの代表が1stチェアになったとあれば、話題騒然、随分《ずいぶん》と噂の的《まと》にされたことだろう。よく見れば憔悴《しょうすい》しきった顔をしている。これだけ人がまばらにならなければ、騒動の中心とも言える掲示板のあるここへは出てこられなかっただろう。

「良かったな、水川。それだけ一昨日の功績が認められたってことだ。みんながお前に感謝してる。まぁ当たり前だ、何しろ学園を危機から救ったんだからな」

自分でも不思議だが、英知は素直な気持ちでそんな祝辞《しゅくじ》を述べることができた。

「いやいやいやっ、私なんかそんなっ。1stチェアだなんて畏《おそ》れ多くて、きっとすぐに元通りに戻るよ。これは一時的なものに過ぎないはずだからっ」

小花は恐縮しきりで、ははっと苦笑いしたが、

「でも、これでおそうじ部が見直されたら嬉《うれ》しいな――」

と言った時には素直に笑えていた。

そうだな、と英知も笑って頷《うなず》いた。

「それで、話は変わるんだけど、気になったから英知くんに聞こうと思って――」

小花は遠慮がちに切り出した。

「お母さんとは……会えたの？」

――英知は一昨日の夜の出来事を思い出す。しかし、母の香りを感じたところまでは思い出せるが、それ以降は気を失ってしまって何も覚えていなかった。

「さぁ、どうだろ」

　そうとしか答えられなかった。

「でも決めたことがあるよ」

「決めたこと?」

「ああ。もう母親を探すのはやめようと思ってる」

　一昨日のフェスを通して母の真実の姿を知り、英知はそう決めていた。母の患《わずら》った〝クロニック・デジャヴ〟という厄介《やっかい》な病《やまい》はおそらくいまだ治っていない。そうだとするなら、彼女はこれからも自分の前に姿を現すことはないだろう。それが彼女なりの母親としての愛情であり、責任なのだ。おそらくもう、一昨日の夜にあったかもしれないひと時の邂逅《かいこう》さえ、望めはしないだろう。だからやめるのだ。これ以上彼女を追うことは罪とさえ言えた。母を想《おも》うなら、もうその背中を追ってはいけない。

　その優しく、賢明で、責任感溢《あふ》れる決断に、しかし小花は首を振った。

「やめちゃダメだよ」

　強い眼差《まなざ》しを向けられて、英知は困った表情をした。

「その、お前も前に言ってたろ。人は生きていく中で頭や心にごみを溜《た》めていくって。俺の心の中で一際《ひときわ》高いごみの山を作ってた、その正体が母親だったんだよ。その瓦礫《がれき》の山はあまりに高くそびえてて、俺の展望を奪って、いろんなものを見えなくさせた。まぁ、そのせいばっかりにするつもりもないんだけど、それでも障害になってたのは確かなんだ。だから俺はそれをきれいに掃いて捨てることにした。俺は思ったよりもずっと吹っ切れてるよ。本当だ」

わざわざ気を回してここまで言ってみせたのに、

「――ダメだよ」

それでも小花は頑《がん》として拒《こば》むのだ。

「諦《あきら》めちゃダメだよ。福山くんのそれは吹っ切ったとか割り切ったとかそういうことじゃなくて、たぶん諦めてるんだよ」

英知は何も言い返せなかった。

「まだお母さんはきっと生きてるから、諦めちゃダメだよ。まだ生きてるんだから――」

彼女だからこそ、母を永遠に失った彼女が言うからこそ、重みのある言葉だった。

「それに福山くん言ってたじゃない」

「何をだ？」

「何でもきれいにし過ぎちゃダメだって。顔に脂分《あぶらぶん》を残したり、錆《さ》びないように鉄にコーティングを残したり、少しは汚れを残す必要があるって」

「――――」

「んと、別にその、お母さんのことを汚れとか言うわけじゃないんだけど……」

小花は自分の発言ながら困り顔で頭をかき、ぼそぼそとフォローした。

参ってしまった。こんなふうに逆に説教をされるなんて。

「ははっ」

心地よい笑いが込み上げてきた。

「わかったよ。俺自身が言ったことだしな。わかった、諦めないことにする」

そう言うと小花は嬉しそうに笑った。

「うん！　私もみんなも協力するから、きっといつか会おうね！

——それに会ったら一言言ってやるんだ。母親なのに、どんな理由があろうと福山くんを置いてけぼりにしたのは許せないんだから——！」

「ん？　どうした水川？」

小花がこぼした後半の小さな独り言《ひとりごと》が聞きとれず、英知は首をひねる。

「あ、ううんっ！　何でもないよっ？　ところで、もう一つ話があったんだ」

小花はそう言うと、いそいそと肩に掛けた軽そうな鞄《かばん》から一冊の本を取り出した。

「何だ？　ユニフォームカタログ？」

「うん。部の評価が急上昇したことに合わせて、今月から部費を上げてくれるってお姉ちゃんが言ってて、だから揃いのユニフォームを作ろうと思って！」

お姉ちゃん。つまり神宮寺鳥子だ。二人のその関係を初めて知った時は驚いた。

実は今日の早朝、撤収作業の始まる前に鳥子に呼ばれ、こう言われた。

「次の依頼よ。おそうじ部に続けて残ってくれる？　私のかわいい妹を今後もよろしくね」

そうやって悪戯《いたずら》っぽく笑うと小花にそっくりだと思った。

とはいえ、こんなことを言われると、最初から妹の世話役をさせるために自分をおそうじ部へ入部させたんじゃないかと勘繰《かんぐ》りたくなった。

「そういうのって大事だよねっ」

当の小花は新ユニフォーム選びに夢中で、嬉しそうにぴょんぴょん飛び跳ねている。

「なつきちゃんと匠くんにはもう意見を聞いててね、候補ではこの若草色のツナギか上下揃いのお洒落《しやれ》なワーク風がいいかってことになったんだけど――」

「ダメだ、ダメ」

「ええ?」

揃いの服選びにうきうきな小花の喜びに水を差すように、英知は断固首を振った。

「な、何がダメなの?」と小花は困惑顔を浮かべる。

「そんな、服とかはどうでもいいだろ。今までのエプロンで十分だよ。かけられる金があるっていうなら、まずは掃除道具とか洗剤とか、実用的なところに回していくべきだ。貴重な経費だからな、揃いのユニフォームなんて贅沢《ぜいたく》は二の次だ」

そんなぁ――と、がっくりうなだれる小花。

彼女はいつもの自前のエプロンをつけていた。

かわいいエプロン。

キッチンに立つ母親がつけるようなエプロン。

最初からそれがお気に入りだったことを、英知は秘密にしておいた。

あとがき

はじめまして。石原宙《いしはらそら》ともうします。

このたび、第十回スーパーダッシュ小説新人賞大賞という身にあまる栄誉をいただき、晴れてデビューすることができました。

……いいんですよね？　これ、ちゃんと本出てますよね？

やっぱり緊張するものです。自分の本が世間さまに出回るとか。

今朝なんかは緊張のあまり、たまごかけごはんを作ろうとして、割ったたまごの中身を三角コーナーに捨て、殻をごはんの上に乗せ、仕上げにごはんごと三角コーナーに投げ捨てました。

そうですね、ただ疲れてるだけかもしれません。

ともかくです。いつも誰かに喜んでもらいたい、笑ってもらいたいと思いつつ、やりきれなかった私が、ついに小説という強力無比な飛び道具を授けられました。

これを使って、なにやらおもしろそうと思ったことを世に放ち、それを皆さまとわかちあえたら、ほんとうに幸せです。

さて、この『くずばこに箒星《ほうきぼし》』というお話は、遊園地を学校にしたらおもしろくない？　という一つのアイデアからはじまりました。よくばりな私なので、枚数制限も考え、なるべくシンプルに展開しなきゃねと思いつつ、ところがどっこい、書いているとキャラたちそれぞれに見せ場を作ってあげたくなってしまいます。もっと彩《いろど》りのある世界で活躍させてあげたくなってきます。

はたして、要素てんこ盛りなお話になってしまいました。人に説明のしづらいこと。あらすじまとめるのが困る困る。

しかしそれも愛の裏返しです。そのあふれんばかりの愛のもらい火が皆さまにも届きますように。きれいっぽく言ってますがただの巻き添えですね。

では、簡単ですが、感謝をおつたえします。

よちよち歩きの新人を導《みちび》いてくださった聡明《そうめい》な担当さま。英知《えいち》や小花《ちか》ら、うちのかわいい子たちに素敵な姿を与えてくれた凄腕《すごうで》の月神《つきがみ》さま。新人賞選考に関《かか》わってくださった皆さま。友人Mはじめ、応援してくれるみんな。本当にありがとうございます。

そして親愛なる読者の皆さま。本書を手にとってくれてありがとうございます。

これからも全力で驚きや喜び、ささやかな感動を発信しつづけていきます。うまく受信できましたら、何か合図を返してくれるとうれしいです。

のろしとか以外で。

『――――アーアー、聞こえますか――――JSOR、J――R、こちらは――通信局、――こんにち只今より放送を――開始いたします――――』

石原　宙

スーパーダッシュ

くずばこに箒星

石原　宙

集英社スーパーダッシュ文庫

2011年10月30日　第1刷発行

★定価はカバーに表示してあります

発行者　太田富雄
発行所　株式会社　集英社
〒101-8050　東京都千代田区一ツ橋2-5-10
03(3239)5263(編集)
03(3230)6393(販売)・03(3230)6080(読者係)
印刷所　図書印刷株式会社

ISBN978-4-08-630642-3 C0193